Kein schöner Land
Mord in Waldbröl

VIII. Band der Peter-Merzenich-Reihe

Ein Kriminalroman von Gereon A. Thelen

Nach Motiven von René Miethe

EDITION
LEMPERTZ

Impressum

Math. Lempertz GmbH
Hauptstraße 354
53639 Königswinter
Tel.: 02223 / 90 00 36
Fax: 02223 / 90 00 38
info@edition-lempertz.de
www.edition-lempertz.de

1. Auflage – März 2020

Text: Gereon A. Thelen
Umschlaggestaltung: Ralph Handmann
Satz: Wolfgang Otten
Lektorat: Laura Liebeskind, Philipp Gierenstein
Titelbild: Adobe Stock

Druck: Alfred Nordmann
Printed and bound in Israel

ISBN: 978-3-96058-296-0

Gereon A. Thelen wurde 1978 in Köln geboren. Nach dem Abitur absolvierte er eine Ausbildung beim Zolldienst, sein Studium an der Fachhochschule schloss er als Diplom-Finanzwirt ab. Er arbeitet seit 2005 als Ermittlungsbeamter im Zollfahndungsdienst, zunächst beim Zollkriminalamt in Köln, seit 2009 beim Zollfahndungsamt Essen – Dienstsitz Köln. Sein Spezialgebiet ist das Verbrauchssteuerrecht. Gereon A. Thelens erster Peter-Merzenich-Krimi, „Ehrlos“, erschien 2009.

Kein schöner Land
Mord in Waldbröl

VIII. Band der Peter-Merzenich-Reihe

Ein Kriminalroman von Gereon A. Thelen

Nach Motiven von René Miethe

EDITION
LEMPERTZ

Kein schöner Land in dieser Zeit,
als hier das unsre weit und breit,
wo wir uns finden,
wohl untern Linden,
zur Abendzeit!

Da haben wir so manche Stund'
gesessen da in frohem Rund,
und thaten singen,
die Lieder klingen
im Eichengrund!

Daß wir uns hier in diesem Thal
noch treffen so viel hundertmal:
Gott mag es schenken,
Gott mag es lenken,
der hat die Gnad'.

Jetzt, Brüder, eine gute Nacht,
der Herr im hohen Himmel wacht,
in seiner Güten
uns zu behüten,
hat er bedacht!

Prolog – Teil I (Der Überfall)

Reichshof-Denklingen, Donnerstag, 18. Januar 2007, 08:32 Uhr

Nervös schaute er auf die billige Armbanduhr. Es würde nicht mehr lange dauern. Nicht mehr lange. Genauer gesagt noch 28 Minuten. Wenn die Filiale der Kreissparkasse Köln um Punkt neun Uhr öffnete, würde er zuschlagen. Insgeheim fragte er sich, warum er überhaupt so früh vor Ort eingetroffen war und jetzt unnötig warten musste.

Aber sich darüber Gedanken zu machen, ja, dafür war es jetzt zu spät. In einer halben Stunde wären seine Probleme fürs Erste passé.

Verstohlen blickte er auf das weiße Gebäude mit dem roten Sparkassen-S und einem kleinen Erkerturm, das auf der anderen Seite der Morsbacher Straße an der Hauptstraße lag. In dessen Innern hatten kurz nach acht zwei Filialmitarbeiter das Licht eingeschaltet und bereiteten sich seitdem auf den Kundenverkehr vor. Er hatte sie beide ankommen gesehen, denn von seinem Standort aus, dem Gästeparkplatz des Denklinger Hofs, hatte er aus der Deckung der alten gelben Telefonzelle heraus einen grandiosen Blick auf das Geschehen auf dem Sparkassenparkplatz und in der Morsbacher Straße. Ein kleiner Seat Ibiza mit einer gepflegten Mittvierzigerin im Hosenanzug an Bord und ein Citroën C5 Break mit einem grauhaarigen Mann mit Trenchcoat und Anzug waren nacheinander auf den Parkplatz hinter dem Sparkassengebäude gefahren. Das war um eine Minute nach acht gewesen.

Die Sparkassenangestellte und ihr Filialleiter hatten sich freundlich begrüßt und waren in dem kleinen Durchgang zwischen dem

Sparkassen- und dem angrenzenden Apothekengebäude aus seinem Blickfeld verschwunden.
Die Heizung in seinem klapprigen Golf II funktionierte nicht mehr. Ihm war schweinekalt. Regen prasselte auf die Windschutzscheibe, die langsam, aber sicher immer mehr beschlug. Mit seinem Ärmel sorgte er für klare Sicht, die er später brauchen würde.
Bis auf wenige vereinzelte Fahrzeuge und einen Traktor war es jetzt auf der Morsbacher Straße ruhig. Zwei junge Azubis im Blaumann rauchten und lachten, bevor sie von ihrem Gesellen im Lieferwagen einer Fliesenlegerfirma aufgenommen wurden. Eine junge, blasse Mutter mit Kopftuch und langem Rock schob den Kinderwagen mit ihren Zwillingen die kleine Anhöhe zur Einmündung der Hauptstraße herauf.
Vermutlich eine Russlanddeutsche der Baptistengemeinde am Hähner Weg, dachte er und nahm einen kräftigen Schluck Korn, der seine angespannten Nerven beruhigte. Am liebsten wäre er sofort wieder verschwunden. Aber er brauchte das Geld. Dringend. Mehr als dringend. Mit zittrigen Händen zündete er sich eine Zigarette an. Die letzte vor seinem Coup. Die Radiomoderatorin verkündete indes eine wahre Hiobsbotschaft:

> *„Und hier noch eine Unwetterwarnung des Deutschen Wetterdienstes. Im Laufe des späten Nachmittags wird das Sturmtief ‚Kyrill‘ NRW erreichen. Es ist mit Windgeschwindigkeiten von bis zu 150 Stundenkilometern zu rechnen. Im Vorfeld kann es zu vereinzelten Sturmböen und Starkregen kommen.“*

Er inhalierte das Nikotin, sein Pulsschlag beruhigte sich für einen Augenblick.
„Radio Berg – Verkehrsnachrichten“, ertönte jetzt eine männliche Tonbandstimme aus dem krächzenden Lautsprecher des alten VW,

um gleich darauf wieder von der netten weiblichen Moderatorin abgelöst zu werden.

„Zurzeit gibt's keine Staus. Aber es gibt eine Warnmeldung für die Autofahrer auf der A 4, Olpe Richtung Köln. Zwischen Refrath und Köln-Merheim liegen Reifenteile auf dem linken Fahrstreifen. Fahren Sie bitte entsprechend vorsichtig! – Radio Berg – ‚Hallo Wach'. 100 Prozent die beste Musik. Mit Alex Pesch. – So, Sie haben es gehört: Heute wird uns der Orkan Kyrill noch einiges Kopfzerbrechen bereiten. Aber ist das ein Grund für schlechte Laune? Ich denke nicht. Deshalb spiele ich jetzt für Sie die Scissor Sisters mit ‚I Don't Feel Like Dancin''. Viel Spaß!"

Jetzt warf er einen Blick in den Lokalteil der aktuellen Ausgabe der Oberbergischen Volkszeitung, die neben ihm auf dem fleckigen und brandlochübersäten Beifahrersitz lag.

Stadtrat Lütz zum Rücktritt aufgefordert

Heinemann: „Krimineller hat in der Politik nichts zu suchen."

WALDBRÖL. Die Stadtverordnete Claudia Heinemann (Bündnis 90/Die Grünen) hat ihren Ratskollegen Franz Lütz (CDU) angesichts dessen bevorstehender Gerichtsverhandlung wegen Jagdwilderei erneut dazu aufgefordert, von seinen Ämtern als Stadtverordneter und Vorsitzender des städtischen Ausschusses für Landwirtschaft, Umwelt und Verkehr mit sofortiger Wirkung zurückzutreten.

„Ein Krimineller wie Lütz hat in der Politik nichts zu suchen. Gerade er als Vorsitzender des Umweltausschusses sollte sich seines schäbigen Treibens schämen. Es ist ungeheuerlich, mit welcher Beharrlichkeit sich Lütz an seine Ämter klammert", so Heinemann. Lütz wollte sich zu der Rücktrittsforderung nicht äußern. Bürgermeister Christoph Schmidt (CDU) sagte, dass auch für seinen Parteifreund Lütz bis zu einer etwaigen Verurteilung die Unschuldsvermutung gelte und er zum momentanen Zeitpunkt „keine Veranlassung für einen Rücktritt" sehe. Es sei für die parteiübergreifende Arbeit im Stadtrat äußerst undienlich, wenn Heinemann mit „derart unhaltbaren Stammtischparolen“ um sich schmeiße.

Der passionierte Jäger Lütz muss sich Ende des Monats vor dem Amtsgericht Waldbröl verantworten. Die von der Staatsanwaltschaft Bonn erhobene Anklage basiert auf der Aussage des Waldbröler Revierförsters Sascha Meisenbach, der angab, im Spätsommer des vergangenen Jahres den revierlosen Jäger Lütz im Waldgebiet Nutscheid mit einem erlegten Rothirsch beobachtet zu haben, was den Tatbestand der Jagdwilderei erfülle, da er für dieses Revier keine Jagderlaubnis besitzt.

Bevor Meisenbach einschreiten konnte, habe sich Lütz jedoch von dem Gelände entfernt. Bei einer Verurteilung drohen dem Stadtverordneten bis zu drei Jahre Haft oder eine Geldstrafe. (ag)

So ’n Idiot, dachte er und schüttelte den Kopf, während er die Kippe im überquellenden Aschenbecher ausdrückte.
Sein Herz schlug bis zum Hals, seine Hände zitterten leicht. Nur noch wenige Minuten, und der verschlafene Ort würde aus seiner Winterlethargie gerissen werden. Dafür würde er schon sorgen. Aber bevor die Bewohner merkten, was überhaupt passiert war, wäre er schon längst über alle Berge.
Hatte er auch an alles gedacht? Sonnenbrille und Baseballkappe lagen neben der Sporttasche auf dem Fußboden des Beifahrersitzes. Und die täuschend echte Spielzeugpistole beulte seine Tarnmuster-Feldjacke aus.
Ein Blick auf die Uhr: Punkt neun.
Entschlossen griff er nach der Sonnenbrille und der Kappe. Er setzte sie auf, nahm die alte Sporttasche und öffnete die quietschende Fahrertür des Golfs.
Er blickte sich verstohlen um und überquerte die Morsbacher Straße. Über die Hauptstraße brauste ein Sattelzug der Waldbröler Spedition Peisker. Regen durchnässte seine Jacke. Sein Puls raste, während er auf die Eingangstür zuhielt. Als er dann den kleinen Vorraum betrat, in dem sich der Geldautomat und Plakate mit

dutzenden regionalen Immobilienangeboten befanden, wähnte er sich gar einer Ohnmacht nah.

Aber es half alles nichts. Entschlossen öffnete er die Tür zum Schalterraum, in dem die Angestellte gerade einen Schluck Kaffee zu sich nahm und der Filialleiter pfeifend auf die Tastatur seines PCs hämmerte.

Diese stickige, erwartungsschwangere Luft. Er hoffte, dass alles glattlaufen würde und trat an den Schalter mit Panzerglas. Die Angestellte riss ihre Augen weit auf. Ihr war klar, was nun folgen musste.

„Keine Tricks! Pack hier das ganze Geld rein! Los!“, schrie er und reichte der Mitarbeiterin die Sporttasche durch die Öffnung der Glasscheibe.

„Du bleibst da stehen, wo du bist, Mann!“, herrschte er den zur Salzsäule erstarrten Filialleiter an, der aufgesprungen war und die Hände hochgerissen hatte.

„Schneller, schneller! Mach schon!“, forderte er die Angestellte auf. Panisch und hektisch schmiss sie die Geldbündel in die Tasche, während er den Filialleiter weiterhin mit seiner Waffe in Schach hielt.

„M-mehr h-hab ich h-h-hier nicht“, stammelte sie.

„Dann komm nach vorn und bring mir die Tasche! Los!“

Die Schalterangestellte blickte kurz zu ihrem Chef, der knapp nickte, und trat aus dem Schalterraum vor den Tresen. Ihre Knie zitterten sichtlich.

„H-hier“, sagte sie und reichte ihm die Tasche, während sie in die Mündung seiner Pistole blickte.

Wortlos riss er ihr die Tasche aus der Hand und rannte aus dem Gebäude. Keine drei Minuten hatte die ganze Aktion gedauert – wobei er jetzt fast über einen Rentner mit Rollator gestolpert wäre, der mit wackeligen Beinen den Schaltervorraum betrat.

„Können Se denn nit aufpassen, junger Mann?!", schrie der ihm hinterher, ohne zu bemerken, dass er gerade Zeuge eines Überfalls geworden war.
Aber das war ihm egal. Er musste weg. Einfach nur weg. Schnell.
Er sprintete über die Straße zurück zu dem betagten VW, dessen Motor er beim Starten aufheulen ließ.
Mit quietschenden Reifen fuhr er los, rauf nach Dreslingen und über die kleine Straße, die eher einem Feldweg glich, nach Schneppenhurth. Nachdem er das Dorf passiert hatte, stellte er den Golf am Rande des Waldwegs ab, der zur L 344n führte, warf seine Jacke, Sonnenbrille und Baseballkappe in den Fußraum und holte den Benzinkanister aus dem Kofferraum, mit dessen Inhalt er den Wagen übergoss.
Als er das Streichholz auf die Benzinlache unter dem VW schmiss, blickte er sich ein letztes Mal um, bevor er mit der Sporttasche in der Hand loslief und der ohnehin schrottreife Wagen in hellen Flammen aufging.
Er lief zu der Enduromaschine, die er vorher in der Nähe abgestellt hatte, trat den Kickstarter durch und brauste schlitternd Richtung Landstraße.

Prolog – Teil II (Die Verhandlung)

Landgericht Köln, Justizzentrum,
Luxemburger Str. 101, 50939 Köln-Sülz,
Freitag, 26. Januar 2007, 09:45 Uhr

„Herr Merzenich bitte“, ertönte es aus dem Lautsprecher auf dem kalten Flur. Leicht nervös betrat ich den Sitzungssaal.

Auf der Anklagebank zu meiner Linken sah ich meine Exfrau, die mich mit einer Mischung aus Eiseskälte und Verzweiflung ansah. Dr. Ulrike Engelhardt, ihre stadtbekannte Verteidigerin, flüsterte ihr etwas ins Ohr, was sie dazu veranlasste, leicht zu nicken.

Der junge Staatsanwalt auf der rechten Seite, der Fensterseite, machte sich Notizen und lächelte mir zu – genau wie die vorsitzende Richterin, die mich mit einer knappen Handbewegung anwies, in der Mitte Platz zu nehmen.

„Herr Merzenich, Sie sind heute geladen, um in der Verhandlung gegen Frau Maria von Preysing wegen des Verdachts der Strafvereitelung hinsichtlich der durch Herrn Doktor Guntram Bürger und seine Mittäter gemeinschaftlich begangenen Anstiftung zum Mord als Zeuge auszusagen. Eine entsprechende Aussagegenehmigung Ihres Dienstherrn liegt Ihnen vor?“

„Selbstverständlich“, antwortete ich.

„Gut. Dürfte ich Sie dann zunächst um Ihre Personalien bitten?“

„Peter Merzenich, 41 Jahre alt, Kriminalhauptkommissar, zu laden über das Polizeipräsidium Köln, Exmann der Angeklagten.“

„Sie wissen ja, dass Sie als Exmann der Angeklagten gemäß Paragraf 55 der Strafprozessordnung das Recht haben, die Aussage zu verweigern, wenn Sie bei wahrheitsgemäßer Aussage Ihre Exfrau belasten würden?“

„Das ist mir bekannt. Aber ich möchte von diesem Recht keinen Gebrauch machen.“

Schließlich gab es emotional nichts mehr, was mich mit dieser verlogenen Schlampe verband …

„Gut. Dann schildern Sie uns doch bitte, wie die Angeklagte in die Abläufe rund um die Auftragsmorde an Bartholomé Ngabane und Weihbischof Doktor Innozenz Selbach im August 2005 involviert war. – Frau Verteidigerin, Herr Staatsanwalt, ich denke, wir können hierbei auf die Schilderungen hinsichtlich des kompletten Tathergangs verzichten, da dies bereits Gegenstand der gesonderten Verhandlung gegen Doktor Bürger war und wir dazu gestern in aller Ausführlichkeit den ehemaligen Leiter der zuständigen Mordkommission, den Zeugen Theo Voß, gehört haben. Oder was denken Sie?"

„Ja, das ist in Ordnung", stimmte der Staatsanwalt zu.

„Meinetwegen", sagte Marias Verteidigerin nach kurzem Zögern.

„Gut", sagte die Richterin und sah in meine Richtung.

Ich räusperte mich. Meine Hände schwitzten. „Also, im Rahmen der Ermittlungen zum Tode Bartholomé Ngabanes fanden wir seinerzeit heraus, dass eine Spur zu der Von-Hohenfels-Stiftung führte. Ich begab mich am 19. August 2005 gemeinsam mit Kriminaloberkommissar Eugen Fröbel zum Firmensitz der damaligen HohenfelsBank AG in der Gereonstraße, um Doktor Guntram Bürger, den Vorstandsvorsitzenden des Bankhauses und auch der Von-Hohenfels-Stiftung, informatorisch zu befragen, um eine entsprechende zeugenschaftliche Vernehmung vorzubereiten. Wir konfrontierten ihn mit dem Vorhalt, dass Ngabanes Ermordung in unmittelbarem Zusammenhang mit dem Ankauf so genannter Blutdiamanten bei kongolesischen Rebellen durch hochrangige Mitglieder der Stiftung stehen müsse. Er äußerte jedoch, darüber nichts zu wissen. Während dieser ersten Befragung war auch die Angeklagte anwesend, die er mir als seine neue Chefökonomin vorstellte.

Am Abend dieses Tages stand die Angeklagte vor meiner Wohnungstür und verschaffte sich unter dem Vorwand, mit mir eine Flasche Sekt trinken zu wollen, Zugang zu meiner Wohnung. Wir verbrachten die Nacht zusammen. Sie sagte, dass sie sich von ihrem damaligen Ehemann, Stefan Osterloh, gelangweilt fühlte. Erst im Nachhinein fiel mir auf, dass sie mir Fragen zum Stand der Ermittlungen gestellt hatte.

Als ich am nächsten Morgen wach wurde, war die Angeklagte verschwunden.

Ich hörte tagelang nichts mehr von ihr. Am darauffolgenden Montag entdeckten wir im Rahmen einer Observation das Fahrzeug der Angeklagten dann auf dem Grundstück des Spediteurs Udo Schmelzer in Niederkassel. Schmelzer war ebenfalls in den Mordfall verwickelt, wie wir später herausfanden.

Als wir zwei Tage später auf Grund der Aussage des Privatdetektivs Uwe Schmahlacker ausrückten, um den von Schmahlacker als Drahtzieher der Morde bezichtigten Doktor Bürger festzunehmen, flüchtete der mit seinem Auto und konnte erst gestellt werden, als er auf der A 555 in einen Unfall verwickelt war. Auf dem Beifahrersitz saß die Angeklagte, die beteuerte, dass es ihr leidtue. Im Rahmen der Beschuldigtenvernehmung äußerte Doktor Bürger schließlich, dass er die Angeklagte im Vorfeld auf mich angesetzt habe, um mich zu dem damaligen Stand der Ermittlungen auszuhorchen. Ferner wollte er sich letztendlich mit der Angeklagten, die seine Geliebte war, nach Mittelamerika absetzen."

„Gut. Vielen Dank, Herr Merzenich. Gibt es noch Fragen an den Zeugen?", wollte die Vorsitzende wissen.

„Ja, wenn Sie gestatten", sagte der Staatsanwalt. „Können Sie sich an den Wortlaut der Fragen erinnern, die Ihnen die Angeklagte am besagten Abend gestellt hat?"

„Ja, sie fragte ganz allgemein, was wir bereits wüssten. Ich antwortete darauf nur lapidar, dass bei der Stiftung irgendetwas faul sei und der südafrikanische Stiftungsmitarbeiter De Boer von einem Rebellenführer Diamanten aufkaufe. Und dass der tote Mönch, Bartholomé Ngabane, einen Zettel mit dem Namen und der Telefonnummer des Kölner Theologieprofessors Domenico Prangetti bei sich geführt habe. Darüber habe ich Kriminalhauptkommissar Voß, meinen damaligen Vorgesetzten, jedoch informiert."

„Gut. Und Sie hat sich nach diesem Abend nicht mehr bei Ihnen gemeldet?"

„Nein. Es herrschte wieder absolute Funkstille zwischen uns – wie vor diesem Tag."

„Vielen Dank."

„Ich hätte da auch noch was", sagte Frau Dr. Engelhardt. „Herr Merzenich, wie lange sind Sie im Polizeidienst?"

„Seit 1985."

„Also 22 Jahre. Ich denke mal, dass man Ihnen im Rahmen Ihrer Ausbildung beigebracht hat, dass es im höchsten Maße unprofessionell ist und sogar strafbar sein kann, vertrauliche Informationen aus laufenden Ermittlungen an Dritte weiterzugeben? Erst recht, wenn diese Dritten in irgendeiner Art und Weise mit dem Fall in Verbindung stehen, so wie es hier der Fall zu sein scheint."

„Ja, das ist mir bekannt. Mein damaliger MK-Leiter Voß hat mich diesbezüglich auch unter vier Augen gerügt."

„Dann stelle ich mir folgende Frage, Herr Kriminalhauptkommissar: Warum haben Sie es dann doch gemacht?"

„Ich verstehe Sie nicht ganz …"

„Warum haben Sie Ihrer Exfrau all diese Informationen zukommen lassen, obwohl Sie wussten, dass Sie deshalb Ärger bekommen könnten?"

„Ja, es – es waren ja schließlich keine entscheidenden Informationen, und …"

„Und? Ist es nicht so, dass Sie alles getan hätten, um Ihre Exfrau zurückzuerobern? Haben Sie sie nicht immer noch geliebt?! – Eine andere Frage: Wie haben Sie die Nacht miteinander verbracht?"
„Wir haben miteinander geschlafen", antwortete ich kleinlaut.
„Aha! Also dadurch, dass Sie meiner Mandantin vertrauliche Informationen gegeben haben, konnten Sie ihr endlich wieder näherkommen. Wie lange haben Sie darauf nach Ihrer Scheidung gewartet?"
„Gar nicht mehr! Eigentlich war das Thema für mich erledigt!"
Zumindest, was die letzten Jahre anging, war das ja nicht gelogen. Hatte ich jedenfalls immer gedacht …
„Ach, tatsächlich? Frau Vorsitzende, Herr Staatsanwalt, meine Mandantin hat mir die Erlaubnis erteilt, Auszüge aus Ihrem Tagebuch zu verlesen, das sie jahrelang geführt hatte. – Nur zum Verständnis, Herr Merzenich: Wann sind Sie von meiner Mandantin geschieden worden?"
„Im April 2001."
„Vielen Dank. Ich zitiere", sagte dieser Anwaltsdrachen und las vor aus dem kleinen, in Leder gebundenen Buch, das vor ihr lag.
„‚Sonntag, 7. September 2003. Gestern war ich auf Marcels Party. Dort habe ich Pitter wiedergetroffen. Er war wieder mal sturzbetrunken. Ich frage mich, was ich an diesem Proleten mal gefunden habe. Ich bin froh, dass diese Zeit hinter mir liegt. Er wird sich nie ändern. Als ich den Gästen von meiner neuen Beziehung und davon berichtete, dass ich mir vorstellen könne, mit Stefan Kinder zu haben, flippte Pitter aus und nannte mich eine eiskalte, karrieregeile Tussi, die eh nur ihren eigenen Vorteil im Kopf habe! Ich war fassungslos, ließ mich von Stefan abholen. Auch er wurde von Pitter, der sich kaum auf den Beinen halten konnte, wüst beschimpft. Ich hatte Angst, dass die Situation eskaliert.'"
Frau Dr. Engelhardt machte eine kleine Pause. Ich wäre derweil am liebsten im Erdboden versunken.

„„Donnerstag, 11. September 2003. Schock – gestern Abend stand Pitter aus heiterem Himmel auf meinem Balkon und pochte gegen die Tür. Er war wieder mal betrunken. Als ich mich weigerte, ihn reinzulassen, nannte er mich eine blöde Kuh und drohte, gewaltsam reinzukommen. Erst, als ich ihn anschrie und aufforderte, endlich zu verschwinden, ging er. Ich habe den Rest des Abends nur noch geweint. Stefan konnte mich kaum trösten.'"

„Das ist ja alles schön und gut, Frau Kollegin", sagte der Staatsanwalt. „Aber so langsam wüsste ich gerne, was das jetzt mit unserem Fall zu tun hat. Schließlich steht Herr Merzenich nicht unter Anklage. Und so langsam kommt es mir vor, als wollten Sie hier einen verdienten Kriminalbeamten an den Pranger stellen!"

„Das will ich Ihnen gerne erklären, werter Herr Kollege. Ihr Zeuge hat meiner Mandantin noch Jahre nach der Scheidung nachgestellt. Und als sie sich ihm in einem schwachen Moment hingab, sah er sich am Ziel seiner Träume. Nur, dass es für meine Mandantin nichts weiter als ein einmaliges außereheliches Abenteuer war!"

„Ach! Ihre Mandantin lässt sich also aus purer Abenteuerlust mit einem Mann ein, den sie – sehen Sie mir den Ausdruck bitte nach, Herr Merzenich – einen Proleten nennt. Spricht ja nicht gerade dafür, dass Ihre Mandantin besonders anspruchsvoll ist, was die Wahl ihrer Sexualpartner angeht ... Und überhaupt – nach Jahren der absoluten Funkstille zwischen Ihrer Mandantin und dem Zeugen kommt es ihr plötzlich – oder besser gesagt nach der ersten informatorischen Befragung Doktor Bürgers – in den Sinn, ihm Avancen zu machen und ihn nach allen Regeln der Kunst zu verführen?"

„Ihre pubertären Phantasien in allen Ehren, Herr Staatsanwalt – aber erlauben Sie vielleicht, dass ich endlich fortfahre?", warf Dr. Engelhardt barsch ein. „Als Herr Merzenich herausfand, dass er für seine Frau nur ein einmaliges amouröses Abenteuer war, setzte er alles daran, meiner Mandantin, der Angeklagten, die

Verstrickung in den Mordfall anzuhängen! Meine Mandantin ist aber vollkommen unschuldig!"

Staatsanwalt Weyrich lachte laut auf und schlug mit der flachen Hand auf den Tisch. „So etwas Absurdes hat man von Ihnen ja nicht mehr seit der Verteidigung Christian Dümbgens gehört! Ich bitte Sie! Haben Sie vergessen, dass das Fahrzeug Ihrer Mandantin bei einem der Beschuldigten vor dem Haus gesehen wurde? Und dann sind da noch die Aussagen von Uwe Schmahlacker und Doktor Bürger, die die Angeklagte eindeutig belasten! Haben Sie die Vernehmungsprotokolle nicht gelesen? Waren Sie nicht zugegen, als beide – HIER in diesem Saal – letzte Woche ihre Aussagen wiederholt haben? Und dass Ihre Mandantin im Fluchtauto Doktor Bürgers saß, möchten Sie wohl auch abstreiten, obwohl es dafür mehr als nur einen Zeugen gibt, was?! Pah! Ist ja lächerlich, was Sie hier darbieten!"

„Ein verurteilter Morddrahtzieher und sein willfähriger Gehilfe! Dass ich nicht lache! Diese feinen Herren würden doch alles erzählen, um Vorteile für sich herauszuschlagen!"

„Ach, davon hätten sie doch überhaupt nichts! Sie sind längst verurteilt und sitzen ihre Strafen ab. Und außerdem: Nach über einem halben Jahr der Liaison mit Doktor Bürger glaube ich wohl kaum, dass er Ihre Mandantin aus purem Eigennutz ans Messer liefern wollte. Dafür schien Doktor Bürger zu sehr von Ihrer Mandantin angetan zu sein."

„Reine Mutmaßung!"

„Das reicht jetzt aber endgültig!", mischte sich die Richterin in den Schlagabtausch ein. „Mäßigen Sie sich bitte! Und sparen Sie sich derartige Erklärungsversuche für Ihre Schlussplädoyers! Gibt es jetzt noch Fragen an den Zeugen?"

Einstimmiges Kopfschütteln, das darüber hinwegzutäuschen versuchte, dass sich Staatsanwalt und Verteidigerin nicht ausstehen konnten.

„Dann sind Sie als Zeuge entlassen. Sie können der Verhandlung natürlich gerne noch als Zuhörer im hinteren Teil des Saals beiwohnen. Sind Ihnen Kosten entstanden?"
„Nein."
„Dann wünsche ich Ihnen noch einen schönen Tag."
Eilig verließ ich den Sitzungssaal. Ein grauhaariger Mann mit Stirnglatze und Schnauzbart, der einen Trachtenanzug trug und einen Lodenmantel über seinen Unterarm geworfen hatte, folgte mir und hielt mich am Arm fest.
„Servus, Pitter. Host a Minutn?", fragte er und sah mich mit gutmütigem Dackelblick an.
Ich blickte auf die Uhr. Halb elf durch. Eigentlich wollte ich schnellstmöglich zurück ins Büro, um den Ermittlungsbericht zum kuriosen tödlichen Arbeitsunfall eines jungen Dachdeckers in Leverkusen-Quettingen fertigzustellen. Aber Dr. Xaver-Joseph von Preysing, den ich seit der Scheidung nicht mehr gesehen hatte, konnte ich diesen Gefallen nicht abschlagen. Er war immerhin mein Ex-Schwiegervater und Chefarzt des Klinikum Landshut.
„Mensch, Xaver, schön, dich zu sehen!", sagte ich und klopfte ihm freundschaftlich auf die Schulter.
„Na ja, wäre schöner, wenn wir uns unter anderen Umständen wiedergesehen hätten", antwortete er, hörbar um hochdeutsche Aussprache bemüht.
Ich zuckte mit den Schultern. „Man kann's nicht ändern. Komm, lass uns in die Cafeteria gehen."
Gemeinsam gingen wir in die Kantine des Justizzentrums, in der mehrere gutgekleidete Juristen und uniformierte Wachtmeister ihren Kaffee tranken oder ihr zweites Frühstück einnahmen.
„Wie geht's dir, Junge?", wollte Xaver wissen und schlürfte einen Schluck Kaffee.
„Ach, ganz gut. Die Arbeit macht mir Spaß. Und sonst ist auch alles in Ordnung. Und bei euch?", wollte ich wissen.

„Der Margot ist das mit unserer Tochter ziemlich an die Nieren gegangen. Will kaum noch was essen. Herrgott, wie konnte Maria nur so tief sinken?“, fragte er kopfschüttelnd. Tränen standen in seinen Augen.
Wehmütig dachte ich an die unbeschwerten Abende zurück, an denen ich mit ihm bei einem Glas Weißbier auf der Terrasse seines schönen Hauses im niederbayerischen Landshut gesessen und über Gott und die Welt diskutiert hatte. Aber von seiner angeborenen Fröhlichkeit war nicht mehr der Hauch einer Spur übriggeblieben.
„Bua, es tut mir so leid, dass dich unser Mädel da jetzt auch noch mit reingezogen hat.“
„Ach, nicht der Rede wert! Ich werd deswegen schon keinen Ärger kriegen. Da solltest du dich lieber um Maria sorgen. Für die wird's ziemlich eng.“
Xaver nickte. „Was ist bloß mit ihr los? Ich glaub, seit eurer Scheidung hat sie jeglichen Halt verloren.“
„Aber sie hatte doch ihren Stefan!“
„Ach, des is doch a Zipfelklatscher! A Weichei! Na, sie braucht a Mannsbild wie di!“ Xaver sah mir bedeutungsvoll in die Augen. „Pitter: Gibt's a neue Frau an deiner Seitn?“, wollte er wissen.
„Nein, aber ich weiß ehrlich gesagt nicht, worauf du hinauswillst.“
„I woaß, des die Maria dich tief in ihrem Innern immer noch liebt. Glaub's mir! Sie braucht jetzt jemanden, der sich um sie kümmert und der ihr beisteht, wieder auf den rechten Weg zu kommen. Und ich weiß, dass du auch noch was für sie empfindest.“
Ich seufzte. „Tut mir leid, Xaver, aber diese Zeiten sind ein für alle Mal vorbei! Dafür ist zu viel vorgefallen. Außerdem hast du ja eben selbst gehört, wie sie über mich denkt. Nein, mit diesem Thema bin ich fertig. Von Liebe und Zuneigung kann da keine Rede mehr sein! – Wenn das alles ist, worüber du mit mir spre-

chen wolltest, geh ich jetzt besser", sagte ich und klopfte ihm zum Abschied auf die Schulter.
Ich durfte mich in dieser Sache nicht mehr einlullen lassen. Die Ereignisse vom August 2005 hatten ja gezeigt, wohin das führen konnte.
So ging ich in das Besucherparkhaus und schloss den silbernen Scorpio auf, meinen Lieblingszivilwagen, der inzwischen stolze 14 Dienstjahre auf dem Buckel hatte.

Zurück im Präsidium, kam mir auf unserem Flur meine Kollegin Silke Richarz entgegen. Die linke Seite ihres Ponys hing ihr ins Gesicht und verdeckte ihr linkes Auge. Die dünne 40-jährige Kriminalhauptkommissarin arbeitete seit September des Vorjahres für unsere Mordkommission (nachdem sie einige Zeit bei Bernd Marquardts MK 5 ermittelt hatte) und war mir in meiner Position als stellvertretender MK-Leiter nachgefolgt, da ich seit diesem Zeitpunkt der neue MK-Leiter war.
Tja, lieber Leser, Sie haben richtig gelesen: Unseren langjährigen Chef Theo Voß hatte es auf seine alten Tage zum Zielfahndungskommando des LKA nach Düsseldorf verschlagen, so dass ich seinen Posten übernehmen konnte. Somit waren von der ursprünglichen Stammbesatzung der Mordkommission 3 nur noch Kriminaloberkommissar Dario Zimmermann, Kriminaloberkommissar Andríkos Vikelas und meine Wenigkeit übriggeblieben. Mit Dario hatte ich mich zwischenzeitlich ausgesöhnt und er mich sogar gebeten, als Taufpate für seine kleine Tochter Zoë zu fungieren. Nina Lavrović hatte bereits im September 2005 zur Pressestelle gewechselt und war seinerzeit durch den frischgebackenen Kriminalkommissar Damian „Dammi" Kühnert ersetzt worden. Auch sonst hatte sich in letzter Zeit viel geändert:
Unser Präsidium war nach Ende des Modellversuchs von sechs auf nunmehr vier Direktionen reduziert und zu Beginn des Jahres mit

der Autobahnpolizei, die bisher unmittelbar der Bezirksregierung Köln unterstanden hatte, sowie dem kompletten PP Leverkusen verschmolzen worden.
Zu guter Letzt hatte man unsere Direktion, die bislang „Kriminalitätsbekämpfung" hieß, schlichtweg in „Kriminalität" umbenannt – gerade so, als ob wir Kriminalität nicht mehr bekämpfen, sondern nur noch verwalten oder allenfalls zur Kenntnis nehmen sollten. Meiner Meinung nach (insbesondere angesichts unseres neuen, großspurigen Behördenslogans *Vision 2010: Köln – sicherste Stadtregion*) ein eher schlechtes Omen …
„Und, wie war's beim Gericht?", wollte Silke wissen. Ich kannte sie schon seit unserer gemeinsamen Ausbildung bei der Bereitschaftspolizei.
„Ach, hör bloß auf", antwortete ich und ging in mein Büro, in dem Dario bei einer Tasse Kaffee saß und den Stadt-Anzeiger las.
„Hallo Pitter, hast du's überstanden?", wollte nun auch Dario wissen.
„Hab schon Schlimmeres erlebt", antwortete ich und goss mir ebenfalls eine Tasse Kaffee ein – Dario hatte die Kanne vorausschauend aus unserer Teeküche „entführt" –, bevor ich mich an meinen Bericht setzte. Insgeheim fragte ich mich, warum es unser Staatsanwalt so dringend gemacht hatte und den Bericht unbedingt am kommenden Montag auf seinem Schreibtisch haben wollte.
Meine Finger flogen über die Tastatur.
Gegen halb eins der spindeldürre Kriminalkommissar Kühnert, Enddreißiger mit Pferdeschwanz, in unser Büro. Über seinem karierten Flanellhemd trug er ein Schulterholster. „Hey, Leute, kommt jemand mit rüber in die Köln Arcaden? Ich geb 'ne Pizza aus!", sagte der fünfte Mann unserer MK sichtlich gut gelaunt.
„Vielen Dank, aber ich hab keine Zeit, Dammi. Und außerdem: Wenn ich 'ne gute Pizza essen will, geh ich zu meinem alten

Freund Gaetano. Diesen Fraß im Einkaufszentrum boykottier ich aus Prinzip. Trotzdem danke!"
„Schon gut, Mann!", sagte Dammi gespielt beleidigt und hob beschwichtigend die Hände.
Seit der Eröffnung der Köln Arcaden in unmittelbarer Nachbarschaft des Kalker Präsidiums vor rund zwei Jahren hatten alle umliegenden Geschäftsleute unter dem riesigen Konkurrenten, der in seinen Mauern alle erdenklichen Shops beherbergte, zu leiden. Ob Kneipier, Bäcker oder Juwelier – das Einkaufszentrum ließ keine Kundenwünsche offen und würde noch einige Kalker Einzelhändler in den Ruin und/oder Wahnsinn treiben …

Gegen halb fünf schnappte sich Dario, der seit einiger Zeit hellblonde Strähnchen hatte, was nach seiner eigener Aussage „cool" aussah, seine Daunenjacke. Draußen war es bereits stockdunkel. Schneeflocken wehten gegen das Bürofenster.
„Ich wünsch dir was, Pitter! Hoffentlich bleibt's bis Montag ruhig, wenn uns Wilfried mit seiner MK 4 mit der Rufbereitschaft ablöst. Ich wünsch dir vorsichtshalber mal 'n schönes Wochenende!"
„Dein Wort in Gottes Ohr, Mann! Aber dich würd's ja eh erst mal nicht erwischen. Schließlich bin ich mit Dammi und Silke an der Reihe. Grüß deine Frau und mein kleines Patenkind von mir!"
„Mach ich!"
Ich durfte gar nicht daran denken, was passieren würde, wenn wir jetzt tatsächlich zu einem Todesfall gerufen würden. Schließlich war ich mit diesem verdammten Bericht immer noch nicht fertig. Immerhin musste ich meinem Vereinsvorsitzenden Erich Koslowski, der am Montag als Leiter des für Betrugs- und Falschgelddelikte zuständigen KK 33 in den wohlverdienten Ruhestand verabschiedet worden war, keine Abfuhr erteilen. Unser Karnevalsverein hatte seltsamerweise ein auftrittsfreies Wochenende erwischt – und das in der „jecken" Hochsaison …

Da meine Augen zuzufallen drohten, setzte ich nochmal frischen Kaffee auf. Der Flur unserer Dienststelle war vollends verwaist, ich war weit und breit der einzige Beamte. Nur die gedimmte Notbeleuchtung leistete mir zweifelhafte Gesellschaft.

1. Kapitel: Der Ruf der Wildnis

Polizeipräsidium Köln, Direktion Kriminalität,
Kriminalinspektion 1, Kriminalkommissariat 11,
Mordkommission 3, Walter-Pauli-Ring 2–4, 51103 Köln-Kalk,
Freitag, 26. Januar 2007, 18:39 Uhr

Zufrieden blickte ich auf den Bildschirm.

„Wie eingangs bereits erörtert, haben die Ermittlungen Folgendes ergeben:

Der Geschädigte, Dachdeckergeselle Timo Pönsgen, war am Mittwoch, den 10. Januar 2007, gemeinsam mit seinen Kollegen des Odenthaler Meisterbetriebs Josef Müller KG mit Dacharbeiten am Mehrfamilienwohnhaus Raushofstraße 3 in 51381 Leverkusen-Quettingen betraut.
Gegen 14:30 Uhr erhielt er, auf dem Dach befindlich, einen Anruf seiner Lebensgefährtin, die ihm mitteilte, mit dem gemeinsamen BMW einen leichten Auffahrunfall verursacht zu haben. Pönsgen geriet nach Zeugenaussagen seiner Kollegen darüber derart in Rage, dass er unachtsamerweise über die leicht abstehende Kante einer Dachpfanne stolperte und letztendlich zehn Meter in die Tiefe stürzte, wobei er sich das Genick brach, was nach dem Obduktionsbericht der Rechtsmedizin todesursächlich war. Entgegen der ausdrücklichen Anweisung seines Meisters hatte er darauf verzichtet, die Sicherungsleine anzulegen. Von einem fahrlässigen Handeln des Geschädigten ist daher auszugehen.

Auf Grund des vorbezeichneten Hergangs ist Fremdverschulden mutmaßlich auszuschließen.

Es wird daher angeregt, das Ermittlungsverfahren einzustellen.“

Ich druckte den Bericht aus und machte mich auf den Heimweg in die Kalker Bertramstraße, wo ich auf der Couch einschlief.
Das Klingeln meines Handys riss mich aus dem Schlaf. *Unbekannter Teilnehmer ruft an*, zeigte das Display. Das konnte ja nichts Gutes heißen. Schließlich rief das Präsidium mit unterdrückter Rufnummer an. Ein Blick auf die Uhr verriet mir, dass es bereits halb eins durch war. Genervt nahm ich das Gespräch entgegen. Und tatsächlich: Es war Ulf Wenzel, der DGL[1] der hiesigen YY K-Wache 1.
„’n Morgen Pitter, ich bin’s, Ulf. Pass auf: Ich hab Arbeit für euch. Eben hat ‚Agger‘ bei uns angerufen. Zwei Kollegen der Wache Waldbröl haben in ’nem Waldgebiet die Leiche eines Försters gefunden. Die Kollegen der K-Wache Gummersbach sind bereits vor Ort. Augenscheinlich hat der Förster ’n Loch im Kopp, ist vermutlich erschossen worden“, sagte mein Kollege.
„Gut, kannste mir schon was Genaueres sagen?“
„Klar. Also, zwei Kollegen der Wache Waldbröl haben gegen 11 ein im Wald geparktes Fahrzeug vorgefunden. Da ihnen das bei dem Sauwetter draußen seltsam erschien, haben sie sich die Karre genauer angesehen und da drin den leblosen Körper eines Forstbeamten namens Sascha Meisenbach vorgefunden, der augenscheinlich erschossen wurde. Die Kollegen Lahm und …“, ich hörte Papier rascheln, „… Schmittseifer vom KDD Gummersbach sind vor Ort und haben bereits erste Ermittlungen aufgenommen. Auffindeort ist die Einmündung Zeitstraße Richtung Ommeroth in die B 256 Richtung Schladern – ein Waldgebiet südwestlich von Waldbröl. Passt bloß auf und fahrt bei dem

1 Abk. für Dienstgruppenleiter

Scheißwetter vorsichtig! Die Handynummer von Holger Lahm geb ich dir gleich noch durch. Ist dein Ansprechpartner vor Ort. Und denk bitte dran, dich bei Agger anzumelden, wenn ihr in deren Bereich einfahrt. Die haben die Frequenz vier-fünf-null."
„Gut, dann hab ich soweit ja alles. Dann informier ich jetzt mal die Staatsanwaltschaft."
„Brauchste nicht. Staatsanwalt Krings von der für diesen Bereich zuständigen StA Bonn weiß Bescheid, ist schon auf dem Weg zum Tatort."
„Na toll! Das gehört eigentlich zu meinen Aufgaben! Aber gut. Dann ist das halt so."
„Ja, tut mir leid, soll nicht wieder vorkommen. Der Kollege von Agger hat in seiner Eigenschaft als Leitstellen-DGL und Pressevertreter außerhalb der regulären Dienstzeit die Medien per Rund-SMS informiert, nachdem ihm das von der Staatsanwaltschaft Bonn übertragen wurde. Aber ich glaube nicht, dass diese Presse-Aasgeier bei dem Scheißwetter auch nur einen Fuß vor die Tür setzen."
„Da würd ich mich nicht drauf verlassen. Für diese Geier geht's doch ums pure Geld, um Auflage. Okay. Dann informier bitte Silke und Dammi und die Jungs vom ED[2] und den Fotografen und sag ihnen, dass sie sich schnellstmöglich in unserem Büro einfinden sollen. Ich sag unserem Micha Götz Bescheid, damit der den KI/L[3] informiert."
„Wird gemacht. Soll ich die hiesigen Kaderkräfte auch direkt alarmieren?", wollte Ulf wissen.
„Nä, erst mal nicht. Sind ja wohl offensichtlich erst mal großartig keine Nachbarschafts- oder Zeugenbefragungen durchzuführen."
„Ja, verstanden."

2 Abk. für Erkennungsdienst

3 Abk. für Leiter der Kriminalinspektion

Ulf teilte mir noch Holger Lahms Handynummer mit, die ich notierte. „Dann kümmre ich mich jetzt mal um die Alarmierung der anderen. Tschüss, Jung!“, sagte Ulf zum Abschluss und legte auf.

Ich machte mich auf den Weg ins Präsidium. Eine gute Stunde später waren alle Kollegen eingetrudelt und machten sich für den Dienst fertig. Aus verschlafenen Augen blinzelten sie mich müde an.

Ich brachte sie alle auf den neuesten Stand und drängte zum Aufbruch.

„Da ich nicht weiß, wie wir bei dem Wetter vorwärtskommen, sollten wir uns langsam sputen“, sagte ich mit einem Blick aus dem Fenster. Zarte Schneeflocken umwirbelten die Scheibe.

„So 'n Scheiß. Ich weiß ja noch nicht mal genau, wo dieses Waldbröl liegt. War nur mal mit der Maike auf 'nem mittelalterlichen Markt auf Schloss Homburg bei Nümbrecht, das, glaub ich, in der Nähe liegt. Aber was haben wir denn eigentlich damit zu tun, wenn da 'n Toter gefunden wird?“, regte sich Dammi auf.

„Ich hab gedacht, du hättest vor nicht allzu langer Zeit deine Kommissarsprüfung abgelegt … Sagt dir da die Kriminalhauptstellenverordnung des Landes Nordrhein-Westfalen nix?“, fragte Silke mit gespielt entrüstetem Blick.

Dammi zuckte gleichgültig mit den Schultern. „Doch, schon …“

„Nach Paragraf zwo dieser Verordnung ist das PP Köln als Kriminalhauptstelle für die Bearbeitung aller schweren Straftaten zuständig, die nicht nur in seinem Polizeibezirk, sondern auch im Rhein-Erft-, dem Rheinisch-Bergischen und dem Oberbergischen Kreis begangen werden. Und da Waldbröl nun mal im Oberbergischen liegt, müssen wir der dortigen Kreispolizeibehörde hilfreich zur Seite stehen und die Ermittlungen übernehmen“, führte

meine Stellvertreterin weiter aus und warf Dammi einen gestrengen Schulmeisterblick zu.
Ja, der Aufbau der nordrhein-westfälischen Polizei war schon etwas ganz Besonderes und in Deutschland einmalig. Neben den Polizeipräsidien in den großen Städten und Ballungsgebieten waren die Beamten der Landespolizei in der „Fläche" im Rahmen der Organleihe[4] den Landräten unterstellt, also den kommunalen Wahlbeamten, die die Kreisverwaltung leiteten. Ein komplexes System, das für manche Verwirrung sorgte.
„So, Leute, genug gefachsimpelt. Auf geht's. Silke: Nimm bitte dein Navi mit! Reiner, Andy, Markus: Ihr fahrt uns am besten mit eurem Sprinter hinterher."
„Wird gemacht, Chef", sagte der korpulente Markus, kratzte sich am Bart und watschelte mit den Spurensicherern Reiner und Andy zur Tür raus.
Wir gingen in die Tiefgarage, wo Silke und ich in den Scorpio und Dammi als Einzelfahrer in den petrolblauen Vectra B Fließheck stiegen.
Da ich mich als neuer MK-Leiter um die Kontaktaufnahme mit den Kollegen vor Ort, der Rechtsmedizin und der Staatsanwaltschaft kümmern musste, überließ ich es immer öfter meinen Kollegen, den alten Ford zu fahren.
Silke gab die Adresse ins Navi ein, das sie per Saugnapf an der Windschutzscheibe befestigt hatte. *„Die Route wird berechnet"*, verkündete eine computeranimierte Frauenstimme. Mit dem nicht allzu alten Vectra und dem weißen Sprinter, unserem „Tatortwagen", im Schlepptau verließen wir den Hof des Präsidiums und fuhren in die frostige Nacht. Da die Heizung in dem alten

4 Rechtsbegriff für eine Behörde, die für eine andere Behörde tätig wird und nach außen als diese vertretene Behörde auftritt (z. B. das Umweltamt der Stadtverwaltung, das in seinem Zuständigkeitsbereich Aufgaben der Landesverwaltung wahrnimmt und in diesem Zusammenhang als „Untere [staatliche] Umweltbehörde" bezeichnet wird).

Scorpio nicht mehr richtig funktionierte, war ich froh, neben dem dicken Norweger-Pulli noch meine Lederjacke angezogen zu haben.
Ausgerechnet in der ersten Schneenacht des jungen Jahres mussten wir ausrücken – und dann noch ins rheinische Sibirien …
Die Straßen wirkten wie ausgestorben. „Arnold“, unsere Leitstelle, meldete sich mit einem krächzenden Funkspruch und riss mich aus der winterlichen Lethargie.

> *„Von Arnold an alle mit Pkw-Fahndung, von Arnold an alle mit Pkw-Fahndung! Gesucht wird nach VU-Flucht im Bereich Wiener Platz/Clevischer Ring ein schwarzer BMW 3er mit Bergheimer Kennzeichen, Kombi der Erkennungsnummer unbekannt. Nach Aussage Mitteiler hat das Fahrzeug einen auffälligen Frontschaden. Ich wiederhole: Gesucht wird nach VU-Flucht im Bereich Wiener Platz/Clevischer Ring ein schwarzer BMW 3er mit Bergheimer Kennzeichen, Kombi der Erkennungsnummer unbekannt. Nach Aussage Mitteiler hat das Fahrzeug einen auffälligen Frontschaden. Im Antreffungsfall Meldung an Arnold! Von Arnold an alle mit Pkw-Fahndung Ende!“*

Aber das sollte uns nicht weiter interessieren. Wir mussten uns um ein Tötungsdelikt kümmern.
Mühsam kämpfte sich unser kleiner Konvoi über die BAB 4 bergauf Richtung Osten – was wider Erwaten relativ unproblematisch gelang, da die Autobahnmeisterei ausgerückt war, um den weißen Schneefilm von der Fahrbahn zu räumen.
Ich stellte die Frequenz unseres Funkgeräts um und griff nach dem Peiker-Handmikro.
„Agger von Arnold 91/16!“, funkte ich die Gummersbacher Polizeileitstelle an. „Kommen, Arnold 91/16!“

„Sind mit drei Einsatzmitteln auf dem Weg zum Leichenfundort an der B zwo-fünf-sechs in Waldbröl!"

„Ja, verstanden!", antwortete der verschlafene Kollege, der es sich sicherlich in seiner gemütlichen, gut beheizten Amtsstube bequem gemacht hatte.

Danach meldete ich mich bei Holger Lahm und teilte ihm mit, dass wir nicht mehr allzu lange brauchen würden. Ich informierte noch Herrn Krings von der Staatsanwaltschaft Bonn und Herrn Doktor Kleutgen von der dortigen Rechtsmedizin (der zusagte, sich auch schon auf den Weg zu machen, da er nicht wusste, wie er bei dem Wetter durchkommen würde), bevor ich mich zurücklehnen wollte, als mein Handy klingelte.

Es war Max Ringsdorf, der Leiter der Gummersbacher Pressestelle.

„Kannst du mir schon was sagen, Kollege?", wollte er aufgeregt wissen. „Diese Pressegeier rufen schon die ganze Zeit bei mir an."

„Nein, tut mir leid. Ich meld mich später bei dir!", antwortete ich knapp und legte leicht genervt auf. Der Kollege war ja fast schlimmer als die Presseheinis oder unser Kölner Pressestellenleiter Dieter Hesse …

Wir erreichten die Ausfahrt Reichshof/Bergneustadt, fuhren über die Bundesstraße nach Waldbröl, neben dessen Ortseingangsschild eine Holztafel mit der Aufschrift *Waldbröl – Stadt des Volksliedes „Kein schöner Land"* angebracht war, passierten ohne Probleme das Stadtzentrum, bis wir in die Schladerner Straße, wie die B 256 auf diesem Abschnitt hieß, abbogen. Hier war nichts geräumt. Im Rückspiegel sah ich, wie unser schwerer Mercedes-Kastenwagen ins Schlittern geriet und von Andy, der sicherlich lauthals fluchte, kaum in der Spur gehalten werden konnte.

Aber auch Silke hatte mit unserem Automatikwagen sichtlich Probleme, bergauf zu kommen. Für einen Kölner, der nur gewohnt ist, in der vom Winterchaos zumeist verschonten Großstadt zu

fahren, gibt es nichts Schlimmeres als überfrierende Nässe und Schneefall.
Und Silke standen trotz der klirrenden Kälte im Fahrzeuginneren (langsam musste die Heizung unseres alten Fords dringend repariert werden) schnell die Schweißperlen auf der Stirn.
„So 'ne Scheiße! Was ist das denn hier?", fluchte meine Kollegin nicht ganz ladylike, während sie im Zickzackkurs versuchte, die Anhöhe zu meistern. Trotz durchdrehender Reifen und aufheulenden Motors schafften wir es irgendwie, bis zum Ortsausgangsschild der Stadt Waldbröl zu kommen.
Da bemerkte ich dann, dass uns die beiden übrigen Fahrzeuge nicht gefolgt waren. Weit und breit war von ihnen nichts zu sehen.
Mein Handy klingelte. „Hier ist Dammi. Ich bin nochmal zurückgefahren. Markus, Andy und Reiner stecken mit ihrem Sprinter fest", hörte ich die aufgeregte Stimme des Kollegen. „Fahrt ihr schon mal vor. Wir sehen zu, dass wir so schnell wie möglich nachkommen."
„Ja, in Ordnung", entgegnete ich und wies Silke mit knappem Kopfnicken an, weiterzufahren.
Und tatsächlich: Dank des fahrerischen Könnens meiner Kollegin sahen wir bald in einem dichten Waldgebiet die flackernden Blaulichter eines fabrikneuen silber-grünen VW Passat Variant, der quer auf der Straße stand und sich von den Kölner Streifenwagen nur durch den Aufkleber auf den hinteren Seitentüren unterschied, der das Kreiswappen in Farbe und die weiße Aufschrift *Oberbergischer Kreis – www.polizei-oberberg.de* zeigte.
Neben den Einsatzwagen standen am Fahrbahnrand mehrere Privatfahrzeuge, an die sich bibbernde Pressevertreter mit ihren Fotografen lehnten. Ulf hatte also Unrecht gehabt: Diese Aasgeier kamen tatsächlich bei jedem Wetter raus, um Sensationsnachrichten zu ergattern. Unter ihnen waren auch Gaby Möltgen vom EXPRESS und Hannes Lüssem von der BILD Köln.

Gemeinsam mit Silke, die sich eine bunte peruanische Strickmütze mit Ohrenklappen, Kordeln und einem Bommel auf den Kopf setzte, stieg ich aus.
Als sie uns erblickten, stiegen aus dem Streifenwagen zwei jüngere uniformierte Kollegen. Obwohl sie beide den schweren Pullover mit Unterziehrolli trugen und ihre grünen Dienstanoraks bis oben geschlossen hatten, hatten sie sich offensichtlich in den Dienstwagen verzogen, um sich aufzuwärmen.
Der Kommissar kam vorsichtig über die vereiste Fahrbahndecke auf uns zu. „'tschuldigung, Sie können hier nicht durch! Die Straße ist gesperrt! Und wenn Sie von der Presse sein sollten: Wenden Sie sich gefälligst an die Pressestelle in Gummersbach!"
„Schon gut, Kollege", antwortete ich und zog meine Dienstmarke an der Kette aus der Hosentasche. „Merzenich vom Kölner KK 11. Meine Kollegin Richarz. Der Rest der Truppe kommt auch gleich." Ich betete, dass es unser Sprinter tatsächlich bis hier oben schaffen würde …
Das Gesicht des jungen Kollegen hellte sich auf. „Sorry! Konnt ich ja nicht wissen. Marcel Förster", sagte er und reichte mir die Hand.
Da ich nach dieser nervenaufreibenden Anfahrt und auf Grund der Tatsache, aus dem Tiefschlaf gerissen worden zu sein, nicht allzu aufnahmefähig war und den Vornamen gar nicht erst registriert hatte, antwortete ich nur: „Wissen wir. Das arme Schwein ist erschossen worden, wie wir gehört haben."
Verdutzt blickte mich der Polizeikommissar an. „Äh – das meinte ich jetzt gar nicht. ICH heiße Marcel Förster, wollte mich euch eigentlich nur vorstellen …"
Peinlich berührt schlug ich mir gegen den Kopf. „Oh Mann, ich sollte echt besser ins Bett gehen."
„Kein Problem", antwortete Kollege Förster und deutete auf seinen jüngeren Kollegen, der ihn um einen Kopf überragte und

nun ebenfalls – wie ein Schlittschuhfahrer gleitend – auf uns zukam. Die Hosenbeine seiner braunen Dienstjeans und die knöchelhohen Einsatzschuhe waren voller Schneematsch. Im Hintergrund hörte ich immer noch das Geschnatter der Reporter.
„Das ist Daniel Wittkamp."
„Hallo Kollegen. Könnt ruhig Witti zu mir sagen." Wittkamp reichte uns die Hand, nachdem er den Handschuh ausgezogen hatte. „Bist du nicht die Silke vom KK 54?
Silke nickte. „Jetzt weiß ich auch wieder, warum mir dein Gesicht so bekannt vorkommt. Du hast doch auf der Wache Nippes gearbeitet, richtig?"
Wittkamp nickte. „Stimmt. Bis vorletztes Jahr. Hatten immer ganz schön zu tun. Nicht wie unser Herr Kommissar hier", sagte er mit einem Blick auf Förster, „der es sich auf der Weidener Wache an der Aachener Straße hat gutgehen lassen und höchstens mal ausrücken musste, wenn irgend 'n Pudel von den reichen Schnöseln in Lövenich und Junkersdorf 'nen Furz quersitzen hatte …"
Ich musste schmunzeln. Irgendwie kannte sich jeder Beamte der Landespolizei NRW entweder in Köln, Düsseldorf oder dem Ruhrpott aus, als sei er selbst dort geboren und aufgewachsen – was dem Umstand geschuldet war, dass die allermeisten Kollegen nach der Ausbildung in einem dieser Ballungsräume Dienst versehen mussten, bevor sie nach Jahren zu einer der so genannten „Heimatbehörden", den ländlichen Dienststellen, aus deren Polizeibezirk sie ursprünglich stammten, versetzt werden konnten.
Hinter uns hörte ich das Aufheulen von Motoren. Ich drehte mich um und sah, wie unser Vectra-Fließheck und der Mercedes-Kastenwagen im Schneckentempo den Berg rauffuhren. Als sie zum Stehen kamen, rollte der von Andy gelenkte Tatortwagen

rückwärts weg, bis er im Straßengraben landete und steckenblieb – was einige Pressevertreter für Schnappschüsse nutzten.
Wutschnaubend sprang der Tatortfotograf Markus aus dem Wagen und trat mit dem Fuß gegen das Vorderrad. „So ’ne Scheiße! Ich glaub’s ja wohl nicht!“
Kriminalkommissar Andy Rölen klopfte ihm beruhigend auf die Schulter.
„Wir sind gleich wieder da“, sagte ich zu Marcel und Witti, während ich mit Silke zum Heck des Tatortwagens ging, um mir den obligatorischen Schutzanzug überzuwerfen. Auch Dammi hatte sich dort eingefunden.
„Eins kann ich euch sagen: Wenn nochmal so was ist, könnt ihr ohne mich fahren! Ist ja der blanke Horror bei dem Schnee und Glatteis!“, echauffierte sich Markus und hängte sich trotzig seine digitale Spiegelreflexkamera um den Hals, bevor er – dank des von ihm verfluchten Glatteises – beinahe auf allen vieren landete.
„Jetzt reg dich mal ab, Mann!“, lachte Dammi.
In diesem Moment hörten wir abermals das Aufheulen eines Motors. Im nächsten Moment kam ein mausgrauer Omega B mit Siegburger Kennzeichen zum Stehen. Aus dem Innern der großen Opel-Limousine entstieg ein grauhaariger Mittfünfziger mit weißem Oberlippen-Kinn-Bart und getönter Brille.
„Guten Morgen Herrschaften“, sagte der Mann. „Krings, Staatsanwaltschaft Bonn. Entschuldigen Sie bitte, ich habe es nicht früher geschafft. Bin jetzt extra aus Rheinbach angereist. Kein leichtes Unterfangen bei dem Wetter.“
„Merzenich vom Kölner KK 11. Angenehm. Wir sind selbst gerade erst eingetroffen. Und außerdem: Für die Anreise aus Rheinbach ist das doch eine tolle Zeit bei diesen Witterungsbedingungen.“
Nachdem sich auch der Staatsanwalt einen Schutzanzug übergezogen hatte, gingen wir zu viert zurück zu Förster und Wittkamp,

die jetzt an der Motorhaube ihres VW-Kombis lehnten und nun auch Dammi und Staatsanwalt Krings begrüßten.
„Wer hat die Leiche eigentlich gefunden? Die Kollegen der Leitstelle meinten, das wären zwei Streifenkollegen gewesen."
Die beiden Uniformierten nickten.
„Ja, genau, das waren wir beide. Wir hatten 'nen ganz schön kuriosen Fall oben im Stadtteil Schönenbach. Ein älteres Ehepaar hat völlig verängstigt bei uns auf der Wache in Waldbröl angerufen. Die haben auf dem Dachboden verdächtige Schritte gehört. Der Anruf kam so gegen halb zehn rein, also noch während des Spätdienstes. Aber Witti und ich waren als Frühwagenbesatzung des Nachtdienstes schon früher zur Ablösung eingetroffen und haben den Einsatz deshalb übernommen. Gegen Viertel nach zehn waren wir dann vor Ort, haben den ganzen Dachboden und die ganze Fassade nach Einbruchsspuren abgesucht. Und nix gefunden – bis auf Marderkacke aufm Speicher. Tja, was meinst du, wie wir uns alle kaputtgelacht haben. Dem Paar war das ganz schön peinlich, da hatte ihnen wohl die Phantasie einen Streich gespielt. Ich kann's ihnen aber nicht verdenken, diese Biester können einen Mordskrach machen, wenn sie sich erst mal irgendwo eingenistet haben. Gegen Viertel vor elf sind wir dann wieder weg, haben uns Richtung Waldbröl gekämpft. Und dann haben wir so kurz nach elf die Karre da am Straßenrand gesehen. Die stand auf unserem Hinweg nach Schönenbach noch nicht da", sagte Marcel Förster und deutete auf den dunkelroten Geländewagen, der auf der kleinen Parkfläche neben der Straßeneinmündung zur B 256 stand.
„Irgendwer muss den Frontera also zwischen dem Zeitpunkt, als wir das erste Mal hier auf dem Weg zu unserem Einsatz vorbeigefahren sind, und unserer Rückfahrt hier abgestellt haben. Also irgendwann zwischen zehn und elf Uhr", ergänzte sein Kollege Wittkamp.

Ich nickte.
Nun kamen noch zwei Männer im weißen Schutzanzug dazu, die sich bislang an der Heckklappe eines silbernen Golf IV Variant mit Gummersbacher Kennzeichen zu schaffen gemacht hatten.
„Kollege Merzenich, richtig?!“, sagte der Ältere von beiden, ein Mann mit extravagantem Schnauzbart, und reichte mir die Hand.
Ich nickte.
„Ich bin Holger Lahm vom KDD Gummersbach. Das ist mein Kollege Jörg Schmittseifer“, sagte er mit einem Blick auf den langnasigen Mitdreißiger neben ihm.
„Wir hatten euch eigentlich früher erwartet“, sagte Lahm leicht vorwurfsvoll.
„Tja, Köln liegt nun mal nicht um die Ecke, wie du sicherlich weißt, und bei dem Wetter ist das nicht gerade ’ne Hochgeschwindigkeitsstrecke. Also: Was haben wir?“, wollte ich wissen.
„Na, dann kommt mal mit“, sagte Kriminaloberkommissar Lahm an.
Während die ED-Kollegen die Stativstrahler aufbauten, um den Fundort auszuleuchten, begaben wir uns jetzt zu dem alten Frontera, dessen Faltdach im hinteren Bereich leicht zerfleddert wirkte.
Den mit einem Saugfuß an der Windschutzscheibe des Opel Frontera befestigten Anhänger zierte das NRW-Landeswappen und der Aufdruck *FORSTVERWALTUNG*, wies den Wagen somit als dienstlich genutztes Fahrzeug aus, das aber so aussah, als sei es privat beschafft worden.

2. Kapitel:
Am Fundort – das große Wiedersehen

**Einmündung Zeitstr. Richtung Ommeroth/B 256,
Waldgebiet südwestlich von Waldbröl,
Samstag, 27. Januar 2007, 03:48 Uhr**

Die Stativstrahler und der sogenannte „künstliche Mond“, den die ED-Kollegen mittlerweile aufgestellt hatten und der das Areal schattenfrei ausleuchtete, erhellten die gesamte Szenerie. Aus der Ferne konnte ich sehen, dass die Pressevertreter ein wahres Blitzlichtgewitter auf uns niederprasseln ließen.

Holger Lahm deutete auf den leblosen Körper, der auf dem Beifahrersitz des alten Opel-Geländewagens saß. Der kleine, flachsblonde Mann mit ebensolchen Augenbrauen und Wimpern wirkte mit seiner kalkweißen Haut wie ein Albino. Sein linkes Ohr wurde durch einen goldenen Ohrring verziert.

Auf dem linken Ärmel seines schweren dunkelgrünen Dienstpullovers mit Rundkragen und Segeltuchbesatz an Schultern und Ellbogen prangte ein Aufnäher, auf dem ebenfalls das NRW-Landeswappen und darüber die Aufschrift *FORSTVERWALTUNG* zu sehen waren. Auf den beiden Schulterklappen waren grüne Aufschieber in Flechtoptik angebracht, die wohl ein Dienstgradabzeichen darstellten.

Unter dem Uniformpullover lugte der Kragen eines khakifarbenen Hemds hervor, dazu trug der Tote eine speckige, abgewetzte schwarze Lederhose und verdreckte Trekkingschuhe.

„Sascha Meisenbach, geboren am 26. Dezember 1976 in Ellwangen. Laut mitgeführtem Dienstausweis Forstinspektor zur Anstellung beim Landesbetrieb Wald und Holz. Wohnhaft im Niederhausener Weg 6 in Waldbröl-Niederhausen. Ist hier ganz in

der Nähe, wenn man die Zeitstraße weiter durchfährt. Die von mir veranlasste EMA-Anfrage hat ergeben, dass er unter der Adresse allein gemeldet ist."
„Woher wisst ihr das alles?", fragte Silke.
„Er hatte eine Ausweismappe hinter der Sonnenblende in seinem Auto. Da waren leichtsinnigerweise alle wichtigen Dokumente drin", entgegnete Jörg Schmittseifer.
„Ach, schon mal was von Spurensicherung gehört? Ihr hattet also nix Besseres zu tun, als da einfach so reinzugreifen und nach seinen Papieren zu suchen?! Mensch, Leute, das hier ist kein Einbruch in 'nen Kuhstall, hier geht's um ein Tötungsdelikt, verdammt!" Dieses unprofessionelle Verhalten nervte mich. Und so was schimpfte sich jetzt Kripo?!
„Komm mal runter! Wir haben das schließlich alles mit Handschuhen gemacht, mit bloßen Händen nix angefasst. Wir wissen, wie unser Job funktioniert! Dafür brauchen wir keinen Kollegen aus Köln, der uns hier anmault!", gab Lahm zurück.
Ich winkte ab und beugte mich zu dem Toten hinunter, betrachtete die Stirn des jungen Forstbeamten. In ihrer Mitte konnte ich ein blutverkrustetes, schwarz-ölig rußiges Loch ausmachen, das von unzähligen, kleinen Pulverkörnchen umgeben war.
„Pulverkörncheneinbrennungen rings um den Einschuss – Hinweise auf einen relativen Nahschuss. Der Tote wurde also aus nächster Nähe erschossen", schlussfolgerte ich.
„Tja, Jörg, da sieht man mal wieder, was die Kölner für solche Fälle an Spezialisten bereithalten", bemerkte Lahm sarkastisch, offenbar immer noch sauer über meine Standpauke. „Aber ob du's glaubst, oder nicht, Pitter: So weit waren wir auch schon. Dafür hättet ihr euch nicht herbemühen müssen …"
Ich drehte mich zu dem Kollegen um. „Jetzt pass mal gut auf, Mann: Ich hab mich nicht drum gerissen, hier mitten in der Nacht in die gottverdammte Wildnis rauszufahren. Aber jetzt lass

uns hier gefälligst ohne blöde Kommentare unseren Job machen, klar?! Ihr habt schon genug Scheiße gebaut!"

Lahm hob beschwichtigend die Arme. „Ist ja schon gut. War doch nicht böse gemeint …"

Kriminalkommissar Schmittseifer versuchte zu deeskalieren. „Der Notarzt der Rettungswache Waldbröl, der von den Kollegen umgehend gerufen wurde, hat die nicht-natürliche Todesart festgestellt und schätzt den Eintritt des Todes auf etwa 20 bis 22 Uhr. Natürlich ohne Gewähr."

Dammi hatte mittlerweile den Innenraum genauestens unter die Lupe genommen. „Ist das sein Auto?"

„Ja, klar", entgegnete Lahm verwundert.

„Dann ist der nicht da drin umgebracht worden. Erstens: Warum sollte er in seinem eigenen Auto auf dem Beifahrersitz sitzen?"

„Ist halt nicht jeder so 'n Macho und lässt sich auch mal im eigenen Auto rumkutschieren", warf Silke ein.

Dammi nickte zögerlich. „Okay, der Punkt geht an dich. Aber wie wär's dann mit dem zweiten Punkt: Hier gibt's offenbar nirgendwo Blutspritzer oder anhaftende Gewebs- beziehungsweise Hirnmasse im Fahrzeuginnern – geschweige denn ein Geschoss oder 'ne Hülse. Der Fundort ist definitiv nicht der Tatort!"

„Und das kannst du alles feststellen, obwohl die Spurensuche noch gar nicht begonnen hat und du dir die Karre nur mal so grob angesehen hast?! Respekt, Herr Kollege!", entgegnete Silke skeptisch, was Dammi verstummen ließ. Sicher, er hatte sich mit seiner vorläufigen Einschätzung verdammt weit aus dem Fenster gelehnt. Dammi war halt noch nicht lange bei uns, wollte sich seine Sporen noch verdienen. Er sollte allerdings recht behalten …

„Wir waren ja noch gar nicht fertig, Kollegen", warf Lahm jetzt ein. Er öffnete die Hecktür.

Wir sahen hinein und erstarrten. Dieser Anblick zeugte selbst für einen hartgesottenen Todesermittler von ganz besonderer Brutalität und Skrupellosigkeit …
Im Kofferraum lag ein toter Rauhaardackel. Sein Kopf ragte aus einem blutverschmierten blauen Müllsack und bot einen erbarmungswürdigen Anblick. Seine braunen Augen standen weit offen, die Zunge hing aus seinem Maul.
„Welches Arschloch macht denn so was mit 'nem wehrlosen Tier?", regte sich Silke auf, die selbst Hundebesitzerin war.
„Wir gehen davon aus, dass das der Hund des Toten war", sagte Kollege Schmittseifer. „Da hat jemand große Wut auf Meisenbach gehabt."
„Oder er wollte auf Nummer sicher gehen und den einzigen, wenn auch tierischen, Zeugen der Bluttat auch noch aus dem Weg räumen", fiel mir Staatsanwalt Krings ins Wort, während feinste Schneeflocken meine Nase umtanzten.
Derweil begannen Reiner und Andy mit ihrer Spurensicherungsarbeit.
„Wenn ihr euch schon als Spurenvernichtungskommando betätigt habt: Habt ihr ein Portemonnaie oder sonstige Wertgegenstände gefunden?", wollte ich von Holger wissen, während Markus den Innenraum des Geländewagens mit seinem Blitzlichtgewitter erhellte.
Lahm sah mich genervt an. „Nein, leider nicht. Wir haben ja noch nicht mal 'n Handy gefunden."
„Gut. Dann würde ich euch bitten, zur Wohnanschrift des Toten zu fahren. Vielleicht trefft ihr ja doch jemanden an", sagte ich.
„Wird gemacht, Chef", erwiderte Lahm, allerdings mit unüberhörbar ironischem Tonfall.
„Ich werde mich nochmal mit den Kollegen Förster und Wittkamp unterhalten. Da die beiden hier Dienst versehen und der

Tote ja auch im öffentlichen Dienst war, können sie uns vielleicht noch irgendetwas zu ihm sagen", meinte ich zu den Kollegen.
So begab ich mich erneut zu den beiden Streifenbeamten, die es sich wieder in dem VW-Kombi bequem gemacht hatten.
„Hey, Männer, mal 'ne Frage: Kanntet ihr den Toten?"
„Nur vom Sehen", antwortete Kollege Wittkamp. „War schließlich der Waldbröler Revierförster. Der Meisenbach war öfter auf unserer Wache. Hat alle möglichen Leute angeschissen, die seiner Meinung nach im Wald Unfug trieben. So 'n richtiger Law-and-Order-Man. Aber Genaueres kann ich dir auch nicht sagen. Da müsstest du mal mit unseren Kripokollegen reden."
„Na, der hat doch den Lütz angezeigt", mischte sich Marcel Förster ein. „Das stand doch groß in den Zeitungen: Angeblich hat der Meisenbach den Waldbröler Stadtrat Lütz beim Wildern hier im Nutscheid erwischt. Deswegen sollte jetzt – soweit ich weiß am Montag oder Dienstag – die Hauptverhandlung vorm AG Waldbröl stattfinden. Aber das haben die Kollegen von unserem RK bearbeitet. Näheres weiß ich auch nicht."
„Gut", sagte ich, nachdem ich mir einige Notizen gemacht hatte.
„Wir erwarten dann auf jeden Fall euren detaillierten Bericht."
„Kannste dich drauf verlassen – aber sprich vorher vielleicht besser mit unserer DGL'in, der Sonja Steiner. Die hat eh gerade schon angefragt, wie lange das Spielchen hier noch dauert. Friert sich auf der anderen Seite im ollen Vectra den Arsch ab", merkte Förster lächelnd an.
„Na, der werd ich helfen! Immerhin haben Todesermittlungen Vorrang vorm Tagesgeschäft. Aber ich red mal mit ihr. Bis später, Männer!"
So ging ich durch das abgesperrte Areal, das auf der anderen Seite von einer grün-weißen Stufenhecklimousine mit eingeschaltetem Blaulicht abgesperrt wurde. Kein leichtes Unterfangen bei diesem Glatteis, ich brauchte eine gefühlte Ewigkeit. Im Innenraum des

Wagens saß eine langhaarige Blondine, die mit verschränkten Armen gelangweilt die eingeschaltete Innenraumbeleuchtung anstarrte.
Ich klopfte an die Scheibe der angelehnten Tür. „'n Morgen Kollegin. Bist du Sonja Steiner?“, wollte ich wissen, während ich nähertrat.
Sie sah zu mir und nickte. „Worum geht's denn?“
Ich erstarrte. Im Licht der Innenraumbeleuchtung erkannte ich sie erst. Sonja! Wie lange hatte ich meine Streifenkollegin aus Kalk nicht mehr gesehen? Tja, wenn ich mich nicht irrte, war das alles fast dreizehn Jahre her. Aber war sie es wirklich? Klar, sie war einige Jahre älter geworden, hatte ein paar Lachfältchen im Gesicht. Aber sonst? Die schmalen Lippen, die großen blauen Augen und ihr hinreißender Blick – doch, sie musste es sein.
Auch, wenn die junge Polizeiobermeisterin, die ich seinerzeit gekannt hatte, mit Familiennamen „Feldmann“ hieß. Aber sie stammte aus Nümbrecht – einer Nachbargemeinde von Waldbröl.
„Also, jetzt sag schon endlich, was los ist, Mann!“
„Ja, ich wollte eigentlich nur Bescheid sagen, dass ich von Marcel und Witti einen ausführlichen Bericht benötige und ...“, stammelte ich unbeholfen.
In diesem Moment richtete sich die Dienstgruppenleiterin ruckartig auf. „Pitter?! Bist du's etwa? Das darf doch wohl nicht wahr sein!“, rief sie, während sie ausstieg und mich umarmte. „Mann, wie lange haben wir uns nicht mehr gesehen?“
„Also bist du's doch! Ich freu mich so, dich zu sehen!“, sagte ich und drückte die Kollegin fest an mich.
„Aber wieso heißt du jetzt Steiner?“
„Ach, nur 'n blödes Andenken an meine gescheiterte Ehe ... Jetzt erzähl: Wie geht's dir?“, fragte sie und lächelte.
„Ach, also ... Ja, ich ...“, druckste ich herum. Selbst nach all den Jahren machte mich diese Frau nervös.

„Oh, wie ich sehe, kennen sich die Herrschaften. Sonja – der leuchtende Stern am dunklen Waldbröler Horizont. Warum umarmst du diesen Kölner, meine Liebste, und nicht mich? Ich warte immer noch darauf, dass ich endlich deine private Handynummer kriege“, hörte ich plötzlich Lahm hinter mir säuseln.
„Darauf kannst du Aufreißer lange warten! Die wirste nie kriegen! Und wenn, dann nur über meine Leiche!“
„Was für harte Worte von so einer zarten Kollegin!“ Lahm hob beschwichtigend die Hände. „Wenn ihr genug rumgeknutscht habt, würde ich eigentlich gerne mit dem MK-Leiter Merzenich ein paar Worte wechseln.“
„Was gibt's denn noch? Ich habe euch doch gebeten, zum Haus des Toten zu fahren“, fragte ich unwirsch.
„Dein Kollege Reiner hat die Vorderseite der Oberbekleidung des Opfers flächendeckend abgeklebt und von der Entnahmestelle jedes einzelnen Folienstreifens Fotos gemacht. Andy wird jetzt Vergleichsfingerabdrücke des Toten nehmen und seine Hände abkleben sowie die serologische Spusi durchführen. Das sollte ich dir nur mitteilen. Jörg und ich fahren jetzt zur Wohnanschrift des Opfers.“
„Okay, danke“, antwortete ich knapp und hoffte, Lahm würde schnellstmöglich verschwinden.
„Oh, MK-Leiter bist du also inzwischen. Da hat der Herr Merzenich ja richtig Karriere gemacht“, meinte Sonja lächelnd.
Eine ganze Weile alberte ich mit Sonja herum, worüber ich vollkommen den Grund für unsere Anwesenheit vergaß.

***

Mein Gespräch mit Sonja wurde durch die Ankunft eines silbernen Coupés vom Typ Alfa GT mit Bonner Kennzeichen unterbrochen. Aus seinem Innern entstieg ein drahtiger Mann Anfang fünfzig mit buschigen pechschwarzen Augenbrauen, grau-weißen Haaren und einem ungewöhnlich antiquierten, wuchtigen Backenbart, der ihn wie Kaiser Franz Joseph wirken ließ. Er zog einen Overall über und kam auf uns zu.
„Doktor Thilo Kleutgen, Rechtsmedizin Bonn", stellte er sich uns vor. „Sorry, hab's nicht früher geschafft. Mein Italiener wollte bei dem Wetter nicht so recht anspringen. Ist für den Winter irgendwie ziemlich ungeeignet, die Karre", rechtfertigte er sich mit einem gequälten Blick auf das sportlich-elegante Coupé.
„Kein Problem, Herr Doktor Kleutgen. Bei dem Wetter habe ich auch nichts anderes erwartet", beruhigte ich ihn. Da klingelte mein Handy. Es war Lahm, der mich über Blutspuren im Haus des Opfers informierte.
„Okay, Holger, bleibt bitte vor Ort und sichert das Haus. Ich schick dir die Kollegen, sobald die Spurensicherung hier vor Ort fertig ist", entgegnete ich und berichtete Silke und Dammi von den neuesten Erkenntnissen. Ich rief derweil den Vertragsbestatter und einen amtlichen Sichersteller an, der den Frontera in die KTU-Garage nach Köln schleppen sollte.
Gegen Viertel vor sechs kam Silke zu mir. „Die Spusiarbeiten vor Ort sind abgeschlossen, wir fahren jetzt mit unseren ED-Kollegen zum Haus des Opfers."
„Gut."
Witti kam zu uns. „Sonja, jetzt, wo der Tote und seine Karre abgeholt werden, brauchen wir doch eigentlich nicht länger hier rumstehen, oder? Der Marcel sieht das genauso."
„Nur, weil du mein Schwager bist und Marcels Frau die beste Freundin meiner Schwester, heißt das noch lange nicht, dass ihr hier machen könnt, was ihr wollt!", fuhr sie ihn an.

„Nä, wartet mal, sobald der Leichenwagen da ist, könnt ihr abhauen", mischte ich mich besänftigend ein, während ich mich fragte, ob hier alle Beamte irgendwie untereinander verwandt oder verschwägert waren ...
Ich gebe zu, dass ich in jener Schneenacht meine Kollegen ziemlich allein ließ. Aber ich war von Sonja fasziniert. Nach all den Jahren, in denen ich unsere gemeinsame Zeit auf der Kalker Hauptwache fast vergessen hatte, tat es gut, sich mit ihr zu unterhalten. Und da die übrigen Mitglieder der MK 3 ohnehin wussten, dass ich normalerweise hundertprozentig zuverlässig war, konnte ich mir beim besten Willen nicht vorstellen, dass sie mir diesen einmaligen „Ausrutscher" in irgendeiner Art und Weise übel nehmen würden ...

Irgendwann sah ich, dass ein dunkler Leichenwagen den Leichnam des Försters und den des Hundes abholte – dicht gefolgt von einem Abschleppwagen, der den Frontera wegschaffte.
Die Absperrung wurde aufgehoben, der Staatsanwalt und der Gerichtsarzt verabschiedeten sich und der Rest der Truppe nahm das Haus des Toten unter die Lupe. Ich machte mich im Konvoi mit dem Abschleppwagen auf den Weg nach Köln.
Irgendwann rief Silke an. „Wir sind hier immer noch nicht fertig. Wird noch ewig dauern, der hat ziemlich viel Krempel in seiner Bude. Sieht ganz so aus, als sei der hier erschossen worden. Das ganze Wohnzimmer ist blutverschmiert. Und wir haben entsprechende Projektile gefunden. In seinem Portemonnaie, das in seiner Schreibtischschublade lag, waren noch 103 Euro Bargeld. 'n Raubmord scheint's nicht gewesen zu sein. Oder der oder die Täter haben es einfach nicht gefunden."
„Gut. Braucht ihr noch Hilfe?"
„Nein, erst mal nicht."

„Okay. Ich werde sehen, dass ich mich um neun mit den Gummersbacher Kollegen treffe."
Überschwänglich dachte ich an Sonja, die ich in den nächsten Tagen eh noch öfter sehen würde, informierte Max Ringsdorf über den Stand der Ermittlungen und fuhr in meine Wohnung, wo mir gerade mal Zeit blieb, mich frisch zu machen.
Kurz vor acht war ich zurück im Präsidium, wo ich mich mit Andríkos und Dario traf. Schließlich würde uns in den nächsten Tagen viel Arbeit erwarten, sie sollten uns unterstützen.
Gemeinsam fuhren wir (Dario folgte uns im silbernen Ford Focus) in die oberbergische Kreisstadt Gummersbach, wo wir uns mit den Kollegen des dortigen KK 11/31 treffen wollten, die uns bei unseren Ermittlungen unterstützen sollten – das hatte ich, trotz des „Flirtmarathons" mit Sonja, in der Nacht noch veranlasst.
Gott sei Dank schneite es nicht mehr allzu stark. So erreichten wir gegen Viertel vor neun nach einer problemlosen Autobahnfahrt das mehrgeschossige Flachdachbürogebäude mit typisch bergischer Schieferverkleidung in der Gummersbacher Innenstadt und hielten vor dem Haupteingang.

3. Kapitel: Mordkommission „Nutscheid“

Der Landrat des Oberbergischen Kreises als Kreispolizeibehörde, Abteilungsleiter Polizei, Direktion Kriminalität, Kriminalkommissariat 11/31, Karlstr. 14–16, 51643 Gummersbach, Samstag, 27. Januar 2007, 09:00 Uhr

Im Besprechungsraum des KK 11/31, das für „Zentrale Ermittlungen“ zuständig war, trafen wir den Gummersbacher Kriminaldirektionsleiter, den Leiter des KK 11/31, die sich uns beide sofort vorstellten, sowie drei weitere Männer.
Einer von ihnen, der über dem Winterrolli ein schwarz-rot kariertes Flanellhemd als eine Art Jacke trug, war mir nur allzu gut bekannt. Schließlich waren wir Ende der Neunziger zwei Jahre zusammen bei der Kölner K-Wache gewesen.
Bis auf die Tatsache, dass er etwas fülliger geworden war, hatte sich Thomas „Tom“ Rott aus Morsbach nicht verändert.
Als er mich erblickte, lachte Tom herzlich, so dass die klaffende Lücke zwischen seinen Schneidezähnen zum Vorschein kam.
„Mensch, Pitter, was machst du denn hier?“, wollte er wissen.
„Na, das Gleiche könnte ich dich auch fragen.“
„Ich arbeite für den Verein.“
Aber bevor wir mit unserer Begrüßungszeremonie fortfahren konnten, wurden wir vom Leiter der Kriminaldirektion unterbrochen.
Der Kriminaloberrat rückte seine Brille zurecht und kratzte sich am grauen Dreitagebart. „Nochmals guten Morgen, Kollegen. Ich hoffe, Sie hatten eine gute Anreise aus Köln. Bevor Sie gleich anfangen, möchte ich Ihnen noch Kriminalhauptkommissar Thomas Rott und Kriminalhauptkommissar Kunibert Fröhlich

vom hiesigen KK 11/31 vorstellen, die Sie bei Ihren Ermittlungen unterstützen werden. Da Kollege Rott in Morsbach und Herr Fröhlich in Waldbröl wohnen, sind sie beide ortskundige Ansprechpartner."

Wir reichten uns nacheinander die Hände. Kunibert Fröhlich war Anfang fünfzig, ein leicht untersetzter Mann mit weißgrauer Flattop-Frisur und exakt gestutztem Schnäuzer. Zu seinem topmodischen Kapuzen-Sweatshirt trug er einen braunen Nappa-Pilotenblouson, der aussah, als käme er direkt aus den 1940ern.

„Könnt ruhig Kuni zu mir sagen", teilte er uns leicht nuschelnd mit.

„Fröhlich? Bist du vielleicht mit Lothar Fröhlich verwandt? Mit dem hab ich in Kalk Streifendienst geschoben. Der wohnte auch in Waldbröl", ließ ich Kuni wissen.

„Ja, klar! Ist mein großer Bruder. Aber in Waldbröl wohnt der längst nicht mehr. Der lässt es sich im Ruhestand mit seiner Hanne auf Mallorca gutgehen. Würd gern mit ihm tauschen!"

So langsam hatte ich aber genug alte Bekannte oder ihre Verwandten getroffen. Dachte ich zumindest …

Wir mussten uns endlich auf den Fall konzentrieren. Nachdem sich die beiden Mitglieder der Gummersbacher „Führungsriege", die unbedingt anwesend sein wollte, verabschiedeten, begann ich mit der Besprechung. Ich brachte die Kollegen, die mit uns zusammenarbeiten sollten, auf den neuesten Stand.

„Was hat die Spusiarbeit im Haus dieses Meisenbach ergeben?", wollte Tom wissen.

„Die Kollegen sind noch vor Ort. Sie haben im Wohnzimmer diverse Blutspritzer und Hirngewebe an der Wand und an der davor befindlichen Couch gefunden. In der Wand steckte zudem ein Projektil des Kalibers 7,62 Millimeter. Ein weiteres Projektil dieses Kalibers haben sie im Fußboden unter dem Wohnzimmerteppich gefunden, der eine große Blutlache aufwies – höchstwahrscheinlich der Ort, an dem der Dackel erschossen wurde. Zwei dazu passende Hülsen haben sie auch auf dem Fußboden gefunden. Andríkos, hol dir nachher die Genehmigung vom Staatsanwalt, damit die Hülsen zur Abteilung 6 des HLKA[5] zwecks DNA-Untersuchung versandt werden. Unser eigenes LKA in Düsseldorf lehnt solche Untersuchungsanträge ja ab. Danach sollen die zum Schusswaffen-ED des BKA geschickt werden, da die ja die Zentrale Tatmunitionssammlung unterhalten, die es ermöglicht, Rückschlüsse auf die Identität der Schusswaffe zu ziehen, aus der die sichergestellte Munition verfeuert wurde. Es deutet bislang alles darauf hin, dass Meisenbach und der Hund an diesem Ort getötet wurden, bevor sie mit dem Fahrzeug an den Fundort verbracht wurden."

„Was ist mit Angehörigen?", fragte Kuni.

„Dazu haben wir bislang keinerlei Erkenntnisse."

„Und sonst? War was Interessantes auf seinem Handy oder seinem PC? Oder habt ihr sonst irgendwelche Unterlagen gefunden, die von Interesse sein könnten?", wollte Kuni wissen.

„Wie gesagt: Die Spurensicherung ist noch in vollem Gange. PC und Handy wurden aber bereits gesichert und werden zwecks Auslesung an unsere TKÜ-Technik weitergegeben.

Ach so, eine Sache erscheint in diesem Zusammenhang doch noch interessant: Obwohl Meisenbach laut EMA-Auskunft in dem Haus allein gemeldet war, haben die Kollegen im Obergeschoss das augenscheinliche Gästezimmer bewohnt vorgefunden. Die Bettwäsche war zerwühlt, überall standen leere Bierflaschen rum und ein Aschenbecher voller Kippen war auf dem Fußboden. Nach den Angaben unserer Kollegen vor Ort sah das alles ganz schön unordentlich aus", sagte ich und goss mir eine Tasse Kaffee

5 Abk. für Hessisches Landeskriminalamt

ein. „Nicht zu vergessen der Kleiderschrank im Gästezimmer, der wohl offenstand und in dem legere Freizeitbekleidung für Herren hing. Aber wie gesagt: Die Spusi dauert noch an. Jedoch konnten dort von den Kollegen wohl gute Fingerabdrücke gesichert werden."

„Also hatte unser Toter einen männlichen Mitbewohner ...", stellte Tom fest und sah sich bedeutungsvoll um.

Mein Handy klingelte. Es war Staatsanwalt Krings. „Die beiden Obduktionen in der Bonner Rechtsmedizin, die ich angeordnet habe, sind für 11 Uhr avisiert. Wenn wir daran noch pünktlich teilnehmen wollen, sollten wir langsam aufbrechen. Außerdem sollten wir schnellstmöglich die Verkehrsdaten für Meisenbachs Telefone erheben. Ich werde alles Nötige veranlassen."

„Gut. Vielen Dank, Herr Krings", entgegnete ich und legte auf. „Dario, ich würde dich bitten, gemeinsam mit Herrn Krings an den Obduktionen in der Bonner Rechtsmedizin teilzunehmen. Ich werde den ED informieren, damit die einen Kollegen zu dir rausschicken, um die Kleidung sicherzustellen und letzte Spusimaßnahmen an der Leiche durchzuführen."

„Wird gemacht, Pitter", sagte er und zog lustlos seine Daunenjacke über, bevor er den Raum verließ.

„Gut. Dann wären wir hier soweit durch. Wir verlegen nach Waldbröl."

Der Kriminaloberrat kam erneut in den Besprechungsraum und nahm mich zur Seite. „Herr Merzenich, der Leiter unseres Waldbröler Regionalkommissariats weiß Bescheid. Ihnen werden dort selbstverständlich für die Dauer der Ermittlungen zwei Büros zur Verfügung gestellt. Wenn Sie irgendetwas benötigen, sagen Sie ihm einfach Bescheid. Er wird Sie gleich persönlich empfangen."

Ich verabschiedete mich und ging mit Andríkos zu unserem Scorpio. Tja, diese „Auslandseinsätze" weitab der eigenen Dienststelle hatten für die Kollegen vor Ort immer zur Folge, dass sie uns ihre Büros überlassen mussten – was viele als „feindliche Übernahme“ oder Besetzung empfanden. Aber wir konnten es nun mal nicht ändern. MK-Ermittlungen hatten vor dem Alltagsgeschäft der oftmals verschlafenen „Bauernmilizen“, wie wir die ländlichen Kripodienststellen scherzhaft nannten, absoluten Vorrang. Wenn wir schon jeden Tag die gut 60 Kilometer lange Strecke nach Waldbröl hin- und zurückfahren mussten – unser Dienstherr hielt es ja nicht für nötig, uns vor Ort in einer günstigen Pension einzuquartieren –, sollten wir zumindest den Schreibkram vor Ort erledigen können.

Im Konvoi fuhren wir nach Waldbröl und hielten in der Bröl-bahnstraße vor dem nüchternen Bürogebäude der Polizeiwache Waldbröl. Hier waren auch die Diensträume des örtlichen Regionalkommissariats untergebracht, der dortigen Kripodienststelle, die für die Bearbeitung leichter und mittlerer Kriminalität im südlichen Bereich des Kreisgebiets zuständig war.

Wir betraten das Gebäude, das an jenem Samstagmorgen wie ausgestorben wirkte.

Im ersten Obergeschoss wurden wir von einem drahtigen Mittfünfziger um die 1,90 m in Empfang genommen. Langsam wurde es mir dann doch ein wenig unheimlich: Schließlich kannte ich auch Helmut Raupach, der auf Grund diverser Teilnahmen an dem harten Sportwettkampf von allen nur „Ironman“ genannt wurde, noch aus früheren Tagen, als er der Kommandoführer des Kölner SEK 2 war.

Er hatte sich kaum verändert, wirkte mit den leicht ungekämmten mittelblonden Haaren, der modischen Brille mit schwarzer Fassung und den Hamsterbacken eher wie ein gymnasialer Sportlehrer denn wie ein knallharter ehemaliger SEK-Beamter.

Helmut begrüßte uns und grinste mich an. „Tja, Pitter, so sieht man sich wieder, was?!“

„Stimmt. Ist schon verdammt lange her. Wie geht's dir?"
„Kann nicht klagen. Ich hab vor einigen Jahren den Posten des Kommissariatsleiters hier in Waldbröl übernommen und versuche, den Laden in Schuss zu halten – nicht gerade einfach mit gerade mal acht Mann, die fast ausnahmslos jenseits der 50 sind, ihre Wehwehchen haben und deshalb oft ausfallen. Guido Holländer ist mit seinen 49 Jahren unser Nesthäkchen – das musst du dir mal vorstellen!" Helmut bat uns in sein Büro, in dem mehrere Bilder von maskierten Männern mit Maschinenpistolen vor gepanzerten Limousinen und eine SEK-Schwinge aus Metall auf einem Holzrahmen von seiner längst vergangenen Karriere bei der Spezialeinheit zeugten.
„Also, wie euch wahrscheinlich schon unser Direktionsleiter gesagt hat, könnt ihr die beiden Büros von Heinz Eins und Guido sowie Heinz Zwo und Manni beziehen. Die sind momentan alle erkrankt – bis auf Guido, der im Skiurlaub ist. Also brauchen die ihre Diensträume jetzt eh nicht. Ist also noch nicht mal die sonst bei euch so übliche feindliche Übernahme." Helmut lachte und deutete auf seine Tasse. „Wollt ihr auch 'nen Kaffee?"
„Nein, momentan nicht. Dank dir. Andríkos, du kannst schon mal deinen Krempel holen und dich im Büro einrichten."
Andríkos verzog das Gesicht. Schließlich war er immer noch sauer, dass man ihm Silke vor die Nase gesetzt hatte. Innerlich hatte er gehofft, mich als Stellvertreter zu beerben. Aber dafür hatte er sich in der Vergangenheit schon zu viel Ärger mit dem Kommissariat für Amtsdelikte eingehandelt. Und außerdem war der Vertreterposten nach Besoldungsgruppe A 11 bewertet, also für einen Kriminalhauptkommissar vorgesehen. Er murmelte unwillig etwas vor sich hin und verzog sich.
„Kannst du uns denn was zu dem Toten sagen?", wollte ich jetzt von dem Leiter des RK Waldbröl wissen.
Helmut lehnte sich zurück und kratzte sich am Kopf. „Deshalb lass ich ja extra mein verdientes Wochenende sausen und rede hier

mit dir“, sagte er und nahm einen Schluck Kaffee. „Aber nein, nicht nur deshalb. Hier war eben schon ganz schön was los. Die Kollegen der Kölner Zollfahndung nehmen momentan die Bude von ’nem Russlanddeutschen oben im Stadtteil Eichen auseinander. Der soll mit Schmuggelzigaretten handeln. Ihr habt die nur um ’ne gute halbe Stunde verpasst. Die haben hier auf den Einsatz gewartet. Aber gut. Das ist ein anderes Thema. Also, Sascha Meisenbach hat das Waldbröler Forstrevier im September 2005 übernommen und war seitdem nerviger Dauergast bei uns.“

„Wie meinst du das?“

„Na, dieser Korinthenkacker hat wirklich alles zur Anzeige gebracht, was seiner Meinung nach im Wald schiefgelaufen ist. Müllentsorgung, Pärchen, die mit ihren Autos auf die Forstwege gefahren sind, um sich in Ruhe zu lieben, und so weiter.“

„Die Kollegen Förster und Wittkamp haben heute Nacht etwas von einem Verfahren wegen Wilderei gegen einen hiesigen Stadtrat berichtet …“

„Ja, das war wohl Meisenbachs bislang größter Fisch. Die Akte liegt zurzeit bei mir auf dem Tisch, da Heinz Eins, wie wir hier Kriminalhauptkommissar Heinz Oettershagen nennen, bereits vor Wochen erkrankt ist. Also: Am Freitag, den 8. September 2006, war Meisenbach im Bereich des Nutscheids unterwegs.

Er war auf dem Weg zum Besitzer des Guts Ommeroth, der sich einen Rat zur Abholzung eines Teils seines Waldes einholen wollte. Er vertrat sich jedoch noch mit seinem Hund kurz die Beine. Und da hat er dann nach eigenen Angaben unseren Stadtrat Franz Lütz gesehen, der einen erlegten Rothirsch auf einen Anhänger hinter seinem Wagen laden wollte. Meisenbach ging zurück zu seinem Auto und holte seine Kamera, um Beweisbilder zu machen. Als er zurückkam, hatte sich Lütz jedoch aus dem Staub gemacht.“

„Und wieso wusste Meisenbach, dass Lütz nicht jagen durfte?“

„Das ist ganz einfach: Lütz gehört zu den Jägern, die zwar über einen Jagdschein verfügen, jedoch weder ein Eigenrevier noch eine Jagdpacht haben. Und einen Einzelabschuss hat er bislang auch nicht käuflich erworben. Er darf die Jagd demzufolge nicht so ohne weiteres ausüben. Und da sich unser lieber Stadtverordneter in den letzten Jahren als Vorsitzender des städtischen Umwelt- und Landwirtschaftsausschusses bei den Wald- und Grünflächenbesitzern, die zur Jagdgenossenschaft zusammengeschlossen sind, äußerst unbeliebt gemacht hat, haben sie ihn fortan auch nicht mehr zu Jagden eingeladen. Meisenbach wusste davon zu berichten, da er regelmäßig an den Versammlungen der örtlichen Jagdgenossenschaft teilgenommen hat. Das hat hier seinerzeit hohe Wellen geschlagen. Tja, unser Lütz ist aber auch tatsächlich so 'n richtiger Kotzbrocken. Besitzt hier an der Kaiserstraße 'n großes Immobilienmaklerbüro, meint, er sei der König hier."
„Was haben eure Ermittlungen ergeben?"
„Es stand von Anfang an Aussage gegen Aussage. Lütz behauptete, an diesem Tag gar nicht im Nutscheid gewesen zu sein. Angeblich war er mit seiner Frau an der Mosel, was sie natürlich bestätigte. Meisenbach hatte Fotos der Reifenspuren gemacht, die zu einem Geländewagen passten. Aber die passen natürlich zu einem Großteil dieser SUVs, waren also kein Beweis. Der Jagdaufseher bestätigte zwar später, dass in dem Pachtgebiet tatsächlich ein Rothirsch fehle, was aber ebenfalls kein Beweis für Lütz' Schuld war. Bis auf die Aussage Meisenbachs hatten wir gegen Lütz von Anfang an nichts Konkretes in der Hand. Aber der jungen Staatsanwältin Stevens aus Bonn, die ziemlich übermotiviert scheint, reichte das, um Anklage gegen Lütz zu erheben. Montag findet die Verhandlung hier vorm Amtsgericht statt. Wenn der Lütz tatsächlich verurteilt wird, bedeutet das das Ende seiner politischen Karriere."
„... wobei alles von der Aussage Meisenbachs abhängen dürfte ..."

Helmut hob die Schultern. „So sieht's aus, ja."
„Hat Meisenbach irgendwelche Angehörigen oder Freunde hier in der Nähe? Oder gar eine Beziehung?"
„Also, Freunde oder Familie hatte der hier nicht – bis auf den Wald und seinen Dackel vielleicht. War ein ziemlicher Einzelgänger. Aber der hatte schon 'ne Freundin – sein weibliches Ebenbild, wenn du so willst. Andrea Gran heißt die, ist Reporterin bei der Waldbröler Lokalredaktion der OVZ, der Oberbergischen Volkszeitung. So 'ne Weltverbessererin und Ökotussi, sieht sich selbst gerne als Enthüllungsjournalistin. Die hat auch wiederholt von dem Verfahren gegen Lütz berichtet, dachte wohl, sie könnte ihn damit so sehr unter Druck setzen, dass er endlich zurücktritt – was wohl ihrer Parteifreundin Claudia Heinemann von den Grünen, die auch im Stadtrat sitzt, ziemlich gut in den Kram gepasst hätte. Aber dieser Lütz ist aalglatt. Das ist an ihm vollkommen abgeprallt."
„Wo finden wir diese Andrea Gran?"
„Die wohnt noch bei ihren Eltern im Stadtteil Hermesdorf am Fahrenseifener Weg, die betreiben dort einen Friseursalon. Ich kann dir ihre genaue Adresse aufschreiben."
„Die kennst du auswendig?", wollte ich erstaunt wissen.
Helmut schüttelte den Kopf. „Wegen ihrem bekloppten Bruder. Der wohnt auch da. Mann, wenn du die Andrea kennenlernst und dann ihren Bruder Jens betrachtest, das sind echt zwei Welten. Der Jens ist bei uns nur allzu gut bekannt. Hehlerei, Diebstahl, Glücksspiel – was du auch willst, der ist zwar nur 'n kleiner Fisch, aber trotz allem so 'n richtiger Berufskrimineller. Aber um den ist's jetzt schon seit Monaten ziemlich ruhig geworden, hat uns schon lange nicht mehr beehrt."
„Gut, ich denke, das wär's fürs Erste. Danke, Helmut."
„Keine Ursache. Ich bleib noch ein wenig im Büro, hab noch genug Schreibkram auf dem Tisch."

Ich verabschiedete mich und ging ins Nachbarbüro, auf dessen Türschild die Namen *OETTERSHAGEN, KHK* und *HOLLÄNDER, KHK* prangten und in dem sich Tom und Kuni bei einer Tasse Kaffee unterhielten. Andríkos war aus dem Erdgeschoss zurückgekehrt, hatte seine Einsatztasche im Büro abgestellt und stand jetzt in der Tür des Büros, um mit den beiden zu quatschen.
Ich brachte alle Kollegen auf den neuesten Stand. „Ich werde die Kollegen der hiesigen Wache bitten, Andrea Gran zuhause aufzusuchen und sie über den Tod ihres Freundes in Kenntnis zu setzen. – Andríkos: Du fährst mit Tom, Kuni und mir zum Haus des Toten raus. Dort könnt ihr dann schon mal mit der Befragung der Nachbarn beginnen. Fragt, ob ihnen in letzter Zeit und insbesondere gestern Abend etwas aufgefallen ist. Ich werde dort die Kollegen besuchen und fragen, wie weit sie mit der Tatortaufnahme sind."
So lösten wir unsere Runde auf. Ich fuhr mit Andríkos im alten Ford (Tom und Kuni folgten uns in ihrem Passat) nach Niederhausen, einen kleinen Waldbröler Stadtteil am Rande der B 478, die nach dem dortigen Fluss auch nur Brölstraße genannt wurde. Vor einem kleinen alten Haus am schmalen Niederhausener Weg, dessen Grundstück von einem gepflegten Lattenzaun begrenzt wurde, hielten wir an. Das gemütliche, leicht windschiefe Haus war im Erdgeschossbereich weiß gestrichen, das Obergeschoss war mit schwarzen Schieferplatten verkleidet. Neben dem Briefkasten war eine kleine weiße Tafel mit der grünen Aufschrift *Forstamt Waldbröl – Forstbetriebsbezirk Waldbröl* angeschraubt. In der Einfahrt stand unser Tatortwagen.
„Na, dann wollen wir mal", sagte ich und stieg unter den neugierigen Blicken der älteren Nachbarn aus.
„Guten Morgen", rief ich den Dorfbewohnern entgegen, die nur mürrisch knurrten und sich – wie ertappte Kinder – abwandten, um mit ihren Schneeschaufeln die Einfahrten zu räumen. Gott sei Dank hatten die starken Schneefälle am Morgen aufgehört.

Ein Traktor mit Räumschaufel rumpelte über die schmale Dorfstraße bergauf Richtung Nutscheid. Der ältere Fahrer verlangsamte das Tempo, als er das Haus des toten Försters passierte und uns erblickte. Andríkos, Kuni und Tom machten sich derweil auf, um mit der Nachbarschaftsbefragung zu beginnen.

Aus dem Gebäudeinnern kamen Andy Rölen und Reiner Drawe in weißen Schutzanzügen. Andy ging zielstrebig zu dem Tatortwagen und nahm einen Schluck aus der Thermoskanne, während Reiner, sein grauhaariger Vorgesetzter vom Erkennungsdienst, noch telefonierte.

Als das Gespräch offenbar beendet war, winkte er in unsere Richtung. „'n Morgen Pitter. Lang nicht gesehen … Mann, ich bin langsam echt am Arsch", sagte der Spurensicherer und gähnte laut.

„Grüß dich, Reiner. Wie lange dauert's denn noch?"

„Geht voran. Dauert nicht mehr lange, dann sind wir soweit durch."

„Gut. Ich wollte mir doch auch mal 'nen Eindruck machen", sagte ich und ging zum Heck des Sprinters, um mir einen Schutzanzug anzuziehen.

4. Kapitel: Das Todeshaus

Wohn- und Dienstsitz von Forstinspektor z. A. Sascha Meisenbach, Niederhausener Weg 6, 51545 Waldbröl-Niederhausen, Samstag, 27. Januar 2007, 11:17 Uhr

Gefolgt von den beiden ED-Kollegen betrat ich das Haus, das nach altem Gemäuer roch. Auf Grund der niedrigen Deckenhöhe hätte ich mir fast an einem der Tragbalken den Kopf gestoßen. Dammi und Silke, offenbar ähnlich übernächtigt, winkten mir nur erschöpft zu, bevor sie sich wieder einigen Ordnern widmeten.

Das gesamte Haus wirkte aufgeräumt und gepflegt, wenn auch die Möbel ihre besten Jahre hinter sich hatten und noch aus den Achtzigern stammten.

Auf dem Küchenboden stand ein Futternapf, der noch halbvoll war. Mehrere leere Weinflaschen waren auf der Anrichte auszumachen.

Die alte Ledercouch im Wohnzimmer war ebenso speckig wie die Hose, die Meisenbach am Fundort getragen hatte. Die dahinterliegende Raufasertapete war – genauso wie die Rückenlehne der Couch – mit Blutspritzern übersät und wies ein kleines Loch auf. Wenn man auf Grund der geringen Höhe dieses Einschusslochs Rückschlüsse auf den Einschusswinkel ziehen wollte, musste man zwangsläufig davon ausgehen, dass Meisenbach wohl gesessen hatte, als ihn das tödliche Geschoss traf.

Der weiße Flokatiteppich, auf dem ein gläserner Couchtisch mit der angebrochenen Flasche Cognac stand, war an einer Stelle völlig mit Blut besudelt. Im Zentrum dieser Lache war ein eingebranntes Loch erkennbar. Offensichtlich hatte der Täter hier den Hund erschossen.

Ich ging ins Schlafzimmer hinauf. Der Kleiderschrank des Toten wirkte nicht wie der eines lebenshungrigen Mannes Anfang 30. Neben einem umfangreichen Sortiment an Forstdienstkleidung – lodengrünes Jägerjackett mit verdeckter Knopfleiste und dunkelgrünem Samtkragen, einem dunkelgrünen Anorak mit gefütterter Kapuze, mehreren beigefarbenen und grünen Uniformhemden, jägergrüner Krawatte, zwei hässlichen lindgrünen Hemdblousons sowie diversen Cargohosen und einem Jägerhut mit Landeswappen aus silberglänzendem Metall und Gamsbart, konnte ich nur wenige zivile T-Shirts, Hemden, Wetterjacken und Jeanshosen ausmachen, die längst nicht mehr der aktuellen Mode entsprachen.
Meisenbach schien völlig in seiner Arbeit aufgegangen zu sein.
Ich betrat das Gästezimmer, das nicht so recht zu dem sonst so aufgeräumten Eindruck passte, den das übrige Haus vermittelte. Überquellende Aschenbecher, leere Bierflaschen und -dosen, zerwühlte Bettdecke, Stapel dreckiger Wäsche, ein verschmutzter Fanschal des 1. FC Köln. Was sonstige persönliche Gegenstände betraf, die Rückschlüsse auf die Identität des Mitbewohners zulassen könnten: Fehlanzeige. Es war jedoch offensichtlich, dass hier eine andere Person als Meisenbach wohnte.
Ich ging zurück ins Erdgeschoss, widmete mich der Schrankwand aus billigem Spanholz und fand mehrere Ordner mit sorgfältig abgehefteten Gehaltsabrechungen des Landesbetriebs Wald und Holz NRW, Versicherungspolicen, dem Mietvertrag für das kleine Haus, einer Urkunde der Fachhochschule Weihenstephan im oberbayerischen Freising aus dem Jahr 2004, mit der Meisenbach der akademische Grad eines „Diplom-Ingenieurs (FH) Fachrichtung Forstwirtschaft“ verliehen wurde, sowie einer ebenfalls vom Landesbetrieb ausgestellten Ernennungsurkunde zum „Forstinspektor z. A.“ unter gleichzeitiger Berufung in das Beamtenverhältnis auf Probe.

Daneben fand ich noch sein Abiturzeugnis des Neuehrenfelder Albertus-Magnus-Gymnasiums und ein Dienstzeugnis des Feldjägerkommandos Köln aus dem Jahre 2000, das Unteroffizier Sascha Meisenbach bescheinigte, von 1996 bis 2000 als Zeitsoldat bei der Feldjägertruppe, der deutschen Militärpolizei, gedient und an einem Auslandseinsatz im Kosovo teilgenommen zu haben.
Eines war klar: Zumindest einen Teil seiner Jugend musste er in Köln verbracht haben, auch wenn er auf der Schwäbischen Alb geboren worden war. Ansonsten fand ich nur wenig persönliche Gegenstände – weder Fotoalben noch Eintrittskarten für Rockkonzerte, Liebesbriefe von verflossenen Freundinnen, Pornohefte, Videokassetten, DVDs oder Ähnliches. Meisenbachs Bibliothek beschränkte sich auf forstwirtschaftliche Fachliteratur und einige Agatha-Christie-Romane sowie diverse Ausgaben des Magazins GEO. Die gut zwei Dutzend CDs waren von Bruce Springsteen, Billy Joel und Herbert Grönemeyer – in Zeiten solcher musikalischer Größen wie Eminem, Rihanna, Shakira und Sido nicht gerade üblich für einen Mann seines Alters …
Wenn man vom Genuss alkoholischer Getränke mal absah, führte Meisenbach offenbar fast schon ein asketisches Leben.
Sein Schreibtisch in der hinteren Ecke des Wohnzimmers wirkte aufgeräumt. Die kahle Stelle, an der sein PC gestanden hatte, wirkte wie eine Baulücke im dicht bebauten Stadtgebiet. Am anderen Ende stand das alte olivgrüne Telefon aus den Achtzigern mit Tastenfeld.
Meisenbach hatte sich in seinem Tischkalender einige Termine eingetragen, die den Zusatz *KYRILL!* trugen. Für den vorangegangen, den Todestag, war jedoch nichts eingetragen – dafür für den heutigen Samstag, achtzehn Uhr: *ANDREA!!!*
Ansonsten konnte ich auf die Schnelle nichts Relevantes feststellen.

So nahm ich mir als Nächstes den Ordner mit der Aufschrift *KONTOAUSZÜGE* vor, den Silke und Dammi bereits beiseitegelegt hatten.
„Es gab da eigentlich nichts Besonderes – bis auf die Tatsache, dass Meisenbach im Laufe der Jahre etwa 12.000 Euro angespart hatte, die nun auf seinem Girokonto bei der Kreissparkasse Köln dahindümpeln. Und dann waren da monatliche Gehaltsüberweisungen und Abbuchungen für Miete, Strom, Wasser, Telefon. Daneben mehrere Spenden an die Grünen und die Naturschutzorganisationen NABU, BUND, Greenpeace und WWF", klärte mich Silke über die Kontobewegungen auf.
Während Reiner und Andy über die knarrende Holztreppe ins Obergeschoss gingen, blätterte Silke den Kontoordner weiter durch, nachdem sie ihn mir aus der Hand gerissen hatte. „Und siehe da – etwas Interessantes konnte ich dann doch noch feststellen. Seit März 2006 überwies Meisenbach monatlich 200 Euro. Als Überweisungszweck war jedes Mal *MONATSGELD – MARGA METZGER* angegeben. Die Zahlung endete jedoch mit der Dezemberüberweisung 2006. Dafür konnte ich im Januar eine Abbuchung in Höhe von 3.200 Euro feststellen, die vom 16. Januar stammte. Als Überweisungszweck war *BESTATTUNGSHAUS BERGMANN – RE.-NR. 4/07 V. 08.01.07* vermerkt. Dieser Sache wollte ich mal nachgehen, da sie mir irgendwie interessant vorkam. Und was soll ich sagen, Pitter: Meine Nase hat mich auch diesmal nicht im Stich gelassen."
Silke machte eine bedeutungsschwere Pause. „Ich hab auf dem Schreibtisch in einem Posteingangsstapel neben der Vorladung des Amtsgerichts Waldbröl für die Hauptverhandlung gegen Franz Lütz am kommenden Montag tatsächlich die Rechnung des Bestattungshauses Bergmann aus Nümbrecht-Stranzenbach für die Beerdigung einer Frau Margarethe Metzger gefunden."

Ich sah Silke befremdet an. „Aber warum hat sich Meisenbach nicht nur finanziell um diese Frau gekümmert, sondern auch noch für ihre Beerdigung gesorgt? Schließlich hatte der hier nach Aussage der örtlichen Kollegen keinerlei familiären Bindungen …?!"
„Keine Ahnung, Pitter", entgegnete Silke.
Darum würden wir uns also kümmern müssen.

Gegen zwölf verabschiedete ich mich von Silke, Dammi, Reiner und Andy. Ich machte mich auf den Rückweg, der mich über die Bundesstraße vorbei an einigen dörflichen Stadtteilen Waldbröls ins Zentrum der kleinen Stadt führte.
Überall sah man die surreal wirkenden Waldschneisen, die der Orkan „Kyrill" in der Vorwoche verursacht hatte. Die umgestürzten Baumstämme zeugten von der unglaublichen Naturgewalt, die im wahrsten Sinne des Wortes über das Land hinweggefegt war.
Der Waldbröler DGL hatte mich zwischenzeitlich telefonisch informiert, dass sie weder Frau Gran noch ihre Eltern angetroffen hatten. Der Einsatz blieb jedoch offen, so dass sie es später wieder versuchen würden.
An der Wache angekommen, sprintete ich ins erste Obergeschoss – den Ordner mit Kontoauszügen und der Rechnung des Bestattungshauses im Gepäck.

5. Kapitel: Erste Ergebnisse und tiefe Trauer

Der Landrat des Oberbergischen Kreises als Kreispolizeibehörde, Abteilungsleiter Polizei, Direktion Kriminalität, Regionalkommissariat Waldbröl, Brölbahnstr. 9, 51545 Waldbröl, Samstag, 27. Januar 2007, 14:35 Uhr

Nachdem die Spurensicherung am Haus zwischenzeitlich beendet war, kehrte auch Silke kurz nach eins zur Wache Waldbröl zurück.
„Siehst ganz schön kaputt aus, Silke“, begrüßte ich meine Kollegin, die nur abwinkte.
„Hat ja auch lange genug gedauert mit dieser blöden Tatortaufnahme. Was Besonderes haben wir aber nicht mehr gefunden. ’n paar Fingerabdrücke und die Schmutzwäsche aus dem Gästezimmer haben wir sichern können. Vielleicht kriegen wir darüber ’ne brauchbare DNA, um rauszufinden, wer mit Meisenbach zusammengewohnt hat. Die Fingerabdrücke klären die Jungs vom ED in AFIS ab. Wäre gut, wenn du noch einen entsprechenden Untersuchungsantrag für die DNA-Analyse der sichergestellten Wäsche schreiben könntest. Dann können wir das am Montag direkt auf den Weg bringen.“
„Gut“, entgegnete ich, setzte mich an den PC und schrieb den Antrag, während Silke den Raum verließ. Mit dem Staatsanwalt kam ich telefonisch überein, dass die DNA-Untersuchung jedoch nicht – wie eigentlich vorgeschrieben – von unserem LKA, sondern vom Bonner Institut für Rechtsmedizin durchgeführt werden sollte. Das ging um einiges schneller.

Den ganzen Mittag kümmerte ich mich um einige Telefonate mit meinen Vorgesetzten, musste eine EXCEL-Liste ausfüllen, in der minutiös zu erfassen war, welcher Kollege für die Mordkommission wie lange und mit welcher Aufgabe tätig wurde.

Bürokratie pur. Als ich mich im Vorjahr um Theos Nachfolge beworben hatte, hatte ich mir das Dasein als MK-Leiter irgendwie doch anders vorgestellt (obwohl ich von Theo ja gewusst hatte, mit welchem bürokratischen Aufwand sein Job verbunden war).
Ganz durcheinander von all den Zeilen, Spalten und Telefonaten, brauchte ich eine Pause. Als ich Heinz Oettershagens und Guido Holländers Büro betrat, saß Silke schon bei einer Tasse Kaffee.
„Na, brauchst du auch mal 'ne Auszeit?, fragte ich.
Silke nickte. „Bin so was von kaputt. Langsam geht das echt an die Substanz." Gedankenverloren rührte Silke in ihrer Tasse. „Warum hat sich dieser Meisenbach wohl um Frau Metzger gekümmert und ihre Beerdigung finanziert?"
„Versuchen wir doch mal direkt, das rauszukriegen", sagte ich und wählte die Nummer des Bestattungshauses. Glücklicherweise hob tatsächlich ein Mann ab, der sich mit pastoraler Ruhe und Bedächtigkeit als Fred Bergmann vorstellte und zusagte, schnellstmöglich auf der Wache vorbeizukommen.
Eine halbe Stunde später hielt der Wagen des Bestattungshauses vor der Wache. Aus seinem Innenraum stieg ein dunkel gekleideter Mann, der mit leicht schlurfendem, gebeugtem Gang das Wachgebäude betrat.
Ein paar Minuten später tauchte Witti in meiner Bürotür auf.
„Hi, hier ist 'n Herr Bergmann für euch."
„Hey, Witti, was machst du denn schon wieder im Dienst?"
„Tja, im Gegensatz zu den meisten Kölner Dienststellen haben wir hier kein starres Schichtmodell mit festen Dienstgruppen. Die Wache Waldbröl hat als Erste in NRW vor 'n paar Jahren den Wachdienst-Pool eingeführt – jeder kann sich melden, wann er Zeit hat. Und ich bin froh, wenn ich meiner Frau am Samstag nicht in der Kneipe helfen muss … Was machen die Ermittlungen? Den Bericht hat der Marcel übrigens fertig gemacht. Der liegt auf Heinz Oettershagens Schreibtisch."

„Sehr schön. Ach, weißt du, mit den Ermittlungen geht's voran." Witti seufzte. „Mann, was würd ich dafür geben, auch bei der Kripo zu arbeiten. Am besten wieder in Köln. Hier liegt echt der Hund begraben. Na ja. Ich muss meine Sandra halt nur noch ein bisschen überreden, dass sie mich den Kommissarsaufstieg machen lässt und ich mich wieder zum PP Köln bewerben kann. Die stellt sich aber auch so was von an. Sagt immer, ich hätte für sie und unsere Tochter sowieso zu wenig Zeit." Der junge Kollege schüttelte den Kopf. „Wenn ihr irgendwas braucht, Kaffee oder so, sagt mir nur ruhig Bescheid. Ich fahr jetzt erst mal mit der Sonja nach Hermesdorf. Schließlich ist ja euer Einsatz hinsichtlich der Todesbenachrichtigung noch offen. Oh Mann, müsst ihr uns so 'nen Scheißjob aufs Auge drücken?!"

Ich quittierte das nur mit einem Schulterzucken.

Willi ging und ließ Herrn Bergmann eintreten, einen Endvierziger mit mittelblonden Haaren, fransenartigem Pony, melancholischem Blick und leichtem Buckelansatz.

„Sie wollten mich sprechen?", fragte er mit monotoner Stimme.

„Ganz genau", antwortete ich und stellte mich vor.

„Wie kann ich Ihnen denn behilflich sein?", wollte er schließlich wissen.

„Es geht um diese Beerdigung", sagte ich und legte ihm die Rechnung vor, die Silke in Meisenbachs Unterlagen gefunden hatte.

Bergmann nickte. „Gewiss, ich erinnere mich gut. Herr Meisenbach hat sich rührend um den Nachlass der Dame gekümmert. Aber warum wollen Sie das wissen?"

„Herr Meisenbach wurde heute Nacht tot aufgefunden."

„Mein Gott! Er war so ein engagierter, sympathischer junger Mann", rief der Bestatter bestürzt.

„Na, dann erzählen Sie doch mal. In welcher Verbindung stand Herr Meisenbach zu Frau Metzger?"

Bergmann nickte bedeutungsschwer. „In der Tat habe ich ihn danach auch gefragt, als er zum ersten Mal zu mir kam, um die Formalitäten für die Beerdigung zu regeln. Es war eine äußerst tragische Geschichte, die er mir unter Tränen erzählte – die Geschichte einer fast schon unglaublichen zufälligen Begegnung, die Herrn Meisenbach und Frau Metzger zusammenführte. Es erschien mir damals so, als habe er noch mit niemanden vorher darüber gesprochen, es sprudelte förmlich aus ihm heraus." Er hielt inne.

Ich räusperte mich. „Herr Bergmann, es wäre nett, wenn Sie zum Punkt kämen."

„Also, Herr Meisenbach wusste zu berichten, dass er Anfang letzten Jahres im REAL-Markt an der Brölbahnstraße hier in Waldbröl einkaufen ging. Als er an der Kasse war, fand er das Portemonnaie einer Frau namens Margarethe Metzger aus Nümbrecht. Auf der Suche nach ihrer Adresse – schließlich wollte er ihr schnellstmöglich die Geldbörse zurückbringen – fand er darin ein kleines Porträtfoto, das ihn erstarren ließ.

Es zeigte einen gewissen Björn Metzger, der gemeinsam mit Herrn Meisenbach während des Kosovokonflikts 1999 dort seinen Dienst bei der Bundeswehr versehen hatte. Metzger wurde seinerzeit während einer Patrouillenfahrt im Bergland von Unbekannten erschossen, vermutlich von UÇK-Kämpfern, die sich ihrer bevorstehenden Entwaffnung widersetzen wollten. Dies hat Meisenbach seit damals schwer belastet und traumatisiert. Und als er jetzt Frau Metzger kennenlernte, Björns Mutter, wollte er ihr helfen. Ihr Mann war Arbeiter bei den Bergischen Achsen in Wiehl gewesen, er war kurz nach dem Tod des Sohnes gestorben, hatte ihr nur eine kleine Witwenrente hinterlassen. Weitere Angehörige hatte sie nicht.

Herr Meisenbach sah es nun als seine Pflicht an, sich um die arme Frau zu kümmern, die den Tod ihres Jungen selbst nie überwunden hatte. Tja, und Anfang des Jahres hat sie dann ihren Kampf gegen den Krebs verloren – Leukämie, unheilbar. Und das mit 57 Jahren …"

„Wann ist Frau Metzger denn genau gestorben?"

„Um dem Ganzen noch eine größere Tragik zu verleihen, am 1. Januar."

„Damit haben Sie uns sehr geholfen. Ich werde jetzt noch ein Protokoll Ihrer Aussage fertigen und dann war's das für Sie erst mal."

Bergmann nickte, während ich den Vordruck für Zeugenvernehmungen aufrief.

Eine halbe Stunde später hatte ich das Protokoll ausgedruckt, Bergmann hatte die Aussage durchgelesen und unterschrieben.

Aus dem benachbarten Büro von „Heinz Zwo" hörte ich laute Stimmen.

Silke kam mit einer Tasse Hagebuttentee in unser momentanes Büro. Tom folgte ihr.

„Mann, was ist denn da für 'n Krach?", fragte ich.

„Andríkos hat 'ne Nachbarin von Meisenbach aufgegabelt, die tatsächlich was beobachtet hat", antwortete Silke. „Leider ist die alte Dame ziemlich schwerhörig. Wie lief's mit Bergmann?"

Ich berichtete von seiner interessanten Aussage.

Silke zog die Augenbrauen hoch. „Ist schon ein verdammt seltsamer Zufall, dass Meisenbach nach mehreren Jahren hier die Mutter seines getöteten Kameraden trifft, oder?"

„Das schon. Und ich wüsste auch nicht, was das mit unserem Fall zu tun haben könnte. Ich werde dennoch am Montag einen Bekannten beim Zentrum für Nachrichtenwesen der Bundeswehr kontaktieren und ihn um nähere Infos zu Björn Metzgers Tod bitten", entgegnete ich und dachte an Oberstleutnant Eickhoff, der mir inzwischen schon bei zwei Mordfällen hilfreich zur Seite gestanden hatte. „Könntet ihr inzwischen mal versuchen, diesen

Stadtrat Lütz aufzugabeln? Den möchte ich auf jeden Fall schnellstmöglich in die Mangel nehmen. Wenn jemand ein Motiv hatte, Meisenbach aus dem Weg zu räumen, dann ja wohl er. Wir könnten ihn zwar auch telefonisch oder schriftlich vorladen, aber so dürfte es schneller gehen. Außerdem wirkt das immer einschüchternd, wenn man von der Polizei persönlich abgeholt wird."
Tom runzelte die Stirn. „Können wir gerne machen. Aber meinst du wirklich, dass Lütz für diese Lappalie zum Täter wird?"
„Was heißt hier Lappalie, Tom? Immerhin drohen ihm bei einer Verurteilung wegen Jagdwilderei bis zu drei Jahre Haft – und seine politische Karriere wäre dann auch im Arsch."
„Und vergiss nicht, dass ohne Meisenbachs Aussage der ganze Prozess wahrscheinlich platzt", warf Silke ein.
„Ist ja schon gut." Tom hob beschwichtigend die Hände. „Ihr habt mich ja überzeugt."
„Weißt du denn überhaupt, wo der wohnt?"
„Na, der ist hier so was wie 'ne lokale Größe. Seine Adresse ist mir nur allzu gut bekannt. Hat sich so 'ne Art Chalet im Stadtteil Rossenbach gebaut", entgegnete mein Gummersbacher Kollege, bevor er sich die Fahrzeugpapiere für den Passat schnappte und mit Silke das Wachgebäude verließ.
Witti kam die Treppe rauf. „Hey, Pitter, Frau Gran und ihre Eltern waren immer noch nicht zuhause. Wir versuchen's gleich noch mal. Ich hab frischen Kaffee aufgesetzt. Willste jetzt auch 'nen Schluck?"
„Klar, warum nicht? Ich folge dir!"
So ging ich mit Witti in den Aufenthaltsraum, in dem auch Sonja bei einer Tasse Kaffee saß und die OVZ durchblätterte.
„Mensch, du bist tatsächlich auch wieder hier? Sag mal, habt ihr alle kein Zuhause?", wollte ich von ihr wissen, wobei sich mein Herzschlag merklich beschleunigte.

„Tja, die Wochenenddienste sind doch eine angenehme Abwechslung, wenn man niemanden hat, der mit einem ausgeht“, antwortete die hübsche Dienstgruppenleiterin und lächelte mich vielsagend an.
„Na, komm, jetzt tu mal nicht so, als wärste ’ne arme, vereinsamte Jungfer. Bei dir stehen die Kerle doch eh Schlange …“
Sonja lachte. „Oh, charmant wie eh und je, der liebe Herr Kollege. Aber so ist die traurige Realität. Ich bin allein. Na ja, kein Grund zum Jammern. Und, wie läuft’s bei dir so privat?“
Diese Frage versetzte mir einen kleinen Stich. Ich sprach nicht gerne über mein gescheitertes Privatleben …
„Auch solo. Bin geschieden. Aber dafür habe ich ja meinen zeitaufwändigen Job …“, antwortete ich und fragte mich insgeheim, ob ich Sonja nicht mal fragen sollte, ob sie mit mir ausginge … Aber irgendwie hatte ich Angst vor einer Abfuhr. So nickte ich nur und machte mich wieder auf den Weg ins erste Obergeschoss.
„Pitter?!“, hörte ich da Sonjas Stimme hinter mir. „Also, wenn uns der Nachtdienst nachher ablöst, wollte ich in die Kneipe meiner Schwester in Harscheid. Da treffen wir uns ab und zu auf ’n paar Bier. Witti und Marcel werden wahrscheinlich auch mitkommen. Also, wenn du Lust hast … Witti und ich machen gegen zehn Schluss.“
Ich fühlte mich wie ein kleiner Junge, der gerade ein lange ersehntes Weihnachtsgeschenk bekommen hatte. „Ja, sehr gern!“

Auf dem Weg in Oettershagens und Holländers Büro traf ich Andríkos mit einer kleinen, gedrungen wirkenden Frau Mitte 70, die kurze weißgraue Haare mit Minipli-Dauerwelle hatte und sich gerade von meinem Kollegen verabschiedete. Sie nickte mir freundlich zu und ging mit Kuni ins Erdgeschoss.
„War das Meisenbachs Nachbarin? Silke hat mir davon erzählt“, sagte ich zu Andríkos.

„Ganz genau, Alter. Eine richtig wichtige Augenzeugin, Mann. Irmgard Romünder, wohnt im Haus neben Meisenbach. Sie war die Einzige, der in letzter Zeit was aufgefallen ist. Die anderen Nachbarn waren total mundfaul und konnten sich angeblich an nix erinnern, was mir ungewöhnlich erschien. Mann, diese mürrischen Dorfbewohner sind echt nicht ganz knusper im Oberstübchen … Da fühl selbst ich mich ja direkt unwohl. Wie die mich angesehen haben – als wär ich 'n Fremder, der ihren Dorffrieden stören wollte …"
„Na, stimmt das denn etwa nicht?", fragte ich lächelnd und klopfte Andríkos auf die Schulter, was er nur mit dem Stinkefinger quittierte.
„Also", grummelte er, „Frau Romünder wusste zu berichten, dass vor einigen Wochen – auf jeden Fall vor Weihnachten – ein junger Mann bei Meisenbach, den sie als sehr freundlich, hilfsbereit und zurückhaltend beschrieben hat, eingezogen sei. Er habe ein lautes Motorrad gehabt, das immer für sehr viel Lärm gesorgt habe. Ich hab sie nach dem genauen Modell gefragt. Und tatsächlich, Mann: Sie sagte, dass es eine Geländemaschine sei, wie auch ihr Enkel eine besitzt. Eine weiße Enduro mit türkisfarbenen Stellen. Aber Genaueres konnte sie mir auch nicht sagen. Wie der Mann aussah oder hieß oder wie das Kennzeichen der Maschine lautete, wusste sie nicht. Nur, dass er Anfang der Woche, Montag oder Dienstag, aus Meisenbachs Wohnung gekommen sei und ‚Das wirst du noch bereuen!' geschrien habe. Danach hat sie ihn nicht mehr gesehen. Könnte doch 'ne interessante Sache sein, was, Mann?"
„Und was ist mit den Schüssen? Hat die denn keiner gehört? Kann ich mir bei der dichten Ortsbebauung doch gar nicht vorstellen!"
„Also, Frau Romünder hat den Fernseher abends immer auf volle Lautstärke gestellt, da sie sehr schwerhörig ist. Und sonst – nein, angeblich hat keiner etwas gehört … Blöde Schnarchnasen …"

Ich schüttelte den Kopf. Wenn es jetzt sogar schon hier auf dem Land, wo sich doch angeblich alle halfen, um sich griff, dass keiner mehr auf den anderen achtete, dann würde diese Gesellschaft irgendwann scheitern. Es war zum Kotzen. Jeder war nur noch mit sich selbst beschäftigt. Eine Entwicklung, die vor keiner Gesellschaftsschicht und Altersklasse Halt machte und sich immer stärker ausbreitete.

„Jedenfalls hab ich ihre Aussage aufgenommen. Kuni fährt sie gerade nach Hause. Was ist eigentlich mit den Verwandten des Toten?"

„Dazu haben wir bislang leider überhaupt keine Erkenntnisse. Vielleicht kann uns Frau Gran damit weiterhelfen", sagte ich und wandte mich an meinen Bürokollegen Dario, der gerade die Treppe heraufkam. „Wie war's bei dir, Jung?"

Dario streifte seine Daunenjacke ab. „Alles ganz schön heftig, das kann ich dir sagen. Doktor Kleutgen schickt uns den Obduktionsbericht zu. Aber wie ich dich kenne, willst du vorab trotzdem schon mal einige Infos haben, stimmt's, Pitter?" Er kramte seinen Notizblock hervor. „Also: Bei Meisenbachs Verletzung handelt es sich um einen Schädel-Hirn-Schuss. Das Projektil trat an der Stirn in den Schädel ein und im oberen Nackenbereich wieder aus. Todesursächlich war die Zerstörung der Medulla oblongata, also des Nachhirns. In ihm befinden sich unter anderem Zentren für die Kontrolle des Blutkreislaufs und der Atmung. Durch seine Schädigung setzte die sofortige Handlungsunfähigkeit des Opfers ein, die kurze Zeit später zum Tod führte."

„Schussentfernung?"

„Relativ näherer Nahschuss, da vom Doc und dem zweiten Obduzenten, Doktor Ramershoven, neben den in die Haut eingebrannten Pulverkörnchen auch Schmauchniederschläge gefunden werden konnten. Der Tote wurde also aus nächster Entfernung erschossen. Der sogenannte Kontusionssaum, der durch das

kegelförmige Zurückspritzen von Gewebsteilen beim Auftreffen des Projektils rings um den Einschuss entsteht, war halbmondförmig ausgezogen – was bedeutet, dass das Projektil schräg auf der Haut eintraf, genauer gesagt in einem 45-Grad-Winkel von schräg oben in den Schädel. Vermutlich wurde Meisenbach im Sitzen erschossen."
„'ne regelrechte Hinrichtung. Was ist mit dem Todeszeitpunkt?"
„Wie bereits am Tatort vom Notarzt vermutet: Vereinfacht ausgedrückt vermutlich zwischen 20 und 22 Uhr."
„Was ist mit dem Hund?", wollte Silke wissen.
„Wahrscheinlich gleicher Todeszeitpunkt. Bauchschuss. Das arme Vieh ist verblutet. Vermutlich wurden sowohl Meisenbach als auch sein Hund mit derselben Waffe erschossen, Projektil und Hülse haben ja das gleiche Kaliber. Ich schreib jetzt sofort den Vermerk", ergänzte Dario.

Gegen halb sechs klopfte Witti an Oettershagens und Holländers Bürotür. „Kollegen, wir haben Frau Gran aufgegabelt. Sie wollte sofort mit hierherkommen", sagte er und deutete auf eine dürre blonde Frau Ende 20, die hinter ihm im Türrahmen stand und sich skeptisch umschaute. Strähnen ihrer langen Haare, die sie zu einem Pferdeschwanz zusammengebunden hatte, hingen ihr ins Gesicht.
Ich bat Andríkos, im Raum zu bleiben und begrüßte die Freundin des Toten. Das, was uns bevorstand, verursachte mir Magenschmerzen. Oder war es einfach nur der Hunger? Schließlich hatte ich den ganzen Tag noch nichts gegessen …
„Frau Gran, mein Name ist Merzenich, Kripo Köln. Das ist mein Kollege, Herr Vikelas. Mein Beileid."
„Danke", sagte sie mit versteinerter Miene. Ihre Augen waren rot gerändert und blutunterlaufen. „Ihre Kollegen haben mir gesagt, dass Sascha ermordet wurde?! Wie ist das bloß passiert?", fragte sie

tonlos. Sie zog ihre schicke weiße Wolljacke aus, worunter sie einen dunklen Hosenanzug und eine weiße Bluse trug.
„Nehmen Sie doch erst mal Platz", entgegnete ich und deutete auf den Stuhl auf der anderen Seite des Schreibtischs.
Auch, wenn sie auf mich bislang einen gefassten Eindruck gemacht hatte, schienen jetzt alle Dämme zu brechen. Tränen standen in Andrea Grans Augen und ihre Unterlippe zitterte.
„Wie … wie …", stammelte sie und schlug die Hände vors Gesicht. Es dauerte eine ganze Weile, bis sie sich wieder gefasst hatte. „Wie ist es … passiert?"
„Er wurde heute Nacht tot in seinem Auto aufgefunden."
„Oh nein!", schluchzte sie und versuchte krampfhaft, ihre Tränen zu unterdrücken.
Ich sah Andríkos an, der aufstand, Frau Gran ein Taschentuch reichte und sie in den Arm nahm. Diese Seite hatte ich an ihm in all den Jahren noch nicht kennengelernt …
Eine ganze Weile saßen wir uns schweigend gegenüber.
Schließlich erlangte Frau Gran endlich ihre Fassung wieder. „Mein Gott. Ich kann's nicht glauben! Wir hatten doch so große Pläne! Er hat mich erst an Silvester gefragt, ob ich seine Frau werden will! Und – und ich hab doch Ja gesagt …", stieß sie hervor. Wieder strömten Tränen über ihr Gesicht.
„Frau Gran, sollen wir Sie jetzt nicht lieber nach Hause bringen? Sie sollten sich schonen. Wir müssen Ihnen zwar einige Fragen stellen, aber ich denke, dass das auch noch Zeit bis morgen hat."
„Nein, nein, Sie dürfen keine Zeit verlieren! Deshalb bin ich ja auch direkt mit Ihren Kollegen mitgekommen. Sie müssen dieses Schwein finden, das das meinem Sascha angetan hat", erwiderte sie tapfer und wischte sich die Tränen aus dem Gesicht. „Fragen Sie!"
„Sind Sie ganz sicher?"

„Ja!“, antwortete sie entschlossen. „Hätte ich das gewusst, hätte ich gestern Abend meiner Freundin abgesagt und wäre nicht mit ihr nach Köln gefahren. Sascha wollte sich nämlich eigentlich mit mir treffen. Aber ich habe ihn auf heute Abend vertröstet.“
„Wurde Ihr Verlobter in letzter Zeit denn von irgendjemandem bedroht oder hatte er Feinde? Wir haben gehört, dass er im Bereich des umliegenden Waldgebiets äußerst penibel für Ordnung gesorgt hat.“
„Ich weiß, worauf Sie hinauswollen. Ja, Sascha hat es als seine Pflicht angesehen, die Biosphäre des Waldes und die darin lebenden Tiere zu schützen. Er hat hart gegen alle möglichen Umweltsünder und Eindringlinge durchgegriffen. Dieses Arschloch Lütz hat er beim Wildern erwischt – aber das wissen Sie ja wahrscheinlich schon längst.“
„Hat Lütz ihn denn irgendwie bedroht?“
„Nein, Lütz hat das Ganze doch nicht ernst genommen! Zumindest nicht in der Öffentlichkeit! Ich hab mehrfach in seinem Büro für ein Interview angefragt, aber dieser arrogante Fatzke hat mir ja noch nicht mal abgesagt. Der hat das alles einfach ausgesessen. Wie sein alter Parteivorsitzender, Ex-Kanzler Kohl. Widerlich! Aber um auf Ihre Frage zurückzukommen: Also zumindest hat mir Sascha nie davon erzählt, dass Lütz ihn bedroht hätte. Aber Sascha war ohnehin ein sehr verschlossener Mensch.“
„Wie meinen Sie das?“
„Na, in letzter Zeit hat ihn tatsächlich etwas belastet. Er wirkte oft abwesend und völlig in Gedanken. Ganz seltsam wurde es, als er mir kurz vor Weihnachten sagte, dass wir uns vorerst nicht mehr bei ihm zuhause treffen könnten. Seitdem waren wir immer nur in meiner Wohnung zusammen.“
„Und warum wollte er nicht mehr, dass Sie ihn zuhause besuchen?“

„Angeblich ist seine Heizung ausgefallen und sein Vermieter würde es nicht zeitnah schaffen, sie reparieren zu lassen. Sascha wohnt – wohnte – nun mal in einem alten Haus, das an allen Ecken und Enden renovierungsbedürftig ist. Aber ich habe ihm das irgendwie nicht so ganz geglaubt. Er war kein guter Lügner."
„Wussten Sie denn, dass er seit dieser Zeit einen Mitbewohner hatte?"
Andrea Gran sah uns entgeistert an. „Was? Nein, davon hatte ich absolut keine Ahnung. Wer soll das denn sein?"
„Wissen wir nicht. Wir haben nur seine Schmutzwäsche im Gästezimmer gefunden. Und wir wissen, dass der Mitbewohner männlich ist und ein Geländemotorrad besitzt. Fällt Ihnen da irgendjemand ein?"
„Nein, tut mir leid."
„Einen Fanschal des 1. FC Köln haben wir auch im Gästezimmer gefunden. Sagt Ihnen das vielleicht etwas?"
„Davon habe ich sowieso keine Ahnung. Fußball hat mich noch nie interessiert."
„Kennen Sie denn eine Margarethe Metzger und ihren Sohn Björn?"
„Nein. Wer soll das sein?"
Ich erzählte ihr die traurige Geschichte des getöteten Kameraden Meisenbach und dessen Mutter, um die sich Meisenbach über deren Tod hinaus gekümmert hatte.
Sie schüttelte resigniert den Kopf. „Ich habe tatsächlich geglaubt, meinen Verlobten zu kennen. Aber das, was Sie mir hier erzählen, höre ich alles zum ersten Mal. Ich weiß nur, dass er vor seinem Forstwirtschaftsstudium bei der Bundeswehr war – mehr aber auch nicht. Mein Gott, was hatte er denn noch alles für Geheimnisse …?!"
„Wann und wie haben Sie sich denn kennengelernt?"

„Ach, das war im Herbst 2005. Sascha hatte kurze Zeit vorher den Forstbetriebsbezirk, wie die Forstreviere offiziell heißen, hier in Waldbröl übernommen. Ich wollte für den Lokalteil der OVZ eine Reportage über die Arbeit eines Försters schreiben und bat ihn um ein Interview, so haben wir uns kennengelernt. Da fällt mir ein: Was ist eigentlich mit seinem Hund Bruno?"
„Meinen Sie diesen Rauhaardackel?", fragte ich und legte ihr ein Bild vor, das ich selbst am Fundort mit meiner Handykamera gemacht hatte. „Ich muss Sie warnen. Ist kein schöner Anblick."
Aber Andrea Gran betrachtete das Bild des erschossenen Hundes mit Fassung. Sie schluckte schwer und nickte. „Ja, das ist Bruno. Ich erkenne ihn an der fehlenden Ecke im linken Ohr. Die hat ihm ein Schäferhund vor einiger Zeit bei einem Waldspaziergang mit Sascha und mir abgebissen. Der arme kleine Kerl! War ein herzensgutes Tier – und Saschas bester Freund …"
„Was ist eigentlich mit der Familie Ihres Verlobten?"
„Ich habe sie nie kennengelernt. Sascha hatte kein sonderlich inniges Verhältnis zu ihnen, er hatte wohl Probleme mit seinem Vater. Er hat sie nur sehr selten besucht. Aber auch dazu hat er mir nie Einzelheiten genannt. Immerhin habe ich ihre Adresse", sagte sie.
„Gut, die bräuchten wir. Können Sie uns sonst noch irgendetwas zu Ihrem Verlobten sagen?"
„Nur, dass er ein warmherziger, liebevoller Mensch war, den ich über alles geliebt habe. Ich kann das alles immer noch nicht fassen!"

Wir fertigten ein schriftliches Protokoll ihrer Aussage an und ließen es von der jungen Journalistin unterschreiben. Zum Schluss baten wir sie, uns die Adresse von Meisenbachs Eltern, die im Kölner Stadtteil Neuehrenfeld lebten, aufzuschreiben.

Andrea Gran standen noch immer Tränen in den Augen. „Mein Gott, davon darf ich meinen Eltern gar nichts erzählen. Sie haben Sascha wie einen eigenen Sohn geliebt. Sie haben doch genug eigene Probleme. Das Geschäft läuft nicht mehr allzu gut. Und meinen Bruder habe ich Ewigkeiten nicht mehr gesehen, nachdem meine Eltern ihn rausgeschmissen haben."
„Warum das denn?", fragte ich aus ehrlicher Neugier.
„Ach, der Jens ist wieder rückfällig geworden. Spielsucht. Dabei hat er eine Therapie gemacht, nachdem er wegen seiner Schulden mehrere Einbrüche begangen hat. Die Therapie war seine letzte Chance, ihn vor dem Knast zu bewahren. Und jetzt geht das ganze Spiel wieder von vorne los. Dem ist nicht mehr zu helfen", sagte sie resignierend und verließ das Bürogebäude.
Als ich aus dem Fenster sah, konnte ich beobachten, wie sie sich in den Fond des Streifenwagens setzte und von Witti nach Hause gefahren wurde.
„Was hältst du von der ganzen Sache?", wollte Andríkos wissen.
„Ach, keine Ahnung, Mann. Dieser ganze Fall ist ganz schön seltsam. Hast du schon mal erlebt, dass einer vor seiner Freundin oder Verlobten so viele Geheimnisse hat?"
„Man lernt halt nie aus. Wenn du mich fragst, wollte Meisenbach unter allen Umständen verhindern, dass seine Verlobte mitbekommt, wer bei ihm eingezogen ist. Denk doch mal an die Aussage dieser Frau Romünder. Kurz vor Weihnachten ist dieser Fremde bei ihm eingezogen …"
Ich nickte. „… und kurz vor Weihnachten hat Meisenbach seiner Verlobten gesagt, dass sie sich vorerst nicht mehr bei ihm treffen könnten, da die Heizung in seinem Haus ausgefallen sei. Aber warum hat er das vor ihr verheimlichen wollen?"
„Keine Ahnung. 'ne Schwuchtelbeziehung vielleicht?"
Ich musste angesichts Andríkos' unverhohlener Ausdrucksweise schmunzeln. „Glaub ich nicht. Dann hätte der Typ doch wohl

kaum im Gästezimmer geschlafen, sondern sich im Schlafzimmer breitgemacht. Da steht ja schließlich ein Doppelbett. Nein, das halte ich für ausgeschlossen. An der Sache ist was anderes faul. Oberfaul."

„Weißt du eigentlich, was ich äußerst seltsam finde?", fragte Andríkos und lehnte sich im Besucherstuhl weit zurück.

„Nä, keine Ahnung."

„Unser Toter war doch Förster. Und soweit ich weiß, haben die doch alle Schusswaffen zuhause. Aber bei ihm wurde doch nichts gefunden."

„Stimmt. Der hatte ja noch nicht mal 'nen Panzerschrank zur sicheren Aufbewahrung der Jagdwaffen. Das ist tatsächlich seltsam. Der Sache können wir ja am Montag nachgehen, da wollte ich dem Forstamt hier in Waldbröl mal 'nen Besuch abstatten und die Kollegen zu Meisenbach befragen."

„Gute Idee, Mann. Ich kann das aber auch übernehmen."

„Geht klar. Du nimmst dann einen von den Gummersbachern mit. Ist für die ja 'n Heimspiel."

In diesem Moment sah ich Tom und Silke die Treppe hinaufkommen. Ich passte sie im Flur ab. „Ach, kommt ihr auch nochmal wieder?", fragte ich gespielt vorwurfsvoll.

„Ist ja schon gut, Chef", antwortete Tom. „Wir haben noch 'nen Abstecher nach Korseifen zu meinen Eltern gemacht. Da gab's heute lecker Rindsrouladen."

„Na, das nenn ich mal kollegial. Hättet uns ja ruhig was mitbringen können!"

Silke grinste frech. „Ja, da haben wir nicht dran gedacht, sorry. Also Folgendes: Wir haben Lütz zuhause nicht angetroffen. Ein Nachbar wusste aber zu berichten, dass er mit seiner Frau übers Wochenende nach Zürich zu Bekannten geflogen ist. Sie kommen morgen Abend wieder. Ich hab ihm meine Visitenkarte mit der Bitte, sich nach der Gerichtsverhandlung am Montag bei uns zu melden, hinterlegt. Hab auch unsere Büronummern hier vor Ort mit draufgeschrieben."

„Gut. Ich werde jetzt mal sehen, dass ich die Kollegen unserer PI West erreiche. Die sollen Meisenbachs Eltern so schnell wie möglich informieren. Ich will diese schreckliche Sache mit den Todesnachrichten hinter mich bringen."

Ich war gerade auf dem Weg in Oettershagens und Holländers Büro, um die Kollegen anzurufen, als Kuni eintraf.

„Mann, Mann, Mann, die hat ja gar nicht mehr aufgehört, mich zuzutexten", klagte er. „Und dabei wollte ich doch nur 'ne Tasse Kaffee bei der Frau Romünder trinken. Aber die hat kein Ende gefunden. Na ja, war wahrscheinlich froh, dass sie mal Besuch hatte. Ihr Sohn und ihr Enkel wohnen in Köln, die besuchen sie nur noch alle paar Wochen."

„Da hast du doch ein gutes Werk getan", sagte ich und klopfte Kuni auf die Schulter.

Silke kam dazu. „Was ist mit der Pressestelle? Meinst du nicht, wir sollten die Öffentlichkeit informieren und um Hilfe bitten?"

„Bislang sehe ich dazu keine Veranlassung. Lass uns erst mal so unser Glück versuchen."

So hielt ich kurze telefonische Rücksprache mit unserem Staatsanwalt, der beim Richter Beschlüsse zur Erhebung der Verkehrsdaten beantragt hatte, und rief bei der PI West in Köln-Ehrenfeld an, die umgehend eine Streifenwagenbesatzung zu Meisenbachs Eltern schicken wollte.

Während ich den Rest der Truppe bat, sich nochmals die bei Meisenbach gefundenen Akten genauestens durchzusehen, machte ich mich wieder an meinen Papierkram.

Nach einer Weile wurde ich angenehm überrascht. Sonja kam zu mir ins Büro, warf mir ein bezauberndes Lächeln zu. „Denk an nachher!", sagte sie nur.

„Ich kann's leider noch nicht versprechen. Du siehst ja, was hier für 'n Papierkram auf mich wartet."
„Dann ruf mich an", sagte sie und kam auf mich zu, um mir einen Zettel mit ihrer Handynummer zu überreichen.
Ich lächelte. „Mach ich doch glatt!"
Nachdem sie gegangen war, brachte ich Micha Götz, unseren Kommissariatsleiter, auf den neuesten Stand.
Danach meldete sich Dammi, unser Leverkusener, auf meinem Handy. „Hallo Pitter, wir sind mit der Spusi an der Karre durch. Soll ich jetzt wieder nach Waldbröl kommen?"
„Nein, leg unserer lieben Ilona das Diktiergerät auf den Schreibtisch, damit sie direkt am Montag anfangen kann, den Tatortbefundbericht abzutippen, und dann sieh zu, dass du heimkommst. Wir sehen uns dann morgen um halb acht im Präsidium."
„Okay, Chef, dann bis morgen!", entgegnete Dammi und legte auf.

***

Nach kurzer Fahrzeit erreichten Polizeihauptkommissar Jakob Berg, DGL bei der Wache Ehrenfeld der PI West, und sein Kollege Polizeioberkommissar Ralf Bäumer die Eichendorffstraße im Kölner Stadtteil Neuehrenfeld, die eigentlich für ihre schönen Jugendstilhäuser mit Stuckfassaden berühmt war.
Die verheerenden Bombardements der Alliierten im Zweiten Weltkrieg hatten hier – im Gegensatz zu weiten Teilen des Kölner Stadtgebiets – keine irreparablen Schäden hinterlassen.
Vor einem langweiligen, mausgrauen Genossenschaftshaus, das nun so gar nicht in diese Straße passte, hielten sie an und stiegen aus.

„Na, dann lass uns das mal hinter uns bringen“, seufzte Berg.
Bäumer nickte nur.
Berg drückte auf die Klingel, die neben dem Namensschild *MEISENBACH* angebracht war. Kalte, klare Winterluft umwehte sein Gesicht, Regen prasselte auf seinen grünen Winteranorak.
Der Türsummer ertönte, Bergs Pulsschlag beschleunigte sich.
Eine Todesnachricht zu überbringen war etwas, an das man sich nie gewöhnte.

6. Kapitel: Ende und Anfang

Wohnsitz des Ehepaars Meisenbach,
Eichendorffstr. 42, 50825 Köln-Neuehrenfeld,
Samstag, 27. Januar 2007, 20:13 Uhr

Eine dickliche Frau Anfang 60 mit brünett gefärbten langen Haaren, Dauerwelle, Blümchenmusterbluse und Stretchjeans empfing sie an der geöffneten Wohnungstür. Aus der Wohnung fiel ein Lichtstrahl ins dunkle Treppenhaus.
„Polizei? Was wollen Sie von uns?“, fragte sie und sah die beiden Uniformierten verwundert an.
„Sind Sie Frau Meisenbach?“
„Ja, ich bin Erika Meisenbach.“
„Mein Name ist Berg, das ist mein Kollege Bäumer“, sagte der DGL.
Frau Meisenbach nickte unsicher. „Kommen Sie doch erst mal rein.“
Die Dame führte sie durch eine an Spießigkeit kaum zu überbietende Wohnlandschaft – Tapete mit Muster, schwere Lampenschirme in Lodengrün mit Fransen, Ölgemälde mit kitschigen Landschaftsmotiven aus den Hochalpen – in das Wohnzimmer, wo ein untersetzter Mann um die 60 mit Stirnglatze und Schnauzbart in einem hässlichen Trainingsanzug in grellen Türkis- und Lilatönen an seiner Flasche Gilden nippte.
Er lauschte der Tagesschausprecherin, die verkündete, dass der VfL Bochum an diesem 18. Saison-Spieltag gegen den 1. FSV Mainz 05 mit 1:0 unterlag.
„Das ist mein Mann Herbert“, sagte Frau Meisenbach mit einem Blick auf ihren Mann, der die Beamten verwundert und leicht feindselig ansah.

„'n Abend Herrschaften", brummte er und setzte eine kleine Lesebrille auf die Nasenspitze, bevor er aufstand und Haltung annahm. „Polizei? Was gibt's?", fragte er in militärisch-zackigem Ton – kein Wunder bei all den Urkunden und Bildern, die die Wand zierten. Sie zeigten junge Bundeswehrsoldaten in den Siebzigern und Achtzigern vor schweren olivgrünen Lkw. Die Entlassungsurkunde, die über der Couch hing, besagte, dass Oberstabsfeldwebel Herbert Meisenbach im Mai 2002 vom in der Kölner Konrad-Adenauer-Kaserne stationierten Heeresamt in den wohlverdienten Ruhestand verabschiedet worden war.
„Also, was gibt's so Dringendes, dass Sie uns am Samstagabend stören müssen? Jetzt gleich kommt im ZDF ‚Ein starkes Team', würde ich gerne gucken. Also: Fassen Sie sich kurz!"
Berg war die Situation äußerst unangenehm. „Herr Meisenbach, bei allem Respekt, es wäre besser, wenn Sie den Fernseher ausschalten würden."
„Ist etwas passiert?", fragte Frau Meisenbach nun unruhig.
Berg und Bäumer sahen sich ratlos an.
Berg schluckte schwer, er rang nach den richtigen Worten. „Wir müssen mit Ihnen sprechen. Es geht um Ihren Sohn."
„W-was ist mit ihm?", wollte Frau Meisenbach wissen, während ihr Mann erneut an seiner Flasche nippte.
Er schnaufte. „Hat sich dieser Drückeberger in seinem Wald etwa wieder mit irgendwelchen schwerstkriminellen Umweltsündern angelegt? Ist ja lächerlich!"
„Herbert, ich bitte dich!"
„Ach, rutsch mir doch den Buckel runter! Die Wahrheit darf man wohl in diesem Haus nicht mehr sagen?!"
Langsam wurde Berg wütend. Tatsächlich machte es ihm Meisenbachs unsympathische Art irgendwie leichter, nun die schwere Nachricht zu überbringen. „Herr Meisenbach, Ihr Sohn ist tot! Er wurde das Opfer eines Tötungsdelikts!"

Herr Meisenbach fuhr zurück und sackte in sich zusammen. Starr schaute er auf den flimmernden Bildschirm.

Seine Frau ließ sich neben ihn auf das Sofa fallen und schluchzte. „Nein, nicht unser Sohn! Nicht Sascha! Nein! Bitte nicht! Oh nein!“

Nach kurzer Zeit sah Herbert Meisenbach die beiden Uniformierten mit glasigen Augen an. „Wie und wann ist es passiert?“, fragte er mit zittriger Stimme.

„Gestern Abend. Kollegen von uns haben ihn in einem Waldgebiet bei Waldbröl in seinem Auto tot aufgefunden.“

Fahrig kratzte sich der ehemalige Oberstabsfeldwebel am Kopf. „Das habe ich nicht gewollt, Erika. Das habe ich nicht gewollt“, murmelte er vor sich hin und nahm seine Frau in den Arm, ohne sie anzusehen – wovon sie gar nichts mitzubekommen schien.

„Wie meinen Sie das?“, fragte Bäumer.

Meisenbach schluckte. „Ich habe ihn quasi aus dem Haus getrieben. Wissen Sie, ich habe mir nichts sehnlicher gewünscht, als dass unser einziger Sohn in meine Fußstapfen tritt und ebenfalls Berufssoldat wird. Aber nach diesem grässlichen Vorfall im Kosovo vor acht Jahren hat er mir eröffnet, dass er das nicht durchhält und nach Ablauf seiner Dienstzeit als Zeitsoldat den Abschied einreicht. Er hat mir gesagt, dass er eh immer schon lieber Förster werden wollte, nur mir zuliebe überhaupt zur Bundeswehr gegangen sei. Ich bin aus Enttäuschung ausgerastet und habe ihn hochkant rausgeschmissen. Er ist dann tagelang nicht mehr wiedergekommen.“ Meisenbach rieb sich die tränennassen Augen.

„Wissen Sie denn, was damals im Kosovo genau vorgefallen ist?“, fragte Bäumer und machte sich Notizen.

„Nein. Das weiß bis heute niemand. Sascha war mit zwei Kameraden auf Patrouille, da haben Heckenschützen das Feuer auf sie eröffnet. Ihr Oberfähnrich, Metzger hieß der, glaub ich, wurde tödlich getroffen. Sascha und der dritte Kamerad – den Namen

hab ich vergessen – haben unverwundet überlebt. Ich habe ihn damit allein gelassen, verstehen Sie?! Ich konnte seine Entscheidung damals nicht nachvollziehen." Meisenbach seufzte schwer. „Hätte ich doch nur etwas Verständnis gezeigt. Aber ich konnte ihn einfach nicht verstehen. Wie denn auch? Einen Auslandseinsatz hatte ich nie mitmachen müssen ..."
„Aber Sie hatten doch noch Kontakt?"
„Ja, aber nur noch selten. Sascha hat mir nie verziehen. Und ich war immer noch bitter enttäuscht. Eigentlich haben wir nur noch über meine Frau miteinander gesprochen. Sie hat den Kontakt gehalten, ihn zu Weihnachten und anderen Festlichkeiten eingeladen. Mir war's egal. Mein Gott, was habe ich nur getan!" Meisenbach schlug die Hände vors Gesicht.
„Wann haben Sie ihn denn zum letzten Mal gesehen?"
Frau Meisenbach hatte sich langsam wieder gefangen und antwortete: „Heiligabend. Er ist am Ersten Weihnachtstag wieder nach Waldbröl gefahren, hat's hier nie lange ausgehalten."
„Ich lasse Ihnen die Erreichbarkeit von Herrn Merzenich hier. Er ist der Leiter der zuständigen Mordkommission und wird sich noch mit Ihnen unterhalten wollen", sagte Berg und war froh, dass er die Sache hinter sich gebracht hatte.
Zurück am Streifenwagen, rief Berg umgehend den MK-Leiter an.

***

Ich versammelte die Truppe im Büro. „Meisenbachs Eltern sind von den Kollegen der PI West unterrichtet worden. Die waren natürlich ziemlich fertig. Ich denke, wir können für heute Schluss machen. Für die Kölner Kollegen ist morgen früh Treffpunkt um

halb acht im PP. Silke, fahr bitte mit Dario und Andríkos zurück. Ich bleib noch hier. Aber dein Navi werd ich brauchen … Schlaft gut!"
„Kein Problem, Pitter! Schlaf du auch gut", sagte Kollegin Richarz und verabschiedete sich.
Ich ging ins Erdgeschoss. Sonja, die jetzt Zivilkleidung trug, schloss gerade ihren Geländewagen auf, als sie mich erblickte. „Na, seid ihr auch noch mal fertig geworden?"
„Fast, ich muss wahrscheinlich noch ein bisschen arbeiten."
„Ich warte auf dich", sagte sie, streichelte mir über die Wange und stieg – gefolgt von Witti, der es sich auf dem Beifahrersitz bequem machte – in ihren koreanischen SUV.
Na, das hatte mich jetzt aber völlig von den Socken gehauen … War das nur freundschaftlich gemeint, oder konnte sich Sonja doch mehr vorstellen? Obwohl ich inzwischen gute 20 Stunden ohne Pause auf den Beinen war und mein Magen mir in den Knien hing, war ich von Minute zu Minute fester entschlossen, Sonja in die Kneipe zu folgen – egal, wann ich hier fertig würde. Gähnend ging ich ins Obergeschoss, wo ich noch eine Zeitlang über dem Papierkram saß.

Es war bereits halb 11 durch, als ich Sonja anrief und sie nach der Adresse der Wirtschaft ihrer Schwester fragte.
Sie nannte mir die Anschrift. „Ich würde mich wirklich freuen, wenn du noch kommst."
Ich gab *Nümbrecht, Harscheider Straße 14* in Silkes „TomTom" ein und machte mich auf den Weg in den Nümbrechter Ortsteil Harscheid, der auf der anderen Seite einer Hügelkette lag – ein kleines Dorf, in dem sich zu dieser Tageszeit Fuchs und Hase Gute Nacht sagten.
Kurz nach 11 hielt ich vor einem hellgelben Gebäude mit einem Ober- und zwei Dachgeschossen, in dessen kleinem Anbau ein

leerstehendes Ladenlokal zur Vermietung angeboten wurde. Über der mit Klinkerrahmen verzierten Tür war ein kleines Vordach mit der grünen Aufschrift *Gaststätte Feldmann*, darüber prangte ein Erzquell-Pils-Werbeschild. Diese Wirtschaft war nun wirklich der Inbegriff einer Dorfkneipe, in der die Zeit stehengeblieben war.
So war ich nicht überrascht, neben holzvertäfelter Decke und Wand, Linoleumboden, ein paar kärglichen Tischen mit gemusterten Tischdecken, die von billigen Stühlen und einer Sitzbank eingerahmt wurden, auch eine alte Holztheke auszumachen, die im dichten Nebel nikotinhaltiger Rauchschwaden stand. Die schweren Deckenleuchter, die wie Blumenkübel aus Bronze aussahen, verströmten ein schummriges Licht. Das an der Wand hängende Kummet, also der Ring, der Zugtieren eines Gespanns um den Hals gelegt wird, weitere landwirtschaftliche Exponate als Wandschmuck sowie das Kruzifix in der Ecke verstärkten den Eindruck, dass es sich hier tatsächlich um eine alte Bauernwirtschaft handelte.
Neben Sonja, Witti und Marcel konnte ich nur noch zwei weitere männliche Gäste – offensichtlich Vater und Sohn – ausmachen, von denen zumindest einer der beiden dank seiner Arbeitskleidung wie ein Bauer aussah. Während der Jüngere zu Jeans und Turnschuhen das rot-weiße Trikot des 1. FC Köln der laufenden Saison trug, war der Ältere mit einem zerschlissenen, verdreckten Blaumann und Karohemd bekleidet. Seine blaue Arbeitsjacke spannte über dem Bierbauch, die Knöpfe sahen aus, als ob sie jeden Moment abspringen könnten.
Aus der Stereoanlage hinter der Theke, an der eine hübsche Blondine Mitte 20 Bier zapfte, erklang eine kaum zu ertragende Herz-Schmerz-Schnulze von Semino Rossi.
Als ich die alte Kneipe betrat, drehten sich alle neugierig zu mir um, die Gespräche verstummten.

Sonja lächelte mich an, kam auf mich zu und umarmte mich. „Schön, dass du noch gekommen bist. Komm, ich geb dir 'n Bier aus. Zunft Kölsch oder Erzquell Pils?", wollte sie wissen. „Beide Sorten sind von allerbester oberbergischer Qualität", ergänzte sie. „Na, hört sich für mich beides nicht wie richtiges Bier an. Aber dann nehm ich halt 'n Zunft. Das nennt sich wenigstens Kölsch. 'n Abend allerseits", sagte ich in die Runde.
Sonja klopfte mir auf die Schulter und sah in Richtung der hübschen Blondine hinter der Theke. „Das ist meine Schwester Sandra, die die Wirtschaft nach dem Tod unserer Eltern übernommen hat. – Sandra: Das ist mein alter Kalker Streifenkollege Pitter Merzenich, der jetzt bei der Kölner Mordkommission arbeitet."
„Hallo", sagte Sandra und reichte mir die Hand. Diese Kneipe passte nun rein gar nicht zum topmodisch-stylischen Erscheinungsbild der jungen Frau.
Sie deutete meinen skeptischen Blick richtig und schmunzelte. „Lass dir von der Sonja mal nix erzählen. Ich musste die Bude damals übernehmen, da meine liebe große Schwester ja unbedingt zu den Bullen wollte. Jetzt häng ich hier rum – danke, Sonja!"
„Unsere Sandra würde daraus ja lieber so 'ne abgefahrene Chill-Out-Lounge mit Sektbar, Technomusik und so 'nem Scheiß machen. Ävver do spille mer nit met!", mischte sich nun der junge Mann im FC-Trikot in das Gespräch ein, ein quirliger, kleiner Mittdreißiger mit dunklem Teint, kurzgeschorenen Haaren und dunklen Augen, die eng beieinanderlagen. Sein Kölsch klang für einen Oberberger recht passabel. „Mer sin he nit en Kölle!"
Sein Vater lachte hustend und nahm einen Schluck Korn und Kölsch. „Köln. Große Stadt. Viel Lärm. Viel Dreck. Nix für mich", sagte er einsilbig und schaute den Tresen fast schon verliebt an. „Wa mr chåån, dann chåån mr nåå Chummerscht, söß chåån

mr chaarnett!“, ergänzte er und schlug mit der Faust energisch auf den Tisch.
Da nicht nur ich kein Wort verstanden hatte, griff der neben ihm sitzende Mann im FC-Trikot verlegen lächelnd ein. „Mensch, Paps, deinen alten Dialekt versteht doch heute kaum noch einer. Ist Hommersch, so ’ne alte Mundart hier aus dem Homburger Ländchen rund um Nümbrecht und Wiehl. Sprechen nur noch wenige. Der Spruch heißt übersetzt: ‚Wenn wir gehen, dann gehen wir nach Gummersbach, sonst gehen wir gar nicht.‘ So sind wir Oberberger halt. Heimatverbunden und Neuem gegenüber nicht immer besonders aufgeschlossen.“
„Ach, ihr ganzen sturen Landeier könnt mich alle mal! Ihr wisst doch nicht, was gut ist“, sagte Sandra und reichte mir ein frischgezapftes Kölsch. „Zum Wohl!“
„Vielen Dank! Könnte ich bei dir vielleicht noch ’ne Kleinigkeit essen?“
Sandra nickte. „Britta!“, brüllte sie Richtung Küche, aus der eine weitere Blondine Ende 20 mit Schlafzimmerblick und breitem Mund kam.
„Wat es?“, wollte diese Britta mit schriller Stimme wissen. An ihren Ohren baumelten Kreolenringe.
„Haben wir noch ’n paar Frikadellen?“
Genervt verdrehte Britta die Augen. „Küche ist geschlossen!“
„Hey, Schatz, bitte – ist doch für ’nen Kollegen“, mischte sich Marcel Förster mit einem Blick auf mich ein.
„Na gut. Kommt gleich“, sagte Britta Förster und verschwand wieder hinter der Tür.
„Sag mal, seid ihr hier eigentlich alle irgendwie verwandt?“, wollte ich wissen.
„Ach, nein, ist reiner Zufall“, sagte Sandra. „Daniel, ich meine Witti, und ich kennen uns noch aus der Schule, wir sind beide hier in Nümbrecht aufgewachsen. Und vor ’n paar Jahren waren

wir an Weiberfastnacht dann auf der Karnevalsparty im Kalker Präsidium. Da haben wir Britta und Marcel kennengelernt, die zufälligerweise aus Morsbach stammen. Und jetzt hilft mir Britta ab und zu am Wochenende in der Küche. So ist das alles gekommen."

„Und Sonja hat dafür gesorgt, dass wir beide in Waldbröl unseren Dienst antreten konnten", sagte Marcel und prostete seiner Vorgesetzten mit einem Glas Bommerlunder zu.

„Ja, leider." Witti verdrehte die Augen.

„Fängst du schon wieder an?", wurde er von seiner Frau gerügt, die die Hände in die Hüften stemmte. „Wir haben uns doch schon oft genug darüber unterhalten, dass es für uns besser ist, wenn du hier deinen Dienst versiehst."

„Ich würd aber nun mal lieber zur Kölner Kripo!", sagte Witti wie ein trotziges Kind und inhalierte das Nikotin seiner Zigarette.

„Schluss jetzt! Keine Diskussion!"

„Guten Appetit", sagte Britta und stellte mir einen Teller mit vier Frikadellen und Senf auf die Theke, über die ich sofort herfiel.

„Was macht denn euer Fall?", wollte Marcel wissen und zündete sich eine neue Zigarette an.

Neugierig verstummten nun auch die beiden Männer am anderen Ende der Theke wieder und richteten ihren Blick auf mich.

„Ach, es geht voran", sagte ich mampfend.

„Ist das wegen dem Förster Meisenbach? Hat hier schon die Runde gemacht. Die Sandra hat uns eben davon erzählt, Witti war ja heute Nacht mit vor Ort", sagte der junge Mann im FC-Trikot.

Vorwurfsvoll blickte ich in Daniels und Sandras Richtung, die nur mit den Schultern zuckte.

„Schlimme Sache. Seid ihr deshalb extra aus Köln angereist?", fuhr er neugierig fort.

Ich tunkte den Rest meiner zweiten Frikadelle in den scharfen Düsseldorfer Senf und sah den Mann neugierig an. „Sie kannten den Toten?"
„Kannst mich duzen, Mann. Ich bin der Andreas. Andreas Mortsiefer. Nenn mich aber ruhig Morti. Machen alle anderen auch. Das ist mein Vatter Willi", sagte er und deutete auf den älteren Herrn neben ihm. „Wir betreiben hier schräg gegenüber den Bauernhof."
Sein Vater stand schwerfällig auf und verabschiedete sich mit dem Kommentar „Ich geh mal pissen!" Richtung Toilette.
Ich musste schmunzeln. Denn auf Latein ist „morti" die Dativform von „Tod". Ein sehr makabrer Spitzname …
Morti räusperte sich. „Wegen deiner Frage von eben: Klar kannte ich den Meisenbach – auch, wenn der fürs Nümbrechter Revier gar nicht zuständig war. Hat oft die Marga, die Frau Metzger, besucht. Die hat auch hier im Ort gewohnt – im Heidbergweg."
„Ja, die Marga. War früher oft mit ihrem Mann hier, bevor der gestorben ist. Die arme Familie", sagte Sandra und schüttelte geistesabwesend den Kopf.
„Meinst du die Sache mit ihrem Sohn und dem Kosovo?", wollte ich von Sandra wissen.
„Genau. Der Alfred hat den Tod seines Sohnes nie überwunden. Ist quasi an gebrochenem Herzen gestorben. Der Björn, das war so 'n netter Typ."
„Netter Typ? Auf den geflogen biste! Wie alle anderen Mädchen am Homburgischen Gymnasium auch", warf Witti ein und nahm einen kräftigen Schluck Zunft.
„Also kanntest du Björn Metzger?"
„Wir alle hier kannten ihn", antwortete Morti.
„Ja, er war ein paar Klassen über mir, hat einmal seinen alten Englischlehrer besucht, als er schon beim Bund war. Mann, der sah in seiner Uniform echt klasse aus", schwärmte Sandra.

„Wisst ihr denn irgendwas über Björns Tod?"
„Nur, dass der im Kosovo von so Partisanen abgeknallt worden ist. Dreckiges Pack!", nuschelte jetzt Willi Mortsiefer und ließ sich schwankend auf seinen billigen Barhocker nieder. „Tja, das ist alles. Einfach abgeknallt haben sie den Björn."
Sandra schüttelte gedankenversunken den Kopf und polierte eine Kölschstange.
Ich hatte nun keine Lust mehr, über diesen verzwickten Fall zu sprechen. Die paar Stunden bis halb acht wollte ich einfach nur entspannen. So widmete ich mich dem dritten Zunft, das von Glas zu Glas besser schmeckte.
Irgendwann gingen Vater und Sohn Mortsiefer. „Müssen morgen früh raus. Gibt noch genug aufm Hof zu tun", nuschelte Willi. Morti verdrehte die Augen. „Du bist 'n oller Sklaventreiber, Paps. Ich wär gestern so gern mit den anderen vom Fanclub nach Burghausen zum Spiel gefahren. Aber nein – ich musste dir ja helfen, das Scheunentor zu richten", sagte er kopfschüttelnd.
Tja, da hatte der junge Mortsiefer tatsächlich einen grandiosen Sieg des 1. FC Köln unter seinem „neuen" Trainer Christoph Daum verpasst. Mit 3:1 hatten sie die Oberbayern von Wacker Burghausen besiegt. Aber es sollte alles nichts helfen – erst in der nächsten Saison erspielten sie sich den Wiederaufstieg in die 1. Liga …
Auch Marcel und Britta machten sich auf den Heimweg nach Morsbach. Sonja verabschiedete sich auf die Toilette.
„Hast du was mit meiner Schwester?", nutzte Sandra die Gunst der Stunde.
Ich sah sie erstaunt an. „Wie kommste denn da drauf? Wir sind nur alte Kollegen, sind schon vor Ewigkeiten zusammen Streife gefahren, damals, in Kalk."
„Ist klar! Und deshalb starrt ihr euch gegenseitig so an", stellte Sandra kopfschüttelnd fest. „Willste noch 'n Kölsch?"

„Eins kann ich wohl noch nehmen, jetzt, wo ich mich satt gegessen hab.“
Sonja kam zurück. „Na, hast du dich gut mit meiner Schwester und meinem Schwager unterhalten?“
„Auf jeden Fall. Jetzt erzähl doch mal. Wie ist es dir die letzten Jahre gegangen, in denen wir uns nicht gesehen haben?“
„Ganz gut. Ich hab 96 den Aufstieg zur Kommissarin gemacht, bin dann nach Waldbröl versetzt worden. Tja, und seitdem arbeite ich hier.“
„Ich wollte eigentlich auf dein Privatleben raus“, merkte ich mit Herzklopfen an.
„Ach so“, antwortete sie verlegen. „Ich hab hier in der Kneipe meiner Eltern Werner Steiner kennengelernt, das war kurz, nachdem du die Kalker Hauptwache für den Kommissarsaufstieg verlassen hast. Werner hatte gerade von seinem Vater ’n Autohaus im Gewerbegebiet Waldbröl übernommen, weil der sich zur Ruhe setzen wollte. Der Laden lief gut, wir hatten ein schönes Leben, kauften uns hier schräg gegenüber ein Häuschen. Lief wirklich prima. Bis – tja, bis er mir irgendwann vor zwei Jahren gesagt hat, dass er mit seiner Sekretärin Swetlana ein neues Leben auf Ibiza anfangen will. Ich hab ihn rausgeschmissen, wir haben den Laden verkauft und uns scheiden lassen.“
„Arschloch“, sagte ich kopfschüttelnd und leerte das Kölsch. „Mach mir noch ein letztes“, bat ich Sandra.
Sonja zögerte und fragte dann: „Wie lief’s denn bei dir so nach Carolines Tod? Ihr wart doch verlobt, oder?!“
Ich biss mir auf die Lippe. „Ganz genau. Hat mich ziemlich runtergezogen. Ich hab sie wirklich geliebt.“
„Und genug für sie riskiert hast du ja auch. Wenn ich nur an die Aktion denke, wie du sie aus dem Puff ihres alten Zuhälters befreit hast …“

„Klingt ja wie aus 'nem Hollywoodfilm", warf Witti neben uns ein und blies mir versehentlich den Rauch seiner Zigarette ins Gesicht.
„So ähnlich war das damals auch. Mann, wie lange ist das her? Unglaublich. Na ja. Carolines Tod hat mich echt fertiggemacht. Irgendwann nach 'n paar Jahren hab ich dann meine Exfrau Maria kennengelernt, aber das mit unserer Ehe hat nicht funktioniert. Wir sind im April schon sechs Jahre geschieden."
„Darauf trink ich", sagte Sonja und prostete mir mit ihrer Kölsch-Cola zu.
„So, jetzt muss ich aber wirklich zurück nach Köln", sagte ich, da die Uhr bereits halb zwei anzeigte.
Sonja warf mir einen Blick zu. „Kannst auch bei mir pennen", sagte sie leise.
So gern ich auf dieses Angebot auch eingegangen wäre, so sehr musste ich mich doch auf diesen Scheißfall konzentrieren. Da war es besser, wenn ich jetzt schnellstmöglich sah, dass ich nach Hause kam und mich zumindest ein paar Stunden ausruhte.
„Dank dir, aber ich muss eh noch ins Büro und …"
„Ist schon klar. Na ja, dann begleite ich dich wenigstens vor die Tür."
„Also, was kriegste denn von mir, Sandra?"
„Nix. Geht aufs Haus. Die Kölner Kripo haben wir ja nicht alle Tage hier."
„Dann vielen Dank! Bis demnächst und gute Nacht."
Mit Sonja ging ich vor die Tür. Eiskalte Winterluft schlug mir entgegen.
„Überleg's dir: Mein Haus ist da vorne", sagte sie und deutete mit ihrem Kopf auf das Haus, das auf der anderen Straßenseite vor dem Getränkemarkt lag.
„Ich muss jetzt wirklich gehen. Ist besser so", sagte ich und nahm sie in den Arm.

„Warum denn bloß?“, fragte sie und reckte ihr Gesicht zu mir nach oben. Sie schloss die Augen.
Ich weiß heute nicht mehr, wie lange wir vor der Gaststätte standen und uns küssten. Es schien, als sei das lange überfällig gewesen, als würden wir jetzt alles nachholen, was wir während unserer gemeinsamen Dienstzeit – aus welchen Gründen auch immer – versäumt hatten.
Erst nach eine Ewigkeit lösten wir uns aus unserer Umarmung.
„Ich muss jetzt wirklich gehen, Sonja“, sagte ich und sah ihr tief in die Augen. „Aber wir sehen uns morgen – versprochen.“
„Okay, ich hab morgen eh wieder Spätdienst. Ich werd von dir träumen. Komm gut nach Hause.“ Sie warf mir eine Kusshand zu, während ich den alten Ford startete.
Was war da eben bloß passiert? Vollkommen in Gedanken fuhr ich zurück nach Kalk und stellte meinen Wagen in der Tiefgarage des Präsidiums ab, bevor ich noch schnell ins Büro ging und mich auf dem schnellsten Weg nach Hause begab.
An Schlafen war in dieser Nacht jedoch nicht zu denken. Meine Gedanken kreisten um Sonja. Ich fühlte, dass diesmal alles gut werden würde.

Als ich um halb sieben aufstand, hatte ich gerade mal zwei Stunden gedöst.
Ich duschte, machte mich auf den Weg ins Präsidium, wo ich meine „Stamm-MK“ traf.
Ich bat Dario, in Köln zu bleiben und die Stellung zu halten. Da die Übersendung der Verkehrsdaten seitens der Provider (die wir eh erst am kommenden Montag kontaktieren konnten) und das Auslesen von PC und Handy durch unser Technikkommissariat, das KK 35, sicherlich wieder Tage – wenn nicht Wochen – in Anspruch nehmen würde, sollte er mal Meisenbachs Handy genauer unter die Lupe nehmen. Schließlich hatten wir seine PIN

in den persönlichen Unterlagen gefunden. Zwar wurde es von der Dienststellenleitung auf Grund möglicher Datenverluste und/ oder Manipulationen nicht gerne gesehen, derart zu verfahren, aber diese Methode hatte uns schon im Fall des getöteten US-Geschäftsmanns Walter Hamilton im November 2004 ein entscheidendes Stück weitergebracht.

Gemeinsam mit Andríkos, Dammi und Silke fuhr ich wieder zur Waldbröler Wache, wo wir bereits von Tom und Kuni erwartet wurden.

Aber dieser Tag zog sich irgendwie hin. Es war schon zwölf Uhr durch, ein verschlafener, regnerischer Sonntag. Was würde Sonja wohl gerade machen? Ob sie gut geschlafen hatte?

„Ich fahr zum Ümit und hol uns Pizza, okay?!“, sagte Kuni und nahm nach einstimmigem Nicken unsere Bestellung entgegen.

7. Kapitel: Wichtige Ansatzpunkte

Der Landrat des Oberbergischen Kreises als Kreispolizeibehörde, Abteilungsleiter Polizei, Direktion Kriminalität, Regionalkommissariat Waldbröl, Brölbahnstr. 9, 51545 Waldbröl, Sonntag, 28. Januar 2007, 12:24 Uhr

Kuni war gerade zur Tür raus, als Oettershagens Telefon klingelte. Es war Herr Meisenbach, der sich bereiterklärte, gemeinsam mit seiner Frau ins Polizeipräsidium nach Kalk zu kommen, um ihre Aussagen zu Protokoll zu geben. Er klang nun wieder gefasst.
Ich bat Silke und Dammi, nach Köln zu fahren und die Sache zu erledigen.

***

Silke sprach mit Frau Meisenbach, die übernächtigt und verweint aussah.
„Warum hat ihr Sohn eigentlich die Stelle in Waldbröl übernommen und nicht hier in der Nähe? Soweit ich weiß, gibt's in Bergisch Gladbach doch auch ein Forstamt?!"
„Es war wohl die einzige freie Stelle als Revierförster, die man ihm anbieten konnte. Aber ich denke, dass er auch froh war, so weit wie möglich von uns weg leben zu können. Sie haben ja gehört, welche Probleme er und mein Mann miteinander hatten, nachdem er aus dem Dienst bei der Bundeswehr ausgeschieden war. Er fühlte sich zum ersten Mal seit seiner Jugend wieder unbeschwert und frei, als er an der FH in Freising Forstwirtschaft studierte. Mein Gott, wie sehr unser Junge doch die Natur geliebt hat!", sagte Frau Meisenbach und wischte sich über die Augen. „Wissen

Sie, er ist quasi auf dem Land groß geworden. Die Kasernen, in denen mein Mann stationiert war, lagen halt in dörflicher Umgebung, deshalb ist Sascha ja auch in Ellwangen geboren, da hat er die ersten Jahre seiner Kindheit verbracht. Später wurde mein Mann dann nach Volkach in Franken versetzt, wir zogen natürlich mit ihm – das harte Los der Familie eines Berufssoldaten. Ständig sitzt man auf gepackten Koffern …“

***

Im Nachbarbüro antwortete Herbert Meisenbach auf Dammis Fragen.

„Die letzten zehn Dienstjahre habe ich dann hier in Köln beim Heeresamt gedient. Meine Frau und ich waren froh, nach all den Jahren in der süddeutschen Provinz endlich wieder in unsere Heimatstadt zurückzukehren. Aber Sascha hat sich hier nie wohlgefühlt. Ihm war die Großstadt fremd. Als wir hier einzogen, war Sascha 16. Er hat sich auf dem Gymnasium mit keinem seiner Mitschüler angefreundet, wurde ein richtiger Einzelgänger. Verbrachte jede freie Minute allein im Blücherpark. Selbst die Abifeier hat er vorzeitig verlassen, um die Enten im Park zu füttern. Er ist hier nie heimisch geworden“, sagte er mit Tränen in den Augen.

„Wie hat er sich denn das Studium überhaupt finanziert?“

„Unter anderem durch diesen KFOR-Einsatz. Und dann hatten wir ihm auch, als er noch ein kleines Kind war, ein Sparbuch angelegt, auf das wir regelmäßig eingezahlt haben.“

***

„Ich muss Sie das fragen: Hat er Ihnen gegenüber irgendwelche Leute erwähnt, die ihn bedrohten oder ihm feindselig gegenüberstanden?", fragte Silke.
„Nein, mein Junge war eh immer schon sehr verschlossen. Er hat kaum über seine Arbeit oder Privates gesprochen. Und wenn, dann hat er nur gesagt, dass er dauernd Umweltsündern auf der Spur sei, die den Wald verunreinigten. Aber er ist nie konkret geworden."
„Hat er Ihnen gegenüber vielleicht einen Mitbewohner erwähnt, der mit ihm in seinem Haus in Niederhausen gewohnt hat?"
„Nein. Aber er hatte doch eine Freundin, hat er mir erzählt."
„Oh, nein, es ist nicht so, wie Sie jetzt vielleicht denken. Er hat offenbar nur einen Gast bei sich wohnen lassen, den aber niemand zu kennen scheint. Seine Freundin kennen Sie nicht persönlich?"
Dass Meisenbach mit ihr sogar verlobt war, verschwieg Silke an dieser Stelle lieber. Das hätte die trauernde Mutter wahrscheinlich nur noch mehr geschmerzt.
„Leider nicht. Er hat nur mal am Rande erzählt, dass er eine nette junge Frau kennengelernt hat, die seine Liebe zur Natur teilt. Mehr nicht." Frau Meisenbach seufzte. „Wann können wir unseren Sohn denn sehen?"
„Die rechtsmedizinischen Untersuchungen sind soweit abgeschlossen. Wir werden das mit der Staatsanwaltschaft klären und Sie dann informieren."

***

Langsam zog sich der Tag hin. Nichts passierte. Meine wirren Gedanken kreisten ständig um Sonja. Lustlos legte ich die

Lichtbildmappe mit den Tatortfotos an, die Markus Büttgen für uns gemacht hatte.

Es war bereits halb fünf durch, als Oettershagens Telefon erneut klingelte. Ich hob ab.

Am anderen Ende der Leitung meldete sich Dario.

„Tach Kollege, was gibt's Neues von der Technikfront?"

„Also, Verkehrsdaten für Festnetzanschluss und Handy werde ich gleich morgen bei der zuständigen Telekom anfordern. Das KK 35 wird ja PC und Handy auslesen. Gott sei Dank hat der Meisenbach seinen Rechner nicht passwortgeschützt. Aber das wird noch einige Zeit in Anspruch nehmen, wie du selbst weißt. Ich hab mir aber mal die Sprachmailbox von Meisenbachs Handys vorgenommen, worum du mich ja gebeten hattest. Moment mal", sagte er und betätigte die Tastatur eines Mobiltelefons – was nur allzu gut zu hören war, da die Tastentöne nicht ausgeschaltet waren.

„So, ich spiel dir mal 'ne interessante Nachricht vor. Die ist vom 25. Januar, 23:28 Uhr."

Es knackte und krächzte im Telefon.

„Hallo Försterchen, ist besser für dich, du vergisst, was du eben im Nutscheid gesehen hast. Sonst fliegst du wie Vogel, kapiert? Halt dein Maul, Kröte!", sagte eine harte, eindringliche Stimme mit stark osteuropäischem Akzent.

„Ich hab die Nummer des Anrufers über unser Onlineprogramm abgefragt. Das Ergebnis steht noch aus."

„Klingt für mich auf jeden Fall wie eine massive Drohung. Waren sonst noch interessante Anrufe auf seinem Handy?"

„Das ist das Komische. Bis auf diese Mailboxaufsprache und ein paar SMS seiner Verlobten war das Handy leer. Alle Anruflisten waren gelöscht. Seltsam, oder? Uns bleibt also nichts anderes übrig, als die Einzelverbindungsnachweise abzuwarten."

Ich schüttelte den Kopf. „Schon seltsam. Da das Handy im Haus gefunden wurde, hat der Täter ja vielleicht die Anruflisten gelöscht."
„Glaub ich fast nicht – dann hätte er's doch eher direkt ganz mitgenommen und vernichtet, oder?"
„Tja, da muss ich dir zustimmen. Okay, dann sieh mal zu, ob du noch was rausfinden kannst. Ich werd unsere einheimischen Kollegen mal fragen, ob sie mit dieser Sache im Nutscheid, die ja wohl Donnerstagabend war, was anfangen können. Da muss ja irgendwas vorgefallen sein. Ich meld mich später wieder bei dir."
Ich ging zu Tom und Kuni, die im Nachbarbüro saßen. „Hört mal, Kollegen, ist euch vielleicht bekannt, dass Donnerstagabend etwas im Nutscheid vorgefallen ist?" Ich erzählte den beiden von der seltsamen Mailboxnachricht des Osteuropäers.
Tom und Kuni sahen sich fragend an. Kuni zuckte die Achseln. „Keine Ahnung. Mir sagt das nichts. Vielleicht den Kollegen vom RK." Er griff nach seinem Handy. „Ich ruf direkt mal den Helmut Raupach an. Wenn wir schon sonntags arbeiten müssen, kann ich den ruhig auch stören."
Er verließ das Büro und kam nach gut zwei Minuten zurück. „Dem Helmut sagt das auch nichts. Und der müsste es ja wissen, ist sein Bezirk."
Der Tag zog sich hin. Irgendwann schaute ich auf die Uhr. Viertel nach acht.
Wir hatten uns zur Besprechung versammelt.
Dammi nahm wieder mal ein Telefonat seiner leicht durchgeknallten Ökofreundin Maike an: „Hallo du … Nee, du, bei mir ist alles klar … Ja, dauert noch … Aber ich hab doch gesagt, dass ich nicht weiß, wann ich nach Hause komme … Wir sind hier in Waldbröl, nicht in Köln … Nee, dann musst du halt allein zu der hinduistischen Meditationsparty gehen … Bis ich zuhause bin,

ist's eh schon viel zu spät … Aber das ist doch kein Grund, jetzt sauer zu sein … Hey!!!"

„Weiß deine Olle eigentlich, dass du keinen ganz normalen Bürojob hast? Du lässt dich von der ja vielleicht gängeln, Alter …", sagte Andríkos kopfschüttelnd.

„Ach, manchmal frage ich mich, ob ich sie überhaupt bitten soll, meine Frau zu werden. Die kann so was von nervig sein!"

Wir mussten wohl alle ein gewisses Lachen unterdrücken.

Ich klopfte auf den Tisch. „So, Leute, Maike hat uns tatsächlich das Stichwort gegeben. ich glaube, für heute reicht's. Morgen wird hoffentlich das Ergebnis der Rufnummernabfrage vorliegen. Dann werden wir wissen, wer Meisenbach am Telefon bedroht hat. Ich werde morgen meinen Bekannten beim Zentrum für Nachrichtenwesen der Bundeswehr kontaktieren, um ihn zu fragen, ob er Erkenntnisse zu Björn Metzgers Tod hat. Und ansonsten werden wir sehen, was der Tag bringt – schönen Feierabend, Kollegen."

Tom und Kuni verabschiedeten sich. Ich rief Dario an und teilte ihm mit, dass er Schluss machen könnte. Nachdem auch Andríkos, Dammi und Silke aufgebrochen waren, war ich allein in unserem „Leihbüro".

Ich machte das Licht aus und ging in die Wache ins Erdgeschoss, wo Sonja an ihrem Schreibtisch saß und die Sonntagsausgabe des EXPRESS las. Einer ihrer beiden Kollegen, ein untersetzter Polizeioberkommissar Mitte 40, trank einen Schluck Kaffee und lehnte sich müde zurück. Kerstin, eine finster dreinblickende Polizeikommissarin mit kurzen, dunklen Haaren und Brille, die ich schon in der Nacht des Leichenfundes auf der Waldbröler Wache kennengelernt hatte, schrieb einen Bericht am PC.

„'n Abend zusammen", sagte ich. Während der Kollege nur apathisch nickte, sprang Sonja direkt auf und kam mit einem freudestrahlenden Lächeln auf mich zu.

„Hi Pitter! Na, bist du immer noch fleißig?“, fragte sie, während sie mich aus dem Wachlokal auf den Flur drängte, um aus dem Blickfeld ihres Kollegen zu entfliehen, bevor sie ihre Arme um mich schlang und mich leidenschaftlich küsste.
„Was machen Sie bloß mit mir, Frau Oberkommissarin?“
„Ach, Pitter, ich habe den ganzen Tag über uns nachgedacht. Warum sind wir nicht schon damals in Kalk zusammengekommen? Ich glaube, wir haben all die Jahre nur verschwendet. Denn wenn ich ehrlich bin, war ich immer schon in dich verliebt.“
Da ich nie ein Mann großer Worte gewesen war, wusste ich gar nicht, was ich Sonja darauf antworten sollte. Auch ich hatte sie damals schon begehrt. Aber ich Trottel hatte mich die ganze Zeit nie getraut, sie nach Dienst mal auf ein Kölsch einzuladen. Jetzt schaute ich tief in ihre großen blauen Augen. Mein Herz raste. Wie sehr hatte ich mich jetzt doch in sie verliebt.
Ich streichelte ihr blondes Haar und küsste sie.
„Sehen wir uns nachher noch? Oder muss der Herr MK-Leiter heute wieder früh ins Bett?“
„Na, ich bin nun mal mit meinen 41 Jahren auch nicht mehr der Jüngste.“
„Was soll ich denn sagen, du Jungspund? Ich feier morgen meinen 43. Kommst du dann vorbei? Ich geb ’ne kleine Party für meine Freunde bei mir zuhause. Ab sieben.“
„Nichts lieber als das“, antwortete ich und beugte mich vor, um sie erneut zu küssen.
„Sonja!“, ertönte da plötzlich eine laute Stimme aus dem Wachlokal. Kerstin kam auf den Flur und sah uns engumschlungen am Treppenabsatz stehen. „Oh! Ich wollte nicht stören … Sonja, am Autobahnzubringer bei Brüchermühle gab’s ’nen schweren VU. Drei Personen sind schwerverletzt. Rettungsdienst und Notarzt sind vor Ort. Genauso wie Harry und Olli. Die brauchen aber noch ’n weiteres Einsatzmittel vor Ort.“

Sonja rückte den Rollkragen ihres hellbeigefarbenen Dienstrollis zurecht. „Gut, Kerstin, das übernehmen wir. Sieht ganz nach Überstunden aus. Pitter, tut mir leid, aber ich muss …"
„Kein Problem. Pass auf dich auf!", sagte ich und gab ihr einen Abschiedskuss, bevor ich zu meinem Dienstwagen ging. Ich hörte, wie hinter mir einer der Streifenwagen mit quietschenden Reifen, eingeschaltetem Blaulicht und Martinshorn lospreschte. Ich drehte mich um und sah meiner Sonja hinterher, die auf dem Beifahrersitz saß und in das Funkmikro sprach.
So machte ich mich auf den Rückweg nach Köln, wo ich gegen elf todmüde ins Bett fiel. Wahrscheinlich war es besser, dass ich an jenem Abend kein Date mehr mit Sonja hatte.

Punkt sieben war ich gut erholt im Büro und wartete auf den Rest der Kölner Truppe.
Um acht – unmittelbar nach der diesmal äußerst kurzen Frühbesprechung unseres Kommissariats, in deren Verlauf nur ich etwas zu berichten hatte – machten wir uns auf den Weg nach Waldbröl, wo wir von Kuni und Tom erwartet wurden. Ich beauftragte Dammi, sich beim KK 35 um das Auslesen der PC- und Handydaten des Toten zu kümmern und die stets überarbeiteten Kollegen auf die Eilbedürftigkeit hinzuweisen.
Die Kollegen staunten nicht schlecht, als ich ihnen mitteilte, dass ich diesmal mit meinem Privatwagen fahren würde …
Ich rief beim Forstamt Waldbröl an und kündigte Andríkos' und Kunis Besuch bei dessen Leiter, Forstdirektor Joachim Krampe, an, der sich darüber erstaunt zeigte, am anderen Ende der Leitung die Kripo zu haben.
Dario wollte sich umgehend mit dem zuständigen Provider in Verbindung setzen, um die Verkehrsdaten anzufordern.

***

Gegen Viertel nach neun machten sich Andríkos und Kuni auf den Weg in den Bitzenweg. Versteckt hinter hohen, nur noch leicht schneebedeckten Hecken und einem Tor mit Bruchsteinmauer lag eine schöne, helle Gründerzeitvilla, deren Obergeschoss mit Fachwerkstreben und Schieferplatten sowie einem kleinen Erkerturm verziert war.
„Hier residiert das Forstamt?!", fragte Andríkos nicht wenig verwundert.
„Tja, Mann, das Land lässt es sich was kosten, dass sich seine Förster wohlfühlen. Die haben's besser als wir Bullen ..."
Wie bereits an den beiden vorausgegangenen Tagen war das Wetter trübe und regnerisch. Langsam taute der Schnee, nur eine matschig-glitzernde Masse am Wegesrand war von der vormals weißen Pracht übriggeblieben.
Sie gingen die paar Stufen zum Haupteingang des Dienstgebäudes hinauf, der von einem hölzernen Vordach mit Schieferplatten bewehrt wurde, und traten ein.
Eine Mitarbeiterin mit kurzen blonden Haaren in Zivilkleidung sprach sie an. „Sie sind doch bestimmt die Herren von der Kripo, richtig? Ich heiße Bettina Borchert, bin die Vorzimmerdame von Forstdirektor Krampe."
Sie stellten sich vor, Bettina Borchert führte sie ins Obergeschoss.

8. Kapitel: Die Fundsache

Landesbetrieb Wald und Holz Nordrhein-Westfalen, Forstamt Waldbröl, Bitzenweg 15, 51545 Waldbröl, Montag, 29. Januar 2007, 09:28 Uhr

Regierungsangestellte Borchert klopfte an der Tür, neben der das Schild *FD Krampe – Leiter* angebracht war.

Eine laute Stimme rief „Herein!" Sie traten in ein großes Büro, zu dem auch der kleine Erker gehörte, der von außen als Türmchen sichtbar war. An der Wand hingen diverse Ölgemälde mit Hochalpenmotiven sowie Hirschgeweihe und ausgestopfte Keilerköpfe. Auf dem alten Parkettboden knarrte jeder ihrer Schritte.

Dieses Büro sah nun wirklich wie der klischeebehaftete Arbeitsplatz eines Försters aus einem schnulzigen Fünfzigerjahre-Heimatfilm mit Rudolf Prack aus. Diese Streifen hatte Andríkos als Kind immer mit seiner deutschen Mutter sehen müssen – wofür er von den Nachbarskindern immer gehänselt wurde. Seitdem waren sie ein wahrer Graus für ihn.

Ein untersetzter Mann Anfang 50 mit lichtem dunklen Haar, Stirnglatzenansatz und altmodischer, lodengrüner Uniformjacke erhob sich von seinem Schreibtisch und rückte seine jägergrüne Krawatte zurecht.

„Guten Morgen. Sie sind die Herren von der Kripo?!", wollte er wissen und kam auf sie zu. Da er mit einem seiner hervortretenden Augen schielte, war Andríkos nicht klar, ob er jetzt Kuni oder ihn anblickte. Selbst für Andríkos eine durchaus peinliche Situation.

Nachdem sie sich aber dennoch ohne größere Schwierigkeiten vorgestellt hatten, nahmen sie auf zwei alten Holzstühlen gegenüber des schweren, antiken Holztisches Platz.

„Also, meine Herren, was kann ich denn jetzt für Sie tun?", fragte Krampe etwas ungeduldig.

„Es geht um Ihren Revierförster …"
„Wenn ich Sie korrigieren darf: Es heißt offiziell Forstbetriebsbeamter", fuhr er Andríkos ins Wort.
„Ja, wie auch immer. Es geht um Ihren Mitarbeiter Sascha Meisenbach. Er wurde vorgestern tot aufgefunden."
Krampe starrte sie überrascht an. „Wie – tot?! Sie meinen, er ist … Das gibt's doch nicht. Wie ist das denn …?"
„Wir gehen von einem Tötungsdelikt aus."
Krampe riss die Augen weit auf und schüttelte den Kopf. „Mord?! Nicht der Kollege Meisenbach! Das darf nicht wahr sein! Ein sehr engagierter junger Beamter. Hat sein Forstwirtschaftsstudium in Freising als Jahrgangsbester abgeschlossen. Und auch das Anwärterjahr bei uns hat er mit Bravour gemeistert. Seine Probezeit wurde verkürzt, ich hätte ihn bereits im kommenden September zum regulären Forstinspektor und Beamten auf Lebenszeit ernannt. Er war einer der Besten."
Andríkos räusperte sich. „Ich kann mir das immer noch nicht so genau vorstellen. Was sind denn die Aufgaben eines Försters?"
„Die haben sich über die Jahrzehnte kaum verändert – auch, wenn man vor zwei Jahren aus der Landesforstverwaltung einen privatwirtschaftlich arbeitenden Landesbetrieb geschaffen hat – die Forstbetriebsbezirke, also die einzelnen Reviere, werden weiterhin von verbeamteten Forstinspektoren, -oberinspektoren, -amtmännern und -amtsräten geführt. Hauptaufgabe ist neben der Wahrnehmung hoheitlicher Aufgaben wie Forst- und Jagdaufsicht der nachhaltige Schutz der Wälder und die Bewirtschaftung des Staatswaldes. Ein Aspekt, der gerade im Bereich unseres Forstamtes jedoch gar nicht vorrangig ist. Schließlich bestehen die mir unterstellten neun Forstbetriebsbezirke hier im südlichen Teil des Oberbergischen Kreises hauptsächlich aus Privatwäldern. Von 18.000 Hektar Waldfläche in unserem Amtsbezirk ist gerade mal ein Hektar Staatsforst.

Unsere hiesige Hauptaufgabe liegt darin, den privaten Waldbesitzern bei der Bewirtschaftung ihres Waldes mit Rat und Tat zur Seite zu stehen und darauf zu achten, dass sie die diesbezüglichen Rechtsvorschriften des Landesforstgesetzes beachten und umsetzen – wir üben also die Forstaufsicht aus, helfen den Waldbesitzern bei der Bewirtschaftung. So vermitteln wir ihnen Forstbetriebe zwecks Waldarbeiten, führen forstliche Dienstleistungen und Unternehmensberatung für die Forstbetriebe durch."
Kuni nickte. Das war etwas viel Info auf einmal. „Welchen Eindruck hatten Sie von Herrn Meisenbach und seiner Arbeit?"
„Nun, was wollen Sie hören? Meisenbach war wie gesagt einer meiner Besten. Hochmotiviert. Es war kein Fehler, ihm direkt nach der Ausbildung einen eigenen Forstbetriebsbezirk anzuvertrauen und ihn nicht erst mal im Verwaltungsdienst versauern zu lassen."
„Wie kam es dazu, dass er ausgerechnet hier eingesetzt wurde?"
„Auf eigenen Wunsch. Er hätte auch den Frechener Forstbetriebsbezirk Königsdorf, der zum Staatlichen Forstamt Bonn Kottenforst-Ville gehört, übernehmen können. Schließlich wäre er dann näher bei seiner Familie in Köln gewesen. Aber er hat sich für die zweite Alternative, eben Waldbröl, entschieden. Aus welchen Gründen auch immer. Dazu hat er sich nie geäußert."
Krampe lockerte kopfschüttelnd den Knoten seiner Krawatte. „Wie gesagt: Meisenbach war ein hochmotivierter Beamter. Nur manchmal hat er vielleicht auch ein wenig übertrieben."
Andríkos runzelte die Stirn. „Wie meinen Sie das?"
„Na, er hat doch den Franz – ich meine den Stadtrat Lütz – wegen angeblicher Jagdwilderei angezeigt. Ausgerechnet den Herrn Lütz – einen sehr guten Bekannten. Wir haben früher des Öfteren gemeinsam an Jagden teilgenommen."
„Also haben Sie Ihrem Kollegen nicht geglaubt?"

„Ach, darum ging es mir gar nicht. Ich bin eigentlich darauf bedacht, dass es in meinem Zuständigkeitsbereich keinen Ärger gibt. Und Herr Lütz zählt nun mal zu meinen ältesten Freunden und zu den einflussreichsten Bürgern der Stadt Waldbröl, wenn Sie verstehen, was ich meine. Leider konnte ich Meisenbach diese Sache nicht ausreden. Er hat eigenmächtig Anzeige gegen Lütz erstattet – obwohl die Beweislage eher dürftig war. Aber da ließ er nicht mit sich reden. Selbst, wenn da was dran war: Der konnte doch so nicht mit dem Franz umspringen, mein Gott!"

Dieser Forstdirektor hatte ja eine merkwürdige Dienstauffassung, dachte Andríkos.

Da klingelte das Telefon.

„Entschuldigen Sie, meine Herren." Krampe räusperte sich. „Forstamt Waldbröl, Krampe, guten Morgen … Oh, ich wünsche Ihnen einen wunderschönen guten Morgen, Herr Kreisdirektor. Ja, richtig, ich habe die Waldsperrung im Bereich Wiehl veranlasst … Ja, das musste sein, damit wir die Sturmwurfschäden, die ‚Kyrill' verursacht hat, schnellstmöglich aufarbeiten können. Außerdem ist es in diesem Bereich momentan viel zu gefährlich, den Wald zu betreten … Oh, Ihre Frau und Ihr Sohn? Ja, Herr Braunöhler hatte das Recht, Ihrer Familie deshalb ein Bußgeld aufzuerlegen, wenn er sie dort beim Wandern angetroffen hat … Natürlich, Herr Kreisdirektor, ich werde mich darum kümmern. Das wird sofort erledigt … Entschuldigen Sie bitte die Unannehmlichkeiten … Ja, vielen Dank für Ihren Anruf! Auf Wiederhören!"

„Was für eine Arschkriecherei!", dachte Andríkos.

Er wollte das Gespräch nun schnell beenden. „Können Sie uns sonst noch etwas zu Herrn Meisenbach sagen?"

***

Gegen zehn klingelte mein Telefon. Es war Thomas Schwadorf vom ED.
„Wir haben Ergebnisse hinsichtlich der Fingerabdrücke. Hat ziemlich lange gedauert, war einiges an Vergleichsmaterial. Also: Neben den Abdrücken des Toten, die wir logischerweise en masse in Meisenbachs Auto gefunden haben, stammt laut AFIS ein Großteil der im Haus gesicherten Fingerabdrücke von einem Mann, der uns gut bekannt ist. Vor allem die Abdrücke aus dem Gästezimmer konnten diesem Mann zugeordnet werden."
„Jetzt mach's nicht so spannend, Thomas!", raunzte ich den Kollegen an.
„Sie stammen von einem gewissen Jens Gran, geboren am 27. Januar 1977 in Waldbröl. Der ist beim Landrat Gummersbach wegen diverser Einbruchs- und Hehlereidelikte bekannt."
„Das ist doch nicht dein Ernst?!"
„Du kennst den also auch?"
„Persönlich nicht. Aber ich habe von ihm gehört", sagte ich und dachte an Andrea Grans Aussage, wonach ihr Bruder von ihren Eltern hochkant aus dem Haus geworfen worden war.
Ich verabschiedete mich von Thomas und informierte den Rest der Mordkommission über diese interessante Entwicklung.
Tom schüttelte den Kopf. „Gibt's doch gar nicht. Ich werd gleich mal 'n paar Recherchen machen." Er setzte sich an den PC und hämmerte auf die Tastatur. „Bingo! Auf unseren lieben Herrn Gran ist eine weiße KTM LC4 600, Baujahr 1991, zugelassen. 'ne Enduromaschine. Mit Bikes und Amischlitten kenn ich mich inzwischen aus. Kein Wunder, wenn man Kuni als Bürokollegen hat ..."
Er tippte weiter.
„Ich hab noch was", sagte er nach einer Weile. „Ich hab Grans Namen gerade mal gegoogelt. Der taucht auf der Homepage des 1. FC Köln als Ansprechpartner des hiesigen Fanclubs Bröl-Böcke auf."

„Daher also der FC-Fanschal im Gästezimmer. Wir sollten dringend mit ihm sprechen.“
„Aber du hast Frau Gran doch gehört. Er ist von den Eltern rausgeschmissen worden. Wie sollen wir ihn finden?“, wollte Dario wissen.
„Frau Gran hat uns ja auch sonst nicht die Wahrheit gesagt. Ich wette mit euch, dass sie genau gewusst hat, von wem wir gesprochen haben, als wir ihr von Meisenbachs Mitbewohner erzählt haben, der ’ne Geländemaschine fährt und ’nen FC-Schal hinterlassen hat. Vielleicht ist der ja jetzt doch wieder zuhause. Schließlich war gestern sein 30. Geburtstag – könnte ja sein, dass sich seine Eltern erbarmt und ihn zu seinem Geburtstag nach Hause eingeladen haben. Tom, Dario: Fahrt doch bitte mal zum Haus der Familie Gran. Wie heißt das Kaff noch?“
„Hermesdorf“, meinte Tom.
„Genau. Seht nach, ob Jens Gran zuhause ist. Ansonsten schafft Andrea Gran her. Die hat uns einiges zu erklären.“
Tom runzelte die Stirn. „Du weißt aber, dass sie einen Verwandten nicht belasten muss, oder?!“
„Wieso belasten, Tom? Wir fragen doch nur nach Jens Gran, um ihn als Zeugen zu vernehmen. Kann ja sein, dass er eine wichtige Beobachtung zu Meisenbachs Tod gemacht hat, wenn er schon bei ihm gewohnt hat. Wir unterstellen ihm damit doch nicht, an der Tat beteiligt gewesen zu sein. Zumindest noch nicht …“ Ich lächelte meinen Kollegen vielsagend an.
Eine halbe Stunde später kamen Tom und Dario in Begleitung Andrea Grans zurück ins Büro. Tom schüttelte kurz den Kopf. Jens Gran hatten sie also nicht angetroffen.
Andrea Gans schien alles andere als erfreut. „Weshalb bin ich hier? Ist ja unverschämt, wie Sie mit unbescholtenen Bürgern umgehen! Ihre Kollegen haben mich aus der Redaktion herausgeholt!

Unter den Augen meiner Kollegen! Finden Sie lieber endlich Saschas Mörder!"
„Frau Gran, haben Sie nicht vergessen, uns etwas zu sagen?", fragte ich süffisant, ohne auf ihre Vorwürfe einzugehen.
„Was meinen Sie?"
„Na, dass Ihr Bruder der dubiose Fremde ist, der bei Ihrem Verlobten Unterschlupf gesucht hat."
Beschämt schaute sie zu Boden. „Ja, ich weiß. Als Sie gestern die Geländemaschine und den FC-Schal erwähnten, war mir klar, dass es Jens sein musste. Aber glauben Sie mir: Ich hab's vorher nicht gewusst. Das, was ich Ihnen gestern gesagt habe, stimmt: Sascha hat sich einfach nur seltsam verhalten und mich darüber völlig im Unklaren gelassen. Und – und ich wollte gestern einfach nicht, dass mein Bruder irgendwie noch mehr in Schwierigkeiten gerät. Der hat genug Probleme."
„Gut, Frau Gran. Können Sie sich denn vorstellen, wo sich Ihr Bruder aufhält?"
„Nein. Ich hab gestern schon versucht, ihn anzurufen, nachdem ich mit Ihnen gesprochen hatte. Ich wollte ihm zum Geburtstag gratulieren und ihn zur Rede stellen. Aber sein Handy ist aus. Ich weiß nicht, wo er sich rumtreiben könnte. Vielleicht ist er wieder in Köln und hängt in irgendwelchen Spielsalons rum, versucht, den Jackpot zu knacken. Seine Lieblingsbeschäftigung."
„Geht er denn keiner Arbeit nach?"
„Nein. Er hat zwar Sanitärinstallateur gelernt und auch ein paar Jahre hier in Waldbröl für einen Meisterbetrieb gearbeitet. Da er aber wegen seiner Spielsucht immer unzuverlässiger wurde und die Polizei wegen ihm des Öfteren in dem Betrieb aufgetaucht ist, hat sein Meister ihn kurzerhand rausgeworfen. Das war vor zwei Jahren. Seitdem lebt er von Hartz IV."
Ich erzählte Frau Gran von der Drohung auf Meisenbachs Mailbox.

Sie schüttelte den Kopf. „Nein. Tut mir leid. Das kann ich Ihnen nicht erklären."
„Seltsamerweise waren auch die Anruflisten auf dem Handy Ihres Verlobten komplett gelöscht …"
„Ja, aber *das* kann ich Ihnen erklären. Es war eine Marotte von Sascha, die ein- und abgehenden Anrufe sofort nach dem Telefonat zu löschen. Er war halt auch da sehr auf Ordnung bedacht. Das Einzige, was er gesammelt hat, waren SMS und Mailboxaufsprachen."
Damit hatten wir zumindest das Rätsel um die gelöschten Anruflisten gelöst. Manchmal lassen sich Merkwürdigkeiten halt mit den einfachsten Banalitäten erklären …
„Dann habe ich noch eine Frage, bei der Sie uns vielleicht helfen können. Wo bewahrte Herr Meisenbach seine Schusswaffen auf?"
„Welche Schusswaffen?"
„Na, er war doch Förster …"
„Ach so, ja. Sascha hatte gar keine. Das hab ich anfangs zwar auch immer gedacht, aber er hat mich eines Besseren belehrt. Das ist nichts weiter als ein Filmklischee – im wirklichen Leben müssen Förster nicht zwingend Schusswaffen im Hause haben. Sehen Sie, die brauchen nur Forstbetriebsbeamte in Revieren, in denen es Staatsforst gibt und in denen der Staat, also die Forstverwaltung, die Jagd selbst ausübt. Da hier im Waldbröler Revier der Wald aber eh zu 99 Prozent in privater Hand ist, erübrigt sich das. Darüber war er auch heilfroh. Sascha hasste Waffen seit seiner Zeit bei der Bundeswehr. Vermutlich wegen dieses Anschlags im Kosovo."
Ich nickte. „Interessant. Das wusste ich nicht. Wie Sie schon sagten: Bei ‚Forsthaus Falkenau' und ‚Der Förster vom Silberwald' war das immer ganz anders", sagte ich mit einem Lächeln.
Groß aufmuntern konnte ich die Dame damit jedoch nicht. Sie starrte mit leerem Blick vor sich hin, während wir ihre Aussage aufnahmen.

Den Tod ihres Verlobten würde Frau Gran noch lange Zeit nicht verkraften, so viel stand fest.

„Was machen wir jetzt?", wollte Dario wissen und gähnte laut.
„Wir werden Jens Gran zur Fahndung ausschreiben. Schließlich müssen wir den dringend als Zeugen befragen. Silke, kümmerst du dich bitte darum?"
„Wird gemacht", antwortete sie und ging ins Nachbarbüro.
„Aber meinst du nicht, dass er was mit Meisenbachs Tod zu tun haben könnte? Warum sollte der denn sonst abhauen?", warf Tom in den Raum.
„Vielleicht hat er ja die Leiche gesehen und ist vor Schreck verschwunden – kann ich mehr als gut nachvollziehen."
„Oder aber er hat die Tötung beobachtet und versteckt sich aus Angst vor dem Täter."
„Alles ist möglich. Aber momentan ist das alles nur reine Spekulation. Konzentrieren wir uns auf die Fakten. Und da haben wir momentan schon einige …", sagte ich, während ich mich in der kleinen Runde umblickte.
„Toter Förster, der den Bruder seiner Verlobten bei sich wohnen ließ und auf dem Handy die Drohung eines unbekannten Osteuropäers wegen einer bislang unbekannten Begebenheit im Waldgebiet des Nutscheid erhalten hat", fasste Tom zusammen.
„Keine Einbruchspuren am Haus, weswegen wir davon ausgehen können, dass Meisenbach dem Täter die Tür geöffnet hat und ihn vielleicht auch kannte", ergänzte Dario.
„Wir sollten nicht vergessen, dass Gran nach Aussage der Nachbarin Frau Romünder dem Toten beim Verlassen des Hauses Anfang der Woche gedroht hat. ‚Das wirst du noch bereuen!' Was auch immer damit gemeint war …"

„Das stimmt, Tom. Und dann ist da noch die Sache mit Stadtrat Lütz, der sich wegen Meisenbachs Aussage heute vor Gericht verantworten muss."
„Sind ein paar ganz gute Ansatzpunkte. Aber ob uns das weiterbringt ..."

***

„Können Sie uns sonst noch was zu Meisenbach sagen?" Andríkos wollte das Gespräch möglichst rasch beenden.
Krampe zögerte. Er deutete auf die Holzschachtel, die vor ihm auf dem Schreibtisch lag, und bot ihnen Zigarren an, die sie jedoch ablehnten – obwohl sie beide leidenschaftliche Raucher waren.
„Sie erlauben?", fragte er und zündete sich eine Zigarre an, die die Luft in dem antik wirkenden Büro verpestete. Genüsslich paffte er daran. „Als Meisenbach letzte Woche Montag zu mir kam, um mit mir noch mal wegen des Falls mit Stadtrat Lütz zu sprechen, brachte er eine Sporttasche mit und bat mich, sie in meinem Panzerschrank einzuschließen. Er wisse nicht, wo er sie sonst sicher aufbewahren sollte, hat er aufgeregt gesagt. Warten Sie", sagte Krampe, legte die Zigarre behutsam im Aschenbecher ab und trat an den Panzerschrank, aus dem er eine alte Sporttasche holte, die er vor ihnen auf dem Schreibtisch ablegte.
„Wissen Sie denn, was da drin ist?", wollte Kuni wissen.
Krampe schaute entrüstet. „Für wen halten Sie mich? Das geht mich doch gar nichts an! Nein, ich habe selbstverständlich nicht reingeschaut. Aber bitte, tun Sie sich keinen Zwang an", sagte er und machte eine joviale Handbewegung.
Andríkos öffnete den Reißverschluss. Was er sah, verschlug ihm den Atem.

Kuni setzte seine Lesebrille auf und warf ebenfalls einen Blick in die Tasche.
„Gibt's doch wohl nicht!", entfuhr es ihm, als er darin mehrere Geldbündel mit der Banderole der Kreissparkasse Köln entdeckte. „Das sind ja ein paar tausend Euro!"
„Ach du Scheiße, Mann! Aber woher hatte Meisenbach das Geld? Und wieso wollte er es hier einlagern? Komisch. Verdammt komisch. Herr Krampe, wir müssen das Geld sicherstellen und ein Protokoll Ihrer Aussage fertigen. Haben Sie jetzt Zeit?"
„Wenn ich den Kollegen der Polizei helfen kann – natürlich gerne. Jederzeit!"
So verließen sie mit dem Forstdirektor das Dienstgebäude und fuhren zur Wache Waldbröl, wo sie seine Aussage zu Protokoll nahmen und ein Sicherstellungsverzeichnis hinsichtlich der 6.000 Euro Bargeld, die Meisenbach bei seinem Vorgesetzten eingelagert hatte, ausstellten. Kuni wollte sich um die merkwürdige Herkunft des Bargelds kümmern.

***

Umgehend unterrichteten mich Andríkos und Kuni über den seltsamen Fund im Forstamt.
Kurz darauf stürmte Dario ins Büro. „Es gibt Neuigkeiten, Pitter: Das Handy, von dessen Anschluss aus Meisenbach den Drohanruf erhalten hat, ist zugelassen auf einen gewissen Vitali Funk, geboren am 13. Oktober 1978 in Petropawlowsk im heutigen Kasachstan. Wohnt in Waldbröl-Eichen. Ist beim Landrat Gummersbach wegen diverser Eigentums- und Körperverletzungsdelikte bekannt. Ich hab eben mal mit Helmut Raupach gesprochen. Der kennt diesen Funk seit Jahren persönlich, hat sich wegen ihm vor ein paar

Monaten mit der Kölner Zollfahndung in Verbindung gesetzt, da hier beim Regionalkommissariat ein Kollege von Funk Anzeige erstattet hat. Der hat ihn des Handels mit geschmuggelten Zigaretten bezichtigt. Die Zollfahndung hat daraufhin erste Ermittlungen aufgenommen. Funk wurde Samstagmorgen im Rahmen einer großangelegten Aktion letztendlich festgenommen."
Ich erinnerte mich, wie Helmut Raupach mir Samstag davon erzählt hatte, als er uns begrüßte.
Dario schaute auf einen Notizzettel. „Zollinspektorin Saskia Bäcker und Zollbetriebsinspektor Peter Dunkel – so heißen die beiden zuständigen Kollegen. Ich hab die eben angerufen. Die wollen sich mit uns treffen. Ich hab mit ihnen einen Termin für halb zwei vereinbart."
„Gute Arbeit, Jung."
Und nun zu meinem Kontakt bei der Bundeswehr: Oberstleutnant Eickhoff war vom Zentrum für Nachrichtenwesen der Bundeswehr im rheinland-pfälzischen Gelsdorf. Ich rief ihn an und bat ihn um Informationen zu dem Anschlag auf Björn Metzger im September 1999 im Kosovo.
Eichhoff seufzte. „Also, ich weiß davon zwar nichts, lieber Herr Merzenich, aber ich werde einen meiner alten Kameraden, Major Egon Gruber, in Geltow bei Potsdam anrufen. Der war früher beim Heeresführungskommando in Koblenz, dient momentan in der Operationszentrale des Einsatzführungskommandos, das für die Planung und Durchführung von Auslandseinsätzen zuständig ist. Der kann uns in dieser Sache vielleicht weiterhelfen. Ich melde mich bei Ihnen, Herr Merzenich. Ende!", sagte er militärisch-zackig und legte auf.

***

Gegen Viertel vor eins machten sich Andríkos und Dario auf den Weg nach Köln-Dellbrück, genauer gesagt in die Bergisch Gladbacher Straße. Hier befand sich ein altes Kasernengelände, in dem sich neben dem Zollkriminalamt und der Bundespolizei auch die örtliche Außenstelle der Essener Zollfahndung befand.
Sie meldeten sich an der Wache an und fuhren ans andere Ende des Geländes zu einem weißen, u-förmigen Bürobau mit drei Obergeschossen.
Ein hagerer Mann Mitte 50 mit hoher Stirn schüttelte ihnen die Hand.
„Ich bin Peter Dunkel. Kommt doch rein, Kollegen."
In seinem Büro, in dem mehrere Posteraufnahmen von Heißluftballons hingen, wurden sie auch von seiner jungen Kollegin Saskia Bäcker begrüßt. Die Mittzwanzigerin mit den kurzen blonden Haaren lächelte freundlich und wies ihnen zwei Sitzplätze zu.

9. Kapitel: Der Steuerhehler und das Registriergeld

Zollfahndungsamt Essen – Dienstsitz Köln –,
Sachgebiet 800 (Verbrauchsteuern),
Bergisch Gladbacher Str. 837, 51069 Köln-Dellbrück,
Montag, 29. Januar 2007, 13:33 Uhr

„Ihr wollt also was zu Vitali Funk wissen?", fragte Saskia Bäcker und goss ihnen zwei Tassen frisch aufgebrühten Kaffees ein. Andríkos nickte und trank einen Schluck des starken Gebräus, wobei seine Augen an der attraktiven Kollegin geradezu klebten.
„Ihr habt diesen Funk am Samstag hopsgenommen?", fragte er.
Saskia Bäcker nickte. „Ganz genau. Nach monatelangen Ermittlungen. Alles fing damit an, dass uns die Kollegen der Kripo Waldbröl im Juni letzten Jahres die Anzeige eines Eduard Welsch übersandten. Der kennt die Funks noch aus Kasachstan, ist mit Funks Vater seit jeher befreundet.
Beide Familien wohnen in unmittelbarer Nachbarschaft in Waldbröl-Eichen. Welsch ist Waldarbeiter bei einem Landschaftspflegeunternehmen in Bergneustadt. Ein ehrlicher, fleißiger Mann. Er hat Vitali Funk vor einigen Jahren dort eine Lehrstelle als Forstwirt besorgt und arbeitet seitdem mit ihm zusammen. Welsch hat mehrfach mitbekommen, dass Funk den Kollegen Zigaretten mit ukrainischer Steuerbanderole oder Jin-Ling-Zigaretten, die hier nur auf dem Schwarzmarkt erhältlich sind, angeboten hat."
„Nennt ihr das nicht Steuerhehlerei?", fiel Dario ein.
Peter Dunkel räusperte sich. „Da kennt sich aber einer gut aus. Respekt! Welsch hat Funk darauf angesprochen und ihm gesagt, dass er seinen Eltern doch nicht noch mehr Ärger machen soll. Er

ist nämlich, seit die Familie in die Aussiedlerhochburg Waldbröl Anfang der Neunziger gezogen war, ständig mit dem Gesetz in Konflikt geraten – Schutzgelderpressungen, Einbrüche, Schlägereien. Vitali Funk hat immer schon die gesamte Nachbarschaft terrorisiert. Seine Eltern waren hilflos.
Funk hat die Lehrstelle seinerzeit tatsächlich nur durch das beharrliche Insistieren Welschs bei seinem Chef bekommen.
‚Kümmer dich um deinen eigenen Scheiß, alter Mann', hat Funk wohl nur gesagt, als Welsch ihn auf den Zigarettenhandel angesprochen hat, ihn ausgelacht und ihm eine Ohrfeige gegeben. Das war dann der berühmte Tropfen, der das Fass zum Überlaufen gebracht hat. Welsch ist zur Polizei gegangen und hat Anzeige erstattet. Wir haben zuständigkeitshalber die Ermittlungen übernommen."
„Seitdem haben wir seine Telefone überwacht", berichtete Saskia Bäcker. „Schon nach kurzer Zeit wuchs unser Verdacht, dass Funk als regionaler Zwischenhändler einer polnisch-ukrainisch-russischen Tätergruppierung tätig ist. Wir konnten herausfinden, dass er mindestens zweimal pro Monat von einem bis dato unbekannten Polen namens Marek mit Zigaretten beliefert wird. Funk nutzte zwar ausschließlich die uns bekannten Handys, drückte sich aber sehr kryptisch aus. Er sprach immer nur von ‚Futter', das bald wieder angeliefert würde."
„Auf Grund der TÜ-Erkenntnisse haben wir Funk letztendlich mehrfach von unserer OEZ[6] observieren lassen. Er hat sich mit diesem Marek, der immer mit einem polnischen Sprinter angereist ist, ständig vor dem Gelände der alten Nutscheid-Kaserne getroffen. Die liegt mitten im Wald."
Andríkos hegte einen Verdacht. „Hat sich Funk vielleicht Donnerstagabend dort mit jemandem getroffen?"

6 Abk. für Observationseinheit Zoll

Saskia Bäcker und Peter Dunkel schauten sich erstaunt an.
„Woher weißt du das?“, wollte Peter wissen. „Es gab an diesem Tag Telefonate zwischen Funk und diesem Marek. Marek sagte, dass er auf dem Weg sei und Funk am späten Abend am bekannten Ort einen Teil des Futters bringen würde. Es sei diesmal eine große Lieferung, er würde sich sofort danach auf den Weg zurück nach Polen machen und den zweiten Teil holen.
Wir haben die OEZ informiert, die Funk dann seit Donnerstagnachmittag observiert hat. Er fällte gemeinsam mit seinen Kollegen Bäume im Bereich Waldbröl-Herfen. Danach fuhr er nach Hause. Um Viertel vor 11 begab er sich dann mit seinem Ford Transit zur Nutscheid-Kaserne. Auf dem Gelände hatten einige Kollegen der OEZ bereits Position bezogen.“
Saskia Bäcker nickte. „Und da konnte dann beobachtet werden, dass um 23:05 Uhr dieser Marek mit seinem Sprinter auftauchte. Sie luden etwa fünfzig Kartons in der Größe so genannter Mastercases, wie die Großverpackungen der Zigarettenindustrie heißen, in Funks Transit. Da drin sind in der Regel fünfzig Stangen à zweihundert Zigaretten. Aber Funk und Marek wurden gestört. Um Viertel nach elf tauchte ein Geländewagen auf.“ Saskia suchte ein Schreiben mit der Überschrift *Observationsbericht* heraus und deutete auf den Abschnitt. „Genau. Der Wagen hielt kurz, der Fahrer wollte aussteigen, wurde aber von Funk daran gehindert, indem er die Tür zuschlug und den Fahrer anbrüllte. Daraufhin fuhr der Geländewagen weiter. Hier, das ist das Kennzeichen.“ Sie deutete auf die Kombination *GM-EK 172* – es war die Nummer von Meisenbachs Wagen.
Damit war klar, dass Meisenbach tatsächlich eine Zigarettenübergabe beobachtet hatte und deshalb von Funk bedroht worden war. Ein 1-A-Mordmotiv …
Auch Dario nickte. „Daher der Drohanruf.“
Saskia zog die Augenbrauen hoch. „Der Anruf?“

Sie klärten die beiden Zollkollegen über die Tötung Meisenbachs und die Mailboxaufsprache auf seinem Handy auf.

„Was ist dann weiter passiert?“, wollte Dario wissen.

„Funk hat Marek einen Umschlag mit Geld gegeben und ist zu einer alten Garage nach Nümbrecht-Winterborn gefahren. Da hat er die Kisten eingelagert. Danach haben wir die Observation abgebrochen.“

„Allerdings hatte Funk bereits tags darauf einen Anruf von Marek“, meinte Saskia. „Der war wieder in Polen und sagte zu, sofort wieder nach Waldbröl zu kommen, um Funk den Rest der Lieferung zu bringen. Sie verabredeten sich für Samstagvormittag. Das haben wir dann nach Rücksprache mit unserem Staatsanwalt zum Anlass genommen, bei der Übergabe Geld gegen Ware einen Zugriff durchzuführen sowie Funk und Marek festzunehmen. Beide wurden am Sonntag dem Haftrichter vorgeführt und sitzen seitdem in der JVA Köln-Ossendorf in U-Haft. In Funks Winterborner Garage haben wir 250 Mastercases vorgefunden, insgesamt also zweieinhalb Millionen Zigaretten – die ist fast aus allen Nähten geplatzt.“

„Habt ihr denn sonst irgendwelche Hinweise darauf, dass Funk unserem Förster an den Kragen wollte?“

„Nein. Wir wissen aber auch nicht, wo er sich Freitagabend rumgetrieben hat. Wir haben uns auf die Obs am Samstagmorgen konzentriert.“

„Ich denke, wir sollten trotzdem dringend mit Funk sprechen“, sagte Dario.

„Darauf kannste einen lassen“, meinte Andríkos und griff nach dem Handy, um seinen MK-Leiter und Staatsanwalt Krings zu informieren. Der Staatsanwalt stellte ihnen umgehend einen entsprechenden Vernehmungsauftrag für Funk aus, den er per Fax an die Kölner Zollfahndung schickte.

Mit diesem Schriftstück begaben sie sich zur JVA in den Kölner Stadtteil Ossendorf. Im Vernehmungsraum warteten sie auf Vitali Funk.

Dario fuhr den PC hoch. Ein Justizbeamter führte schließlich Funk herein, einen untersetzten Mann mit Mondgesicht und dunkelroten Haaren, die er zu einem Hahnenkamm gegelt hatte. Er sah sie feindselig an und spielte an dem Brillanten in seinem linken Ohr.

„Was wollt ihr?“, fragte Vitali Funk mit osteuropäischem Akzent. „Ich sage gar nix. Hab ich doch schon euren Kollegen gesagt! Ihr könnt mich mal!“, schrie er und schlug mit der Faust auf den Tisch.

„Mann, bleib mal geschmeidig!“ Andríkos lehnte sich lässig in seinem Stuhl zurück. „Wir sind nicht von der Zollfahndung. Wir sind von der Mordkommission. Kapiert?“

Funk schnaubte. „Was hab ich damit zu tun? Geht mir nicht auf Sack mit eure Scheiße!“ Von der Tatsache, hier Todesermittlern gegenüberzusitzen, schien Funk völlig unbeeindruckt. Völlig unbeeindruckt zeigte er sich auch, als Andríkos ihn belehrte und nach seinen Personalien fragte, die Dario in den elektronischen Vernehmungsvordruck eintrug.

Andríkos sah ihn an. „Also, Herr Funk. Schluss mit den Spielchen. Es geht um Herrn Sascha Meisenbach. Sie kennen ihn?“

„Ja, wegen Beruf. Ist Förster. Ich Waldarbeiter. Hab ihn oft im Wald getroffen, Mann. Lächerliche Kröte, Meisenbach.“

„So lächerlich, dass Sie ihn am Telefon bedroht haben?“, fragte Dario und legte Funk einen Vermerk vor, in dem er von Funks Drohanruf ein Wortprotokoll gefertigt hatte.

Funk lächelte spöttisch. „Hey, Mann, ja. War doch coole Nummer, oder?“ Er lehnte sich auf seinem Stuhl so weit zurück, dass er mit dem Nacken die obere Kante der Rückenlehne berührte. Dieses Gangsta-Rapper-Verhalten nervte Dario und Andríkos ungemein.

„Warum haben Sie das gemacht?"
„Weil Kröte sich in meine Sachen eingemischt hat, Mann."
„Sie meinen Ihr Treffen mit Marek Rybinski?"
„Dazu sag ich nix."
„Oh Mann! Für wie blöd hältst du uns, Alter?!", fuhr Andríkos Funk an.
Dario warf ihm einen tadelnden Blick zu.
Andríkos räusperte sich, bevor er fortfuhr und wieder zum „Sie" überging. Er beugte sich leicht nach vorn. Sein Lederjackett knirschte bei jeder Bewegung. „Sehen Sie, Sie brauchen sich dazu gar nicht zu äußern. Sascha Meisenbach hat gesehen, wie Sie sich mit Rybinski getroffen und von ihm Zigaretten übernommen haben. Als er Sie darauf ansprechen wollte, haben Sie ihm gedroht und ihn fortgejagt. Und dann haben Sie ihn auch noch auf dem Handy angerufen, um Ihrer Drohung noch stärkeren Ausdruck zu verleihen. Es gibt nur ein Problem bei der Sache: Meisenbach ist tot. Er wurde getötet."
Andríkos konnte sehen, wie sich Funks Augen vor Schreck weiteten. Abwehrend hob er die Hände. „Hey, das nicht! Hab nix damit zu tun! Ich bin kein Mörder! Klar, die Kröte war lästig wie Fliege. Hat immer nur mit uns rumgemeckert, wenn wir im Wald gearbeitet haben und so. Wegen Naturschutz und all die ganze Scheiße. Aber ich war's nicht!"
„So? Na, man entledigt sich doch lästigen Fliegen, in dem man sie einfach totschlägt", konterte Dario.
„Wie oft noch? Hab nix damit zu tun!" Funk warf erneut die Arme hoch.
„Dann können Sie uns ja sicher sagen, wo Sie Freitagabend zwischen 20 und 22 Uhr waren?"
„Brauch ich Alibi, oder was?!"
„Wo waren Sie zu diesem Zeitpunkt?"

„War ganze Abend in Roxy, Disco in Waldbröl. Fragt Guido Caputo, Besitzer. Kennt mich. Kann sagen, dass ich da war."
Sie druckten das Vernehmungsprotokoll aus, ließen es von Funk durchlesen und unterschreiben und machten sich auf den Rückweg zur Polizeiwache Waldbröl, wo sie der Rest der Truppe – inklusive Dammi, der zwischenzeitlich ins Oberbergische nachgekommen war – bereits aufgeregt erwartete. Inzwischen war es bereits halb sechs durch.

***

Andríkos erzählte uns von ihrem Treffen mit der Zollfahndung und der Vernehmung mit Vitali Funk.
„Ich werd mich direkt drum kümmern, dass Guido hier antanzt", sagte Tom und wollte nach dem Telefonhörer greifen.
Ich zog die Augenbrauen hoch. „Du kennst diesen Guido Caputo?"
„Wer kennt den hier nicht? Der hat schließlich eines der wenigen Partylokale hier in der Stadt. 'n netter Typ", entgegnete Tom und wählte Caputos Handynummer.
Dieser erklärte sich auch sofort bereit, so schnell wie möglich vorbeizukommen.
„Wir haben auch noch was Interessantes, Leute", warf nun Kuni nach einem Blick auf Tom ein. „Bei fünf 200-Euro-Scheinen, die wir in Meisenbachs Sporttasche bei Forstdirektor Krampe sichergestellt haben, handelt es sich um Registriergeld."
„Um was?", fragte Dammi irritiert.
„Als Registriergeld werden Bündel von Geldscheinen bezeichnet, deren Seriennummern notiert wurden und die die Angestellten

von Kreditinstituten ausschließlich zu dem Zweck bereithalten, sie im Falle eines möglichen Überfalls herauszugeben."
„Ah, verstehe. Damit kann man dann später Rückschlüsse auf den Täter ziehen, wenn das Bargeld aus einem Überfall in den Geldkreislauf gelangt. Klar. Kennt man ja aus dem Fernsehen."
„Du hast es erfasst, Dammi. 'n alter Bankertrick. Hat man mir damals schon während der Ausbildung zur Sparkassenkauffrau beigebracht. 'n Lehrberuf, den es inzwischen längst nicht mehr gibt. Gott, ich werd echt alt." Silke schüttelte den Kopf.
„Wisst ihr denn auch, aus welchem Überfall die Scheine stammen?"
„Natürlich", entgegnete Tom. „Den Fall haben Kuni und ich sogar höchstpersönlich bearbeitet, bevor wir zu dieser MK abkommandiert wurden."
„Von welchem Bankraub reden wir?", fragte ich ungeduldig.
„Am Donnerstag, den 18. Januar, betrat Punkt neun Uhr ein Mann mit Feldjacke in Tarnmuster, Sonnenbrille und Baseballkappe die Denklinger Filiale der Kreissparkasse Köln und erzwang mit vorgehaltener Schusswaffe von der Kassiererin und dem Filialleiter die Herausgabe von 6.000 Euro Bargeld – darunter jene 1.000 Euro Registriergeld, die wir in Meisenbachs Sporttasche gefunden haben."
Kuni zündete sich eine Zigarette an. Der bekennende Raucherhasser Dario warf ihm einen Blick zu, den man durchaus als „visuelle Steinigung" interpretieren konnte. Aber wie hieß es immer in der Fernsehwerbung für eine britische Minzschokolade? *Some things never change …*
„Wir hatten bislang kaum Hinweise auf den Täter oder den Verbleib der Beute."
„Bis auf den ausgebrannten Golf oben bei Schneppenhurth", berichtigte Tom seinen Kollegen.
Der schnippte mit den Fingern. „Stimmt, hätte ich fast vergessen. Herr Dornseifer, der Filialleiter, konnte beobachten, wie der Täter

in einen alten Golf stieg und Richtung Morsbach fuhr. Das Kennzeichen hat er sich merken können. Aber der Wagen war bereits drei Tage zuvor als gestohlen gemeldet worden."

„Einige Zeit später hat dann ein Wanderer auf einem Waldweg in der Nähe der Einmündung zur L 344n, die nach Waldbröl und Morsbach führt, das brennende Wrack eines alten Golfs gefunden. Die Kennzeichenfragmente stimmten mit der Autonummer überein, die sich Herr Dornseifer gemerkt hatte. Sonst konnten wir keinerlei Spuren mehr feststellen. Die Karre war total ausgebrannt."

„Geschickter Täter. Zündet seinen Fluchtwagen an, um jegliche Spuren zu verwischen. Wie viel konnte der Täter nochmal erbeuten?"

„Wie gesagt: Genau 6.000 Euro."

„Also wurde bis zu dem Zeitpunkt, als Meisenbach das Geld bei Krampe deponiert hat, kein einziger Cent ausgegeben ..."

„So sieht's aus, ja." Kuni drückte seine Kippe im Aschenbecher aus.

„Was haltet ihr davon: Meisenbach hat die Sparkasse überfallen und ..."

„Nix, Pitter, absolut nix", sagte Dammi, verschränkte die Arme vor der Brust und schüttelte entschieden den Kopf.

„Warum?"

„Na, weil der Meisenbach jegliche Art von Gewalt verabscheute und noch nicht mal als Förster Schusswaffen besaß. Der war höchstens 'n Ökokrieger, der sich mit Umweltsündern anlegte ..."

„Fast so wie du, Kollege Kühnert", meinte Silke belustigt.

„Du meinst, unser Dammi würde sich tatsächlich so was wie die Heinis von Greenpeace trauen? Der hat doch schon Schiss vor seiner Alten", sagte Dammis Bürokollege Andríkos hämisch.

Aber Dammi winkte nur genervt ab. „Und dann ist da noch ein anderer Punkt, der gegen Meisenbachs Täterschaft spricht: Warum sollte er die Beute ausgerechnet bei seinem Chef deponieren, mit dem er sich gerade wegen der Sache mit Stadtrat Lütz gestritten hatte? Nein, das halte ich für ausgeschlossen."

„Genau das wollte ich doch nur hören", erwiderte ich.

„Aber mir kommt da 'n anderer Gedanke", sagte Tom und blickte sich in der Reihe um. „Anfang der Woche, am Montag, hat Meisenbach diesem Krampe die Sporttasche mit dem Geld anvertraut, um sie in dessen Panzerschrank einzuschließen …"

Kuni schlug sich mit der flachen Hand gegen die Stirn. „Und zeitgleich ist Jens Gran wutentbrannt und unter der Drohung, dass Meisenbach das bereuen würde, ausgezogen und verschwunden."

„Vergesst nicht die Aussage von Frau Gran: Ihr Bruder ist spielsüchtig, hat nix wie Schulden. Da käme ihm ein Banküberfall doch gerade recht."

„Okay, unterstellen wir mal, dass Jens Gran tatsächlich den Überfall in Denklingen begangen hat", meinte ich. „Warum reißt sich dann Meisenbach das Geld unter den Nagel und lagert es bei seinem Vorgesetzten ein?"

„Wohl kaum, um es für sich selbst zu nutzen", antwortete Dammi. „Würd doch keinen Sinn machen. In dem Fall ermögliche ich doch nicht freiwillig 'nem Dritten den Zugang zu der Kohle."

„Vollkommen richtig, Dammi. Und wie gesagt: Das passt auch nicht ins Bild, das wir inzwischen vom Toten haben. Es muss dafür einen anderen Grund geben. Aber wenn wir Gran nicht ausfindig machen, werden wir nie hinter das Geheimnis kommen."

„Immerhin hab ich die Tasche mit dem Geld zum ED nach Köln gebracht. Mal sehen, vielleicht finden die ja ein paar Fingerabdrücke von Gran", sagte Tom.

„Mal was anderes: Was ist eigentlich mit Stadtrat Lütz? Ist der hier aufgetaucht und hat seine Aussage zu Protokoll gegeben?", fragte ich in die Runde.

„Bislang nicht. Ich glaub auch nicht, dass dieses Arschloch noch kommt."

„Na, das wollen wir mal sehen. Wenn der morgen früh nicht auftaucht, werd ich dem mal höchstpersönlich 'nen Besuch abstatten."

In diesem Moment erschien ein großer, muskulöser Mittdreißiger mit kahlrasiertem Schädel in der Tür.

„Hallo Tom, hallo Kuni!", rief er und wurde von meinen beiden ortskundigen Kollegen freudestrahlend begrüßt.

„Mensch, Guido, schön, dass du da bist", sagte Kuni und schüttelte dem Kahlköpfigen überschwänglich die Hand, bevor es ihm Tom gleichtat. „Kollegen, das ist Guido Caputo, der Besitzer des Partylokals Roxy. Ist hier schräg gegenüber in der Brölbahnstraße", sagte Tom.

„Tut mir leid, dass ich jetzt erst komme, aber ich musste noch was mit meinem Getränkelieferanten erledigen", entschuldigte sich Herr Caputo und nahm Platz. Während der Rest der siebenköpfigen Mordkommission „Nutscheid" den Raum verließ, blieb ich mit Dario zurück.

Wir stellten uns vor und klärten Guido Caputo über den Grund seiner Vorladung auf.

Er nickte. „Ja, Vitali war Freitagabend bei mir im Roxy. Aber ob der auch zwischen acht und zehn da war – wissen Sie, um die Uhrzeit machen wir zwar gerade auf, aber an diesem Freitag kam 'ne ganze Horde Jugendlicher in unser Lokal, die den 18. Geburtstag ihres Freundes feierten. So 'ne Clique aus Morsbach. Ich hab Vitali an dem Abend gesehen, ja. Aber erst später. Der hat sich wieder mal die Hucke vollgesoffen und Leute angepöbelt. Ich hab ihn irgendwann nach Mitternacht vor die Tür gesetzt. Ich kann's Ihnen beim besten Willen nicht mehr sagen, ob der schon so früh da war."

„Haben Sie vielleicht Angestellte, die Funks Alibi bestätigen können?"
„Höchstens mein Türsteher. Aber der ist heute bei seinem Bruder in Hennef. Ich kann den aber morgen früh mal anrufen und ihn fragen."
„Das wäre sehr hilfreich", sagte ich und legte Herrn Caputo das Protokoll zum Unterschreiben vor. Zum Abschied reichte ich ihm meine Visitenkarte.
Ein Blick auf die Uhr: 19:04 Uhr.
„Ich glaube, wir können es verantworten, für heute Schluss zu machen", sagte ich, nicht ganz uneigennützig. Schließlich hatte ich noch was vor. „Treffpunkt für die Kölner wie gehabt morgen um halb acht. Nach der Frühbesprechung des KK 11 gemeinsames Verlegen nach Waldbröl. Ich komme nicht mit, hab noch was vor."
„Was hast du eigentlich hier noch nach Dienstschluss zu erledigen?", fragte Dario kopfschüttelnd und griff nach seiner Daunenjacke.
Erst jetzt fiel mir ein, dass ich überhaupt kein Geschenk für Sonja hatte. Also hielt ich an der nächstbesten Tanke, holte einen nicht gerade geschmackvollen Blumenstrauß und eine Flasche Sekt.

Einige Minuten später hielt ich vor einem Haus mit Satteldach, Ober- und Dachgeschoss. Während das Erdgeschoss weiß verputzt war, waren die beiden oberen Etagen mit Schieferplatten vertäfelt. Ganz in der Nähe befand sich ein Getränkemarkt.
Wär ja ganz schön praktisch für mich, wenn ich hier einziehen würde – in Hausschuhen Bier holen, schoss es mir durch den Kopf. Schräg gegenüber lag – an einer Kurve – Sandras Kneipe.
Als ich meinen alten BMW 316i vor dem geschlossenen Getränkemarkt abstellte, ertönte aus Sonjas Haus laute Schlagermusik. Ich schnappte mir Sekt und Blumenstrauß und ging zielstrebig auf die

Haustür zu. Mein Herz klopfte wie wild, als ich an der Tür klingelte. Ein kleines blondes Mädchen in Begleitung eines weißen Schäferhundes, der mich sofort neugierig beschnüffelte, öffnete die Tür.

„Hallo! Wer bist du denn?“, fragte das Mädchen und sah mich ein wenig skeptisch an. Ich kraulte den Hund hinter den Ohren und war ziemlich baff: Von einer kleinen Tochter hatte mir Sonja gar nichts erzählt. Warum bloß hatte sie mir das verschwiegen?

In diesem Moment erschien Sonja in einem hinreißenden, knielangen Kleid in grauem Farbton an der Tür.

Sie strahlte mich an. „Hallo Pitter. Schön, dass du kommen konntest!“

„Wer ist der Mann, Tante Sonja?“, wollte die Kleine wissen.

„Joyce, das ist mein Freund Pitter. Pitter, meine kleine Nichte Joyce, Sandras und Daniels Tochter. Und mein lieber Mitbewohner Ice“, sagte sie mit einem Blick auf das treue Tier, das mit dem Schwanz wedelte und sich ins Obergeschoss verzog.

„Ich bin nicht klein, Tante Sonja! Ich bin schon sechs!“, protestierte Sonjas Nichte und sah mich verlegen an. „Bist du auch Polizist? Tante Sonja hat fast nur Polizisten als Freunde …“

„Ja, ich bin auch Polizist“, sagte ich und streichelte der Kleinen über den Kopf, bevor ich Sonja zur Begrüßung küsste. „Alles Gute zum Geburtstag. Ich hatte leider keine Zeit, ein richtiges Geschenk zu besorgen.“

„Es ist Geschenk genug, dass du vorbeigekommen bist.“ Sie streichelte mir über die Wange.

Sonjas Haus war sehr geschmackvoll eingerichtet – viel geschmackvoller, als ich es nur ansatzweise hinkriegen würde. Überall weiße Wände und weiße Möbel, die jetzt aber weitgehend im Dunklen lagen. Nur eine Kette aus Teelichtern am Boden wies stimmungsvoll den Weg ins Wohnzimmer, wo ich an Stehtischen ausschließlich Gesichter entdeckte, die ich in den letzten Tagen hier im Oberbergischen kennengelernt oder wiedergesehen hatte: Helmut Raupach, Sonjas Streifenkollegen Kerstin, Witti und Marcel, sowie dessen Ehefrau Britta. Sandra kam mit einem Tablett voller Häppchen aus der Küche.

„Hallo Pitter“, sagte sie freundlich und stellte das Silbertablett auf einem Biertisch ab. Der Laminatboden glänzte im gedimmten Kerzenschein.

Sonja stieß mit einer Gabel gegen ihr Sektglas, um die ungeteilte Aufmerksamkeit auf sich zu lenken – zumindest bei mir war das überhaupt nicht nötig. Ich hatte schließlich nur noch Augen für sie …

„Leute, da wir jetzt mit unserem lieben Pitter aus Köln vollzählig sind, möchte ich mich bei euch allen bedanken, dass ihr gekommen seid, um mit mir meinen Geburtstag zu feiern. Wie ihr alle wisst, hab ich nach der Trennung von Werner gedacht, dass ich wohl für immer allein bleiben würde. Ich war von da an mit der Arbeit verheiratet. Und dann – ja, dann hab ich vorgestern Nacht einen sehr netten Mann wiedergetroffen, als ich einen Tatort abgesperrt hab. Keine besonders romantische Szenerie für ein Wiedersehen, wie ihr euch denken könnt. Aber ich muss zugeben, dass ich mich total verliebt habe. Und daran möchte ich euch als meine besten Freunde alle teilhaben lassen.“ Lächelnd kam sie auf mich zu.

„Du sprichst mir aus der Seele“, antwortete ich und zog Sonja ganz nah an mich heran, bevor ich sie unter dem Tuscheln der anderen lange küsste.

„Schau dir mal unsere DGL'in an. Die ist ja wie ausgewechselt“, hörte ich Kerstin tuscheln.

Aber das war uns egal. Es kam mir wie eine Ewigkeit vor, wie wir so eng ineinander verschlungen vor den Augen der anderen standen und uns küssten.

An diesem Abend feierten wir eine ausgelassene Party. Kölsch und Sekt flossen in Strömen, es wurde viel getanzt und gelacht. Irgendwann war ich dann mit Sonja allein. Sie setzte sich zu mir auf die Couch und nippte an ihrem Sektglas. Ice, der weiße Schäferhund, hatte es sich auf dem Fußboden gemütlich gemacht und döste.
„Na, wer bist du denn?", fragte ich, als ich die neugierigen grünen Augen und den schwarz-weiß gefleckten Kopf einer kleinen Katze sah, die unter der Couch hervorlugten.
„Darf ich vorstellen? Mein zweiter Mitbewohner, Kater Fidel. Er verkriecht sich immer, wenn Besuch da ist. Wundert mich, dass er sich jetzt raustraut", sagte sie und nahm den Kater auf den Arm, der sofort zu schnurren begann.
Fidel sprang nach einiger Zeit von Sonjas Arm und schmiegte sich an seinen großen Freund Ice.
„Da sag mal einer, dass sich Hund und Katz nicht verstehen", stellte ich erstaunt fest.
„Ach, die beiden sind halt zusammen aufgewachsen. – Pitter? Hat dir der Abend auch so gut gefallen wie mir?"
„Das fragst du noch? Natürlich. Aber ich habe mich ziemlich gewundert."
„Worüber?"
„Na, dass du die Sache mit uns vor den anderen so offiziell gemacht hast …"
„War dir das etwa peinlich?"
„Nein, um Gottes willen! Ganz im Gegenteil. Aber ich war überrascht. Schließlich sind wir ja erst zwei Tage …"
Weiter kam ich nicht. Sonja zog mich fest an sich und küsste mich. Zärtlich knöpfte sie mein Hemd auf.
„Ich möchte, dass du heute Nacht bei mir bleibst", hauchte sie mir ins Ohr.
„Nichts lieber als das", antwortete ich und öffnete den Reißverschluss ihres Kleides.

***

Irgendwann gegen vier muss Sonja in meinen Armen erschöpft eingeschlafen sein. Ewig hatte ich mich nicht mehr so gut gefühlt wie in dieser Nacht. Ich sog den Duft von Sonjas Haar und Haut tief ein. Ein seltsames Gefühl tiefer Vertrautheit, gerade so, als wären wir schon ewig zusammen, ergriff wohligen Besitz von mir. Mein Herz pochte wie wild. Tief im Innern spürte ich, dass ich in diesem Moment am Ende einer langen Reise angekommen war – einer Reise, die mich oftmals an den Rand des Zusammenbruchs und bis knapp vor die Pforten einer Entziehungsklinik gebracht hatte. Viel zu oft hatte ich meine privaten Sorgen im Alkohol zu ertränken versucht. Jetzt würde alles anders werden – dessen war ich mir sicher.

Um halb acht riss mich mein Handy aus dem Halbschlaf.

Dario (mobil) ruft an, zeigte mir das Display, aus dem Erdgeschoss hörte ich das Bellen eines Hundes. Neben mir reckte sich Sonja gähnend. Sie sah auf ihren Radiowecker, bevor sie sich auf meinen Bauch rollte.

„Guten Morgen, mein Schatz. Hast du gut geschlafen?"

„Ich hab kaum ein Auge zugemacht, nur an dich gedacht", sagte ich und küsste sie.

Erst jetzt wurde mir bewusst, dass das Handy immer noch klingelte – und das ich total verpennt hatte.

„Ach du Scheiße!", rief ich und nahm Darios Anruf entgegen. „'n Morgen Dario! Sorry, ich hab verpennt!"

„Wo bist du denn, Mensch?"

„Äh – ja … Ich bin in Nümbrecht. Entschuldige mich bitte bei Micha. Sag ihm, ich wär schon vorgefahren, hätte was Dringendes zu erledigen. Silke soll den Kollegen bei der Frühbesprechung was zum aktuellen Sachstand erzählen. Wir treffen uns in Waldbröl. Sorry!“, sagte ich und legte auf, ohne Darios Antwort abzuwarten. Ich lächelte Sonja verlegen an. „Tut mir leid, Süße, ich muss mich jetzt beeilen.“

„Ich mach dir aber noch ’nen Kaffee und Frühstück. Kannst ja in der Zeit duschen. Ich muss eh noch mit Ice raus. Hab auch total verpennt“, sagte sie und stand auf.

Das gemeinsame Frühstück mit Sonja zeigte mir, was ich all die Jahre versäumt hatte. Sie war so warmherzig und liebevoll.

„Sehen wir uns heute Abend?“, wollte sie wissen.

„Ich hoffe, dass uns der Fall mit dem toten Förster keinen Strich durch die Rechnung macht. Heute gibt’s viel zu tun. Aber ich ruf dich an!“ Ich küsste sie zum Abschied, bevor ich in den alten 3er stieg und mich auf den Weg nach Waldbröl machte.

Zwischenzeitlich war auch der Rest der MK „Nutscheid“ hier schon eingetroffen.

„Wo warst du bloß, Mensch?“, wollte Silke leicht vorwurfsvoll wissen.

„Ja … ’ne private Angelegenheit … Erzähl ich euch später“, wich ich aus und begrüßte die restliche Mannschaft. Wir versammelten uns in Oettershagens und Holländers Büro.

„So, da sich Lütz ja immer noch nicht gemeldet hat, werde ich ihm gleich höchstpersönlich ’nen Besuch abstatten. – Tom, du setzt dich bitte nachher nochmal mit Herrn Caputo in Verbindung und fragst ihn, ob er seinen Türsteher schon erreichen konnte. – Andríkos, du suchst in den sichergestellten Asservaten aus Meisenbachs Haus nach weiteren Hinweisen. Silke, Dario und Dammi sollen dich unterstützen. – Kuni, du begleitest mich zu diesem Lütz.“

Damit waren die Aufgaben für diesen Vormittag verteilt.

Ich begab mich mit Kuni zu Fuß zu dem nüchternen Geschäftshaus an der betriebsamen Kaiserstraße, wie der innerstädtische

Abschnitt der B 256 hieß. Auf der anderen Straßenseite lag das Gebäude des Amtsgerichts und eine der beiden Pfarrkirchen, die sich auf einer Anhöhe über der Stadt erhob.

Während das Ober- und Dachgeschoss des Geschäftshauses offensichtlich bewohnt waren, bestand die gesamte Erdgeschossfassade aus zwei großen Schaufensterfronten, die von Bruchstein eingerahmt wurden.

Im linken Ladenlokal war ein türkischer Textilhändler untergebracht, über dem rechten Schaufenster mit diversen Immobilienangeboten prangte eine grüne Leuchttafel mit der Aufschrift *Oberberg-Immobilien Lütz GmbH*. Vor der Tür stand, auf dem Bürgersteig abgestellt, ein weißer Smart, dessen grüner Werbeaufdruck ihn als Firmenwagen des Immobilienunternehmens auswies.

Kuni und ich betraten das nüchtern-moderne Büro mit Leuchtstoffröhren-Atmosphäre, in dessen Vorraum zwei Schreibtische aufgebaut waren. Die beiden hinteren Büros waren mit großen Glasscheiben, die mit Rollos blickdicht verschlossen waren, vom Vorraum abgetrennt.

10. Kapitel: Der Immobilienmakler und der Versicherungsvertreter

Firmensitz der Oberberg-Immobilien Lütz GmbH,
Kaiserstr. 32a, 51545 Waldbröl,
Dienstag, 30. Januar 2007, 09:27 Uhr

Die junge Blondine im Minikleid, die an einem der beiden Schreibtische saß, erhob sich von ihrem Platz. Laut dem Namensschild an ihrem Arbeitsplatz hieß sie Olga Wall.
„Guten Morgen, die Herren. Kann ich Ihnen weiterhelfen?", fragte sie mit leicht osteuropäischem Akzent. Auch der junge Makler mit dunklem Teint und buschigen Augenbrauen, der an dem zweiten Schreibtisch saß, sah sich angesichts der potentiellen Kundschaft dazu genötigt, übertrieben freundlich zu lächeln und von seinem Platz aufzustehen.
„Ja, meine Herren, wie können wir Ihnen helfen?", wiederholte er. „Wir haben einige interessante Angebote für ältere Paare. Barrierefrei und in schönster oberbergischer Dorflage."
Seine Kollegin Olga schüttelte derweil nur mit dem Kopf und verdrehte die Augen.
„Herr Özkan, das ist alles schön und gut, aber …"
„Oh, zieren Sie sich nicht! Ich bitte Sie! Es ist doch heute das Normalste der Welt. Wir haben einige gleichgeschlechtliche Paare in unserem Kundenstamm. Leben und leben lassen – dieses Motto hat bei uns oberste Priorität!", sagte er überschwänglich.
„Freut mich für Sie", sagte ich bestimmt und hielt ihm meinen Dienstausweis unter die Nase.
Sein Gesichtsausdruck verdüsterte sich augenblicklich.
„Oh … ent-entschul-di-gen Sie bitte …", stammelte er.

„Wie können wir Ihnen helfen?", mischte sich jetzt Frau Wall ein, sichtlich darüber amüsiert, dass ihr Kollege derart ins Fettnäpfchen getreten war.

„Wir möchten mit Herrn Lütz sprechen. Es ist sehr dringend."

„Ja, aber der führt gerade ein wichtiges Telefonat mit …"

So langsam reichte es mir aber! Auch wenn sich dieser Lütz als ungekrönter König von Waldbröl fühlte, ließ ich mich nicht derart abwimmeln. Schließlich hatten wir ein brutales Tötungsdelikt aufzuklären – und Lütz hatte sich bislang ja wenig kooperationsbereit gezeigt, sonst wäre er am Vortag noch auf der Waldbröler Wache aufgetaucht.

So ließ ich Frau Wall und Herrn Özkan stehen, pochte gegen die Glastür und öffnete sie, ohne eine Einladung zum Eintreten abzuwarten.

Vor uns saß ein Mittfünfziger mit hohem grauen Haaransatz, Pausbacken und randloser Designerbrille entspannt in seinem ledernen Chefsessel, über dessen Lehne er sein dunkles Jackett gehängt hatte. Hinter ihm erhob sich die beeindruckende New Yorker Skyline auf einem stimmungsvollen Schwarzweißposter.

Sein himmelblaues Hemd spannte sich über seinem Bierbauch, der Knoten der roten Krawatte war gelockert, da der Hemdkragen viel zu eng war. Trotz der niedrigen Außentemperaturen bildeten sich unter seinen Achselhöhlen Schweißflecken.

Entgeistert sah er uns an. Hektisch stammelte er „Ich rufe Sie gleich zurück!" in den Hörer und legte auf.

„Was fällt Ihnen denn ein?", fuhr er uns an.

„Herr Lütz, wir sind von der Kripo. Mein Name ist Merzenich, das ist mein Kollege Fröhlich."

„Und wer oder was gibt Ihnen das Recht, hier einfach so einzudringen?"

„Herr Lütz, soweit ich mich erinnere, hatten wir doch für gestern eine Verabredung?"

„Sie meinen diese lächerliche Visitenkarte, die Ihre Kollegin bei mir im Briefkasten hinterlassen hat? Sehen Sie, ich habe gestern mit meinem Anwalt gesprochen – ein sehr guter Mann übrigens. Er hat mir gesagt, dass ich nur einer staatsanwaltschaftlichen oder richterlichen Vorladung nachkommen muss. Was Sie so an Vorladungen rausschicken, ist – gelinde ausgedrückt – vollkommen irrelevant."

„Na, da haben Sie sich ja in der Tat sehr gut beraten lassen. Trotz allem würden wir mit Ihnen gerne über Herrn Sascha Meisenbach sprechen."

„Ach, meinen Sie etwa, dass ich ihn ermordet habe?"

„Woher wissen Sie …"

„Mein alter Freund Joachim, seines Zeichens Leiter des örtlichen Forstamts, hat mich darüber informiert. Wir sind schon ewig befreundet. Alte Jagdkameraden. Und ich hab ihm geholfen, das Haus seiner Mutter in Ziegenhardt zu verkaufen. Viele Staatsdiener hier im Ort nehmen übrigens beim An- oder Verkauf von Immobilien meine Hilfe in Anspruch. Auch der Leiter des örtlichen Kriminalkommissariats, Herr Raupach. Vielleicht sollte ich mit ihm mal über das Benehmen seiner Mitarbeiter reden …"

„Können Sie gerne machen, wird aber nichts bringen. Wir haben nämlich mit der Waldbröler Dienststelle überhaupt nichts zu tun. Mordkommission Köln. So, wenn Sie jetzt mit Ihren Spielchen fertig wären, würden wir Ihnen gern einige Fragen stellen." Damit hatte ich meinen Standpunkt hoffentlich unmissverständlich klargemacht. Ich belehrte den arroganten Immobilienmakler.

Leicht eingeschüchtert biss sich Lütz auf die Lippen und bedeutete uns, Platz zu nehmen.

„Was wollen Sie denn wissen? Ich habe mit dem Mord an Meisenbach nichts zu tun – rein gar nichts. Sehen Sie, die gesamte Anklage, die auf seiner Anzeige beruhte, war doch einfach nur lächerlich und von vornherein zum Scheitern verurteilt. Ich bin gestern hier vom Amtsgericht gegenüber freigesprochen worden. Aus Mangel an Beweisen. Gab ja auch keine Zeugen für meine angebliche Missetat. Als ob ich wildern würde – so ein Schwachsinn!", sagte er entrüstet.

„Aber nur, weil Herr Meisenbach zwischenzeitlich verstorben ist", stellte Kuni fest.

„Ich bitte Sie! Selbst wenn dieser kleingeistige Waldschrat ausgesagt hätte – glauben Sie allen Ernstes, dass das den Richter überzeugt hätte?"

„Immerhin hat es der Staatsanwaltschaft gereicht, um Anklage zu erheben ..."

Lütz schnaubte verächtlich. „Sie meinen diese jugendlich-naive Anklagevertreterin, die sich durch diesen Fall freischwimmen und gleich ein paar Stufen die Karriereleiter rauffallen wollte? Lächerlich! Ich habe das gar nicht ernst genommen. Es ist doch immer dasselbe mit euch Staatsdienern. Ihr kostet ein Heidengeld, tut den lieben langen Tag nichts – und wenn doch, raubt ihr uns fleißigen Steuerzahlern Zeit, Geld und Nerven."

„Gut. Wo waren Sie denn vergangenen Freitag zwischen 20 und 22 Uhr?", fragte ich, ohne mich von Lütz' Tirade aus dem Konzept bringen zu lassen.

„Der Teufel ist ein Eichhörnchen, meine Herren. Man weiß nie, was passiert. Deshalb habe ich mir diese Kreditkartenquittung aufbewahrt", sagte er und reichte uns eine Rechnung des Restaurants „Meson el Toro" in Waldbröl, die auf den Tattag, 22:17 Uhr, ausgestellt war und sich auf 259,90 Euro belief.

„Ich hatte meine beiden Mitarbeiter, Frau Wall und Herrn Özkan, zum Essen eingeladen. Ich habe das Restaurant die ganze Zeit nicht verlassen. Fragen Sie meine Mitarbeiter – und Herrn Justo Vicente, den Restaurantbesitzer. Er ist ein alter Bekannter von mir."

„Das werden wir nachprüfen. Dürften wir Sie dann bitten, mit auf die Wache zu kommen, um Ihre Aussage zu protokollieren? Ihre Mitarbeiter müssten wir auch noch dementsprechend befragen."

Lütz hob resigniert die Hände. „Wenn es der Wahrheitsfindung dient – bitte. Wir werden Sie gerne begleiten."

Gemeinsam gingen wir die paar Meter zur Waldbröler Wache. Alle schwiegen sich beharrlich an.

Während Kuni das Protokoll des Immobilienmaklers aufnahm, kümmerte ich mich um die Aussagen Frau Walls und Herrn Özkans, die beide bestätigten, mit ihrem spendablen Chef an jenem Abend im Meson el Toro, einem spanischen Spezialitätenrestaurant am Ortsrand von Waldbröl, gegessen zu haben.

Als sie weg waren, wandte ich mich an Kuni. „Tja, die haben alle drei das Gleiche ausgesagt. Kann gut sein, dass die das vorher abgesprochen haben. Wir sollten das auf jeden Fall nochmal beim Restaurant nachprüfen."

Gegen halb zwölf machte ich mich daher mit Kuni auf den Weg zum Meson el Toro, das nur gute zwei Minuten Fahrzeit von der Wache Waldbröl entfernt am Rande der Brölbahnstraße lag. Das große Satteldachhaus wurde im Obergeschoss von einem mächtigen Balkon verziert, im Erdgeschoss ermöglichten große Terrassenfenster den Blick ins Innere des gepflegten, gediegenen Ambientes.

„Hier war ich schon oft mit meiner Doris essen. Ziemlich teuer, aber superlecker. Gibt nirgendwo sonst so gute Gambas und Steaks", sagte Kuni, als er die Eingangstür aufstieß. Hinter der Holztheke, die von Regalen mit edlen spanischen Weinen eingerahmt wurde, erblickten wir einen kleinen, quirligen Mann um die sechzig mit hohem, grau-weißen Haaransatz, dunklen Augenbrauen und randloser Brille, der gerade den Juanes-Hit „La camisa

negra“, der aus der Stereoanlage erklang, mitträllerte, während er eifrig Weingläser polierte.
Als uns der kleine Mann erblickte, strahlte er und kam auf Kuni zu.
„Ah, Comisario Fröhlich. ¡Buenos días, amigo! ¿Como estás?“, fragte er und schloss Kuni in die Arme.
„Hallo Justo, alter Spanier! Mir geht's gut. Und dir, Mann?“
„Muy bien, muy bien.“
„Justo, das ist mein Kollege Pitter aus Köln.“
„Freut mich, Señor. Was kann ich für euch tun, muchachos?“, fragte er mit starkem spanischen Akzent.
Wir fragten ihn nach dem Alibi des Immobilienmaklers Lütz.
Justo nickte. „Sí, er war letzten Freitag mit seinen Kollegen hier. Den ganzen Abend. Den Tisch hatte er für 19 Uhr reserviert“, sagte er und schlug das Reservierungsbuch auf, das auf der Theke lag. „Ich kann euch die Rechnung raussuchen, amigos.“
„Nein, das ist nicht nötig. Die liegt uns bereits vor. Wir müssten aber dann Ihre Aussage zu Protokoll nehmen. Würden Sie uns bitte auf die Wache begleiten?“, fragte ich.
„Keine Eile, Señor. Ihr habt doch bestimmt noch nix gegessen?!“, sagte er und verschwand in der Küche, nachdem er uns zwei Kölsch gezapft hatte.

Eine gute halbe Stunde später, in der ich mit Kuni über den Fall diskutierte, kam Justo aus der Küche zurück. Er hatte uns Steaks gebraten, die er mit Pommes und Erbsenschoten servierte. Ich hatte schon lange nicht mehr so lecker gegessen.
Aber als ich bezahlen wollte, winkte er ab. „No, no, no, Señor, ein Freund von Kuni ist auch mein amigo“, sagte er und klopfte mir auf die Schulter, bevor er uns zur Wache begleitete. Zugegeben – nicht wirklich der Vorschrift entsprechend. Schließlich hätte man uns jetzt durchaus den Tatbestand der Vorteilsnahme im Amt zur

Last legen können. Aber wer hält sich schon immer an die Vorschriften?
Wir nahmen Justos Aussage auf. Damit schien Lütz' Alibi endgültig bestätigt. Ich rief meine Kollegen zur Besprechung.
Tom fing an. „Eben war Alex, Guidos Türsteher, hier. Er hat Funk am Freitag kurz nach 21 Uhr tatsächlich am Eingang des Roxy begrüßt, konnte sich aber nicht dran erinnern, ob Funk danach das Lokal nochmal zwischendurch verlassen hat. Und wo der vorher war, wissen wir auch nicht. Also haben wir im Endeffekt nicht wirklich 'ne Bestätigung für sein Alibi."
Das Telefon klingelte, ich hob ab.
„Guten Tag, Herr Merzenich, Oberstleutnant Eickhoff hier. Ich grüße Sie. Ich wollte Ihnen nur Bescheid geben, dass ich mit meinem alten Kameraden Egon beim Einsatzführungskommando gesprochen habe. Er konnte sich an den Fall des im Kosovo getöteten Kameraden Björn Metzger noch gut erinnern – wohl auch, da sein Neffe Patrick Eber den Fall damals als Offizier des zuständigen Feldjägerdienstkommandos Koblenz bearbeitet hat. Der ist inzwischen Versicherungsvertreter und wohnt zufälligerweise in Köln. Ich hab mich mit ihm in Verbindung gesetzt. Er steht Ihnen leider erst wieder ab nächster Woche Donnerstag zur Verfügung, ist momentan im Urlaub auf den Kanaren. Ich geb Ihnen mal seine Telefonnummer."
Ich notierte Ebers Erreichbarkeiten und verabschiedete mich von Eickhoff, der mir damit schon zum dritten Mal bei einer Mordermittlung geholfen hatte.

Der Rest der Woche verlief ohne besondere Vorkommnisse oder Erkenntnisse – bis auf Freitagmorgen, als Silke immerhin zu berichten wusste, dass das Untersuchungsergebnis hinsichtlich der DNA-Untersuchung der Kleidung in Meisenbachs Gästezimmer

vorlag. Jens Gran hatte – wie von uns vermutet – die Kleidung getragen.
Ich verbrachte das Wochenende bei Sonja, wir genossen die gemeinsame Zeit.

Erst der darauffolgende Donnerstag, der 8. Februar, sollte uns ein Stück weiterbringen.
Ich verabredete mich morgens mit Patrick Eber für halb sechs im Kalker Präsidium. Irgendwie lag mir reine Ermittlungsarbeit halt immer noch mehr im Blut als dieser Verwaltungskram, um den man sich als MK-Leiter kümmern musste. Die Umgewöhnung fiel mir schwer.
Es war bereits früher Nachmittag, als Dario in mein Zimmer kam.
„Die Verkehrsdaten für Meisenbachs Festnetzanschluss und Handy sind eben eingetroffen. Ich hab's selbst nicht glauben wollen, dass das so schnell ging. Nur eine Woche! Wahnsinn! Da gab es zwei interessante Auffälligkeiten. Von Meisenbachs Handy aus gab es seit Anfang Januar mehrere – genauer gesagt fünfzehn – Anwählversuche auf diesem Mobilfunkanschluss", sagte er und deutete auf eine E-Plus-Nummer, „wobei jedoch nie ein längeres Gespräch als zehn Sekunden zustande gekommen ist. Aber am Tattag, 17:15 Uhr, wurde von Meisenbachs Handy mit dieser Nummer plötzlich ein zehnminütiges Telefonat geführt."
„Wem gehört der Anschluss?"
„Ist noch in der Online-Abklärung."
„Und was war die zweite Auffälligkeit?", wollte Dammi wissen.
„Seit dem 23. Januar, also vorletzter Woche Dienstag, hat es fünf Anwählversuche auf Meisenbachs Handy und Festnetzanschluss von dieser O2-Nummer gegeben. Es kamen insgesamt drei Gespräch à vier, fünf und zwei Minuten zustande, das letzte vergangenen Freitag, 9:28 Uhr morgens. Auch die Abklärung dieser Nummer läuft noch."

„Seltsam. Was denkt ihr dazu?“, wollte ich wissen.
Silke sah sich die Verbindungsdaten in Ruhe an. „Meisenbach hat also seit Anfang Januar zigmal versucht, diese eine E-Plus-Nummer zu erreichen. Hm. Lasst mich mal nachdenken. War Anfang Januar was Besonderes in Meisenbachs Leben?“
„Klar“, entgegnete Dammi. „Der Tod von Marga Metzger. Vielleicht hat Meisenbach ja bei dem Typen, den er versucht hat, anzurufen, Trost oder Beistand gesucht.“
„Oder es ist die Nummer eines Verwandten von Frau Metzger. Wir werden es noch rausfinden.“
„Und die zweite Anrufserie könnte in Verbindung mit Grans Verschwinden Anfang vorletzter Woche und der Einlagerung der Beute aus dem Banküberfall bei Krampe stehen“, sagte Tom und sah sich in der Runde um.
Ich nickte. „Auch möglich.“
Eine Stunde vor dem Termin mit Eber machte ich mich mit Dammi auf den Weg nach Köln. Vermutlich würde ich an diesem Tag zuhause bleiben und nicht wieder zu Sonja nach Harscheid fahren.

Es war fünf Minuten vor halb sechs, als der Empfang im Foyer anrief. Ich machte mich auf den Weg ins Erdgeschoss, um unseren Besucher abzuholen. Wenige Minuten später sah ich mich einem leicht untersetzten Mittdreißiger mit lichtem, kurzgeschorenem Haar und stechend blauen Augen gegenüber, der die letzten Tage in der Sonne verbracht haben musste. Schließlich war er braun gebrannt. Sein Anzug war leicht zerknittert, die Winterjacke trug er über den Unterarm gefaltet. In der anderen Hand hielt er einen Aktenkoffer.
„Sie sind Herr Merzenich?“, fragte er mich mit heiser-verrauchter Stimme.
„Ganz genau. Herr Eber?“

„Korrekt."
Wir betraten den abgeschlossenen Flur und fuhren mit dem Aufzug in den vierten Stock des Gebäudeblocks A und gingen in mein Büro. Ich stellte Herrn Eber meinen Kollegen Dammi vor.
„Möchten Sie einen Kaffee haben?", wollte ich von Eber wissen.
„Negativ. Hab um neunzehnhundert noch einen Außentermin bei einem Kunden in Vogelsang. Zeit ist knapp bemessen. Bin gestern erst aus dem Urlaub zurück, und dann direkt wieder Stress. Muss spätestens um achtzehndreißig wieder abrücken", sagte er. Es war nicht zu überhören, dass er einmal bei der Bundeswehr gedient hatte.
„Gut, dann machen wir's so kurz wie möglich. Was können Sie mir zum Tod des Soldaten Björn Metzger sagen?", fragte ich.
„Sie erlauben? Altes Laster", sagte Eber und kramte in seiner Winterjacke nach einer Schachtel Zigaretten. Nur gut, dass Dario nicht im Büro war. Eber, der so gar nicht in seinen feinen Zwirn passte, zündete sich einen Glimmstängel an und genoss einen kräftigen Zug Nikotin.
„Tja, also, als die NATO-Truppen nach den verheerenden Luftschlägen gegen Serbien die Provinz Kosovo Ende Juni 1999 besetzten, fanden sie dort das absolute Chaos vor. Die staatliche Infrastruktur war vollkommen zusammengebrochen, nachdem die serbischen Sicherheitsbehörden abgezogen waren. Neben Friedenserhaltungsmaßnahmen mussten sich die KFOR-Einheiten somit auch um die Aufrechterhaltung der inneren Sicherheit und Ordnung kümmern, weshalb die deutsche Feldjägertruppe, also unsere Militärpolizei, der auch ich jahrelang angehört habe, zivile Polizei spielen durfte. Die Feldjäger betrieben ein Gefängnis, fuhren im deutschen Sektor regelmäßig Streife und verfolgten Straftaten – ganz so wie Sie", sagte er mit einem Blick auf Dammi und mich. „Aber genug mit dem Vorgeplänkel. Hier,

ich habe mir heute die Mühe gemacht, meine Ermittlungsakte zu kopieren.“ Er reichte uns einen prall gefüllten Aktendeckel.
Wir sahen ihn erstaunt an.
Eber hob beschwichtigend die Hände. „Ich weiß, was Sie jetzt sagen wollen. War natürlich nicht ganz legal, was ich da gemacht habe. Aber es war der einzige spektakuläre Fall, den ich während meiner zwölfjährigen Dienstzeit bei der Truppe bearbeiten durfte. Ich hab mir damals ein Archiv angelegt – nur für mich.“
Ich blätterte mich durch die dicke Akte.
Eber lächelte. „Keine Angst. Ich geb Ihnen noch eine kurze Zusammenfassung. Also: Am Dienstag, den 10. August 1999, waren Unteroffizier Sascha Meisenbach, Stabsunteroffizier Petko Küster und Oberfähnrich Björn Metzger in der Gegend um Dragash im Süden des Kosovo auf Streife. In der Nähe des Ortes Restelica bat Küster Meisenbach, den Streifenwagen anzuhalten, da er pinkeln musste. Auch Metzger, als Streifenführer, stieg aus, um sich die Beine zu vertreten. Nach Aussage Meisenbachs und Küsters – wir haben die beiden nach dem Vorfall stundenlang vernommen – wurde aus dem Unterholz das Dauerfeuer auf die drei Feldjäger eröffnet. Da Metzger keinen Gefechtshelm trug, wurde er durch einen Kopfschuss tödlich getroffen. Die Kameraden, die von Meisenbach per Funk um Hilfe gerufen wurden, konnten nur noch Metzgers Tod feststellen. Sie fanden knapp dreißig Hülsen vom Kaliber 7,62 Millimeter im benachbarten Wald. Der Bulli der drei Feldjäger sah aus wie ein Schweizer Käse.
Nach Metzgers Tode übernahm die Staatsanwaltschaft Koblenz die Ermittlungen. Da zu diesem Zeitpunkt sowohl Hauptmann Wüllner als auch ich – ich war damals Oberleutnant – beim Feldjägerdienstkommando Koblenz dienten, wurden wir mit den Ermittlungen betraut und unverzüglich in den Einsatzraum verlegt. Wir haben dann vor Ort recherchiert und den Fall ziemlich schnell abgeschlossen.“

Eber sah uns bedeutsam an und nahm erneut einen kräftigen Zug an seiner Zigarette.
„Die Hülsen stammten von einem Sturmgewehr des Typs Zastava M70, einem jugoslawischen Nachbau der AK-47, hier besser bekannt als Kalaschnikow – die Standardwaffe der meisten osteuropäischen Armeen. Wir versuchten zwar, herauszufinden, wer auf die drei Kameraden gefeuert hat, aber wie gesagt – es blieb beim Versuch. Aber wir vermuteten, dass es sich um UÇK-Kämpfer gehandelt hat. So steht es auch in unserem Ermittlungsbericht“, sagte er und deutete mit dem Kopf auf die Aktenkopie.
„Aber wieso das denn? Die NATO hat doch seinerzeit die UÇK beim Kampf gegen die Serben unterstützt?!“
Eber schnaufte verächtlich. „Ja, und kurz nach dem Einmarsch damit begonnen, die Kosovaren zu entwaffnen, um die Lage zu stabilisieren. Das nahmen der KFOR viele Partisanen übel. Bei unseren Ermittlungen stießen wir in den Bergdörfern dann auch auf eine Mauer des Schweigens. Keiner wusste etwas zu dem Fall – oder wollte einfach nur nicht mit uns reden.“
„Was ist aus Petko Küster geworden?“, wollte Dammi wissen.
„Ach, der Petko. Da wir beide beim Feldjägerdienstkommando in Koblenz dienten, kannte ich ihn sogar persönlich. Als ich vor fünf Jahren ausschied, war er noch bei der Truppe. Wir hatten regelmäßig Kontakt. Als ich zuletzt von ihm gehört hab, war er bei der ISAF in Afghanistan. Aber das ist jetzt auch schon über vier Jahre her. Der Kontakt ist danach irgendwann abgerissen.“
„Warum sind Sie eigentlich nicht mehr bei dem Verein?“, fragte ich aus persönlichem Interesse.
Eber lächelte bitter. „Mein Antrag auf BS – also Berufssoldat – wurde abgelehnt. So blieb mir gar nix anderes übrig, als ’ne Ausbildung zum Versicherungskaufmann zu machen und jetzt wie so ’n Lackaffe rumzulaufen, um den Leuten völlig unnötige Policen aufzuschwatzen.“

„Verstehe“, sagte ich. Dann protokollierte ich seine Aussage.
Es war Viertel nach sechs, als ich Oberleutnant a. D. Eber zurück ins Foyer brachte.
Ganz schön heftig, diese Geschichte, oder?!“, meinte Dammi zu mir oben im Büro.
„Da kannste einen drauf lassen. Wir können froh sein, dass wir nie beim Bund waren“, sagte ich und schaute auf Darios Bilder an der Wand, die ihn während seiner Zeit bei den Gebirgsjägern zeigten. Kollege Zimmermann war einer der wenigen Kollegen, die tatsächlich vorher bei der Bundeswehr gedient hatten. Schließlich wurde man vom Wehrdienst freigestellt, wenn man sich früh genug bei der Polizei beworben hatte und auch tatsächlich angenommen worden war.
Mein Telefon klingelte. Wenn man vom Teufel spricht – es war Dario.
„Hallo Pitter, das Ergebnis zu diesem E-Plus-Handy liegt vor. Die Nummer, die Meisenbach mehrfach versucht hat, anzurufen, ist auf einen Petko Küster registriert.“
„Sag das nochmal!“
Dario schnappte hörbar nach Luft. „Was ist denn mit dir los, Pitter? Willste mir ’nen Schrecken einjagen?“
Ich erzählte Dario von dem Treffen mit dem ehemaligen Oberleutnant Eber.
„Gibt’s doch nicht! Na, dann sollten wir mal schnellstmöglich mit dem reden, was der Meisenbach nach all den Jahren von ihm wollte.“
„Da geb ich dir vollkommen recht. Hast du ’ne Anschrift?“
„Natürlich, Chef. Ich hab alle Personalien komplett abgeklärt. Petko Küster, geboren am 2. November 1971 in Lahnstein. Nicht vorbestraft. Der wohnt ganz in der Nähe. Ist nur ’n Katzensprung vom Präsidium entfernt. Heidelberger Straße 33 in Buchforst.“
„Gut. Wir machen uns direkt auf den Weg.“

„Und wer kümmert sich um den ganzen Papierkram, der zu erledigen ist?! Du bist jetzt der MK-Leiter …“

„Ich kümmere mich schon darum. Keine Panik, Mann“, entgegnete ich leicht genervt und legte auf. Ich klärte den verdutzt schauenden Dammi über unseren Außeneinsatz auf und ging mit ihm in die Tiefgarage.

Nach gut zehn Minuten Fahrzeit waren wir an der von Dario angegeben Adresse angekommen. Das Objekt Heidelberger Straße 33 lag an der KVB-Straßenbahnhaltestelle „Waldecker Straße“. Es handelte sich um einen hellgrauen, langgezogenen Flachdachbau mit nur einem Obergeschoss. Im schwarz verklinkerten Erdgeschoss befanden sich neben einem Kiosk noch drei weitere Ladenlokale. Da die beiden angrenzenden Häuser um einiges höher waren, wirkte das Haus wie eine Baulücke.

Auf dem Bürgersteig vor dem Eingang zur Wohnung stand – verbotswidrig – ein nicht mehr ganz fabrikneuer weißer Fiat Ducato mit Hochdach. Auf seinen Seitentüren prangte ein gelber Aufkleber mit der Aufschrift *Servicepartner der Deutschen Post.*

Wir klingelten an der Haustür. Auf dem Klingelschild stand in Handschrift *Küster/Mišković.*

Der Türsummer ertönte, wir betraten den kühlen, dunklen Hausflur und gingen ins Obergeschoss.

11. Kapitel: Der selbstständige Briefträger

**Wohnsitz des Petko Küster,
Heidelberger Str. 33, 51065 Köln-Buchforst,
Donnerstag, 8. Februar 2007, 18:53 Uhr**

Ein durchtrainierter, hagerer Mann mit kurzen, dunklen Haaren, deren vordere Spitzen emporragten, stand am oberen Treppenabsatz und sah uns skeptisch an. Die dunklen Augenringe vermittelten nicht gerade den Eindruck bester Gesundheit. Zu verwaschener Jeans trug er ein gelbes Poloshirt der Deutschen Post.

„Was wollen Sie?“, zischte er feindselig. „Ich bezahl die Scheißrechnung schon! Richten Sie diesem blöden Versandhaus aus, dass das doch kein Grund ist, mir den Gerichtsvollzieher auf den Hals zu hetzen!“

„Sind Sie Petko Küster?“, wollte ich wissen. Neben mir wurde Dammi sichtlich nervös.

„Ja …?!“

„Merzenich, Kripo Köln. Mein Kollege Kühnert. Wir müssten dringend mit Ihnen sprechen.“

„Kripo? Was wollt ihr denn? Ich weiß nix und halt mich auch raus! Hab keinen Bock auf Stress!“, ranzte er uns an, führte uns aber in seine unaufgeräumte Wohnung, einen typischen Junggesellenhaushalt: Überall dreckige Wäsche, leere Bierflaschen, Spinnweben, Staub.

Im Wohnzimmer saß auf einer fleckigen alten Couch ein Mann mit hochgegelten Haaren um die dreißig, der sich gerade köstlich über eine Dokusoap im flimmernden Fernseher amüsierte. Er schien uns nicht bemerkt zu haben. „Hey, Petko, haste noch ’n Bier?“, fragte er und zerdrückte die Küppers-Dose, die er achtlos auf den alten Teppichboden schmiss.

„Alter, wenn du was zum Saufen haben willst, beweg deinen Arsch zum Kühlschrank. Bin nicht dein Dienstmädchen oder deine Schnecke! Hab für heute genug malocht", fuhr Küster ihn an.
„Ist ja gut, Mann! Launisch wie 'ne Pussy, der Heini", sagte der Mann und erhob sich, wobei er uns erblickte.
„Wat sin dat denn für Ottos? Haste neue Freunde, oder wat?!", fragte er schnoddrig.
Küster verdrehte die Augen. Im Schein der ungemütlichen Leuchtstoffröhre an der mückenleichenübersäten Decke glänzte der Ring in seinem linken Ohr.
„Meine Herren, das ist mein Halbbruder und Mitbewohner Marko Misković. Marko, das sind zwei Kripomänner."
„Ach du Scheiße! Ich hab nix verbrochen, Mann!", lachte Misković.
„Darum geht's auch gar nicht. Herr Küster, wir müssten Ihnen einige Fragen zu Sascha Meisenbach stellen."
Misković hob beschwichtigend die Hände. „Aus so 'ner Scheiße halt ich mich lieber raus. Ich muss jetzt eh abhauen. Mein Job als Türsteher in der Altstadt ruft. Haut rein, Leute!", sagte er und machte sich davon.
Wir waren mit Küster allein.
Der ließ sich auf sein speckiges Sofa fallen. „Was wollen Sie denn wissen?"
„Sehen Sie, Herr Meisenbach wurde vergangenen Freitag getötet aufgefunden. Und nach unseren Informationen hat er in letzter Zeit wiederholt mit Ihnen telefoniert."
Küster starrte uns entgeistert an. „Scheiße! Der Sascha ist tot?! Verdammt! War 'n netter Kamerad. Wenn auch in letzter Zeit 'ne ganz schöne Nervensäge."
„Sie hatten also noch Kontakt mit ihm?", wollte Dammi wissen.
„Ja, wissen Sie doch. Haben mir ja gerade gesagt, dass wir telefoniert haben. Sie haben ja wahrscheinlich von der Scheiße gehört,

die uns damals im Kosovo passiert ist. Den armen Björn haben sie abgeknallt. War 'n guter Soldat. Und 'n netter Kamerad. Sascha hat das nie ganz verwunden. Als der ausgeschieden ist, hat der den Kontakt zu mir trotzdem gehalten. Immer mal so alle paar Monate haben wir gequatscht."

„Und warum hat er sich Ihrer Meinung nach in letzter Zeit wie eine Nervensäge verhalten?"

„Ach, kurz nach Neujahr rief er an und sagte mir, dass Frau Metzger, Björns Mutter, verstorben ist. Die hatte er irgendwann zufällig getroffen und hat sich dann um die gekümmert. Die Ohren hat er mir vollgeheult. Und mich gebeten, endlich mit ihm über den Anschlag auf Björn zu labern. Dem ist das immer ziemlich nahegegangen. Schließlich kannten die sich beide vom Feldjägerdienstkommando Köln, waren da beide stationiert." Küster schüttelte den Kopf. „Aber ich hatte keinen Bock drauf, mit ihm drüber zu faseln."

„Warum nicht?"

Küster sah mich scharf an. „So 'ne Scheiße kann doch nur einer fragen, dem noch nie die Kugeln um die Ohren geflogen sind! Ihr Bullen seid doch so richtige verweichlichte Möchtegern-Rambos! Immer einen auf dicke Hose machen, aber von nix 'ne Ahnung. Da draußen, im Krisengebiet, geht's anders zu als bei 'ner Türkenkeilerei in Chorweiler, Mann. Da kannste nicht per Knopfdruck Verstärkung rufen, die dann gleich mit 'ner Hundertschaft anrückt. Aber das werdet ihr wohl nie kapieren. Im Bergland von Prizren oder Masar-e Scharif geht's nur drum, wer zuerst abdrückt. Jeder muss sich auf seine Kameraden verlassen können – blind. Überleben ist alles. Überleben, Mann. Wenn du einmal miterlebt hast, wie 'n Kamerad, mit dem du gerade noch über Fußballergebnisse gesprochen hast, von 'ner Kugel oder 'ner Bombe zerfetzt wird oder schwerverletzt um Hilfe schreit, während du siehst, wie sein blutiger Beinstummel zappelt, bist du für jeden ver-

dammten Tag dankbar, den du überlebst. Und du willst vergessen. Vergessen, kapiert?! – Sascha hat das nie kapiert. Wollte immer nur über diese Scheiße mit Björn reden! Reden, reden und nochmals reden. War viel zu weich für den Job. Es war gut, dass der damals gegangen ist. Hatte keinen Sinn mit ihm."
„Aber vorletzten Freitag haben Sie dann doch längere Zeit mit ihm geredet …"
Küster winkte ab. „Ja, weil dieses Weichei rumgeflennt hat. Er würde das alles nicht mehr aushalten, die Bilder von damals nicht vergessen. Gerade jetzt, wo Frau Metzger gestorben ist. Was soll ICH denn bloß sagen, verdammt? Ich war dabei. Ja, ich war dabei. Live und in Farbe. Damals, am 7. Juni 2003 in Kabul, als dieser Talibanwichser von Selbstmordattentäter unseren Bus gesprengt hat. Wir waren auf dem Weg zum Flughafen, wollten nur noch nach Hause. Vier von uns sind krepiert. Ich bin – Gott sei Dank – mit 'nem gebrochenen Bein und 'n paar Schürfwunden davongekommen. Der blanke Horror. Unvorstellbar. Da bin ich schon zum zweiten Mal dem Tod entkommen. Müssen Sie sich mal reinziehen! Aber so was interessiert die Herren auf der Hardthöhe ja 'nen Dreck. Und meine Perle hat's auch nicht interessiert, hat mich vor die Tür gesetzt. Ich wär zu aggressiv für sie und den Kleinen. Schwachsinn, Mann. Ich wollte einfach nur vergessen, hab mich zugesoffen. Vergessen. Und die Schlampe faselte die ganze Zeit nur vom Einkaufen und von der Einschulung. Da hab ich ihr 'n paarmal eine gepfeffert, dieser blöden Kuh. Als wenn mich so 'ne Scheiße interessiert. Die hat nie gefragt, wie 's mir geht. Na ja. Ist vorbei." Küster sah zu Boden. Seine Hände zitterten.
„Warum sind Sie nicht mehr bei der Bundeswehr?", wollte Dammi wissen.
„Tja – warum? Hab meine zwölf Jahre abgedient, bin immerhin als Oberfeld entlassen worden. Meinen Antrag auf BS haben die

Arschlöcher aus psychologischen Gründen abgelehnt. Ich würde unter 'ner Posttraumatischen Belastungsstörung leiden, haben die Idioten gesagt, müsste mich einer Therapie unterziehen, wenn ich BS werden wollte. Die haben doch keine Ahnung, diese Herren Offiziere! Lassen sich einmal mit der Transall für 'n paar Stunden ins Feldlager fliegen und denken dann, sie wüssten, wie's draußen läuft. Tja, helfen tut dir keiner, Mann. Und so 'ne Psycho-Scheiße zieh ich mir nicht rein. Da bin ich lieber gegangen und hab mich beim Briefzentrum der Post AG als Servicepartner beworben – im Endeffekt ist das nix anderes als 'n selbstständiger Briefträger, der als Subunternehmer mit Knebelverträgen an diesen Bonner Scheißladen gebunden ist – nur dieser Ausdruck hört sich doch ziemlich geil an, oder?! Servicepartner … Bin nach Köln gezogen, hab mir 'nen gebrauchten Ducato zugelegt und versorge seitdem die Region um Kerpen und Elsdorf mit Briefen und Päckchen. Und ich leere da auch die Briefkästen. Aber meine Selbstständigkeit ist nicht die Tinte aufm Vertrag wert, Mann. Die Post gängelt ihre freien Briefträger ganz schön. Aber egal. Besser, als in der Gosse zu landen. Auch wenn das als Ein-Mann-Betrieb ganz schön stressig ist. Mein lieber Halbbruder war ja zu faul, bei mir miteinzusteigen."

Ich räusperte mich. „Herr Küster, wir müssen Sie trotzdem fragen, wo Sie vorletzten Freitag zwischen 20 und 22 Uhr waren."

„Ist das die Tatzeit? Warum hätte ich Sascha wohl abmurksen sollen, he?! Die arme Sau war doch seit damals psychisch am Ende. Im Endeffekt hat ihm nur einer die Arbeit abgenommen, sich selbst aufzuknüpfen oder abzuknallen. Aber gut. Ich hab hier mit meinem bekloppten Halbbruder PlayStation gezockt. Wie jedes Wochenende. Können ihn gerne fragen."

„Hat Meisenbach denn von etwaigen Suizidabsichten gesprochen?"

„Der Sascha? Sich umbringen?! Nä, dazu fehlte dem der Schneid. Ich hätt's an seiner Stelle gemacht, so depri, wie der drauf war. Aber der hat ja lieber Trost im Wald und bei den Rehen und Hirschen gesucht. Schwachkopp!", sagte Küster verächtlich und zeigte dem imaginär anwesenden Meisenbach den Vogel.
„Gut, Herr Küster, wir müssten Ihre Aussage dann noch zu Protokoll nehmen. Möchten Sie das heute Abend noch erledigen, oder lieber morgen?"
„Können wir ruhig jetzt noch machen, Mann. Ich hätte mir heute eh nur irgend so 'ne Scheiße in der Glotze reingezogen und mir den Arsch mit Kölsch zugehau'n …"
So fuhren wir mit Herrn Küster in unser Büro im Präsidium, wo er seine Aussage wiederholte.
Als er die Niederschrift unterschrieben hatte, fragte Dammi: „Was ist das eigentlich für 'n seltsamer Name – Petko?"
„Serbisch. Mein Oller ist damals als Gastarbeiter von Belgrad nach Koblenz gekommen, hat meine Mutter gevögelt, die haben auch 'n paar Jahre zusammengelebt. Da bin ich dann draus entstanden. Aber irgendwann haben sie sich zerstritten, er ist nach Köln abgehau'n und hat 'ne Jugotussi geheiratet. Und da ist dann mein schwachsinniger Halbbruder bei rausgekommen. Die ersten Jahre hab ich meinen Alten noch kennengelernt. Der hat mir sogar Serbokroatisch beigebracht. 'n paar Brocken kann ich noch immer. Und das war auch der Grund, warum ich nach dem Ausscheiden aus dem Bund nach Köln gegangen bin. Meine Mutter war tot, ich wollte zu meinem Alten. Aber der war auch schon hinüber. Und so hab ich mich dann mit Marko angefreundet."
„Gut, Herr Küster, das wär's dann fürs Erste. Vielen Dank."
Wir verabschiedeten uns von ihm. Ich rief die Kollegen in Waldbröl an und teilte ihnen mit, dass sie für heute Schluss machen könnten.

„Vergiss aber nicht, dass der für die Tatzeit ein Alibi hat …"
„Na, dann hat er vielleicht 'nen Killer beauftragt, keine Ahnung."
„Leute, das sind doch alles nur reine Spekulationen", wandte Tom ein. „Wir haben gegen keinen was Handfestes."
„Da muss ich dir leider recht geben", antwortete ich und sah mich in der Runde um.
„Sollen wir jetzt langsam nicht doch besser die Presse einschalten?", schlug Dario vor.
„Noch nicht, Kollege", erwiderte ich. „Die werden sich noch früh genug über den Fall hermachen. Mich wundert eh, dass diese Frau Gran ihre Kollegen noch nicht informiert hat. In der lokalen Presse war er bislang auch nur eine Randnotiz wert."
„Na, immerhin ist ihr Verlobter getötet worden. Da wird die ja wohl kaum an die Schlagzeilen denken … Apropos Gran: Dieser Jens, der immer noch vom Erdboden verschluckt ist, ist in meinen Augen auch noch ein heißer Kandidat …"
Einvernehmliches Nicken.
„Silke, ich würde dich bitten, dir mal die Aktenkopie vorzunehmen, die uns dieser Patrick Eber zur Verfügung gestellt hat. Vielleicht finden wir ja da noch irgendwelche Hinweise. Tom und Kuni können dich ja dabei unterstützen."
Wir lösten die Versammlung auf, Dario holte uns neuen Kaffee. In diesem Moment klopfte ein Mann an den Rahmen der Bürotür, der dank seines karierten Hemdes, der alten Winterjacke, der Cordhose und der Schiebermütze, unter der leicht abstehende, ungekämmte weißgraue Haare hervorlugten, wie ein Rentner aussah.
Er hatte gesunde rote Wangen und strahlte mich an. In der Hand hielt er eine abgewetzte alte Aktenmappe, die schon bessere Zeiten erlebt hatte.
„Guten Morgen, Kollege – und, wie sitzt es sich so auf meinem Platz?", fragte er und reichte mir die Hand. „Ich bin Heinz

Oettershagen.“ Damit schockte er mich ein wenig. Schließlich wirkte er äußerlich so, als sei er schon jahrelang in Rente und weit jenseits der sechzig …

Aber ich hatte mich schnell wieder gefasst. „Ah, Heinz Eins“, antwortete ich freundlich. „Ich bin der Pitter. Pitter Merzenich vom Kölner KK 11. Sorry, dass ich mich hier breitgemacht habe …“

Oettershagen winkte ab. „Ach, kein Problem, ich war ja eh krankgeschrieben. Zwei Wochen diese Scheißgrippe. Na ja. Ich will dich auch gar nicht lange stören, wollte nur meine Tasse holen. Hab heute noch keinen Kaffee gehabt. Da ist man gerade mal den ersten Tag wieder im Büro und darf direkt rausfahren. Kellereinbruch in Hermesdorf. Na ja. Den Fall werd ich sowieso nicht aufklären können. Kann ich eigentlich direkt kaputtschreiben.“

Für ihre Fälle „schwerster“ Kriminalität beneidete ich die Kollegen der „Bauernmiliz“ nun wirklich nicht. Die meisten ihrer Bagatellfälle würden sie eh nie aufklären können. Wenn Dienststellen den Begriff der „Kriminalitätsverwaltung“ verdienten, dann diese ländlichen Behörden.

Heinz Eins stellte sich an den Türrahmen. „Erzähl mal. Was macht denn euer Fall mit dem toten Meisenbach?“

Da es für mich momentan – bis auf den öden Papierkram – eh nichts Eiliges zu tun gab, nahm ich mir die Zeit und klärte den alternden Kollegen über unsere Erkenntnisse auf.

„Und ihr sucht jetzt wirklich nach dem Jens Gran? Hab schon oft mit ihm zu tun gehabt. Kein übler Kerl. Ist aber immer an die falschen Freunde geraten und hat sich mit in deren Sumpf ziehen lassen.“

„Glaubst du denn, dass er etwas mit der Tötung Meisenbachs zu tun haben könnte?“

„Schwer vorstellbar. Das ist ’ne Nummer zu groß für den.“

„Hast du denn irgend ’ne Ahnung, wo der sich rumtreiben könnte?“

Heinz Eins kratzte sich an der Stirn, die von Falten übersät war. „Habt ihr's mal beim Morti versucht?"

Da ich gerade einen Schluck Kaffee genommen hatte, musste ich jetzt aufpassen, dass ich vor lauter Schreck nicht alles wieder ausspuckte. So schluckte ich den heißen Kaffee in einem Zug runter, wobei ich mir Zunge und Speiseröhre verbrannte und mich verschluckte.

Nach einem kurzen Hustenanfall fasste ich mich wieder. „Du meinst doch jetzt nicht etwa Andreas Mortsiefer aus Nümbrecht-Harscheid?", fragte ich und dachte an den jungen Bauern im FC-Trikot, den ich vorletzten Samstagabend in Sandras Kneipe kennengelernt hatte – wobei mich meine Gedanken von dem brennenden Schmerz in meinem Rachen ablenkten ...

„Doch, genau den. Du kennst den?"

Ich nickte.

„Jens und er sind dicke Freunde, haben sich irgendwann mal im *Vernissage*, ist so 'n Musikclub im Nümbrechter Zentrum, kennengelernt. Sie sind direkt ins Gespräch gekommen, da sie beide große FC-Fans sind, und haben den Fanclub Bröl-Böcke gegründet. Soweit ich weiß, hat Jens auch schon öfters auf Mortis Hof ausgeholfen. Wie gesagt: Versucht's da mal. So, ich muss jetzt mal wieder. Helmut hat mir noch 'nen zweiten Fall für den Vormittag aufs Auge gedrückt – herrscht momentan halt absoluter Personalmangel bei uns. In Morsbach haben Unbekannte 'ne Hausfassade mit Graffiti besprüht."

„Na dann: Viel Spaß! Und danke für den Tipp!", sagte ich zu Oettershagen, der angesichts dieser wahnsinnig aufregenden Fälle nun wirklich nicht zu beneiden war.

Da stürmte Dario zur Tür rein. „So, jetzt ist endlich das Ergebnis der Rufnummernabklärung hinsichtlich des O2-Handys gekommen, von dem aus Meisenbach wiederholt angerufen wurde. Das Handy ist registriert auf einen gewissen Andreas Mortsiefer,

geboren am 18. April 1971 in Nümbrecht, wohnhaft Harscheider Straße 31 in Nümbrecht-Harscheid. Hat keinen Bestand."
„Gibt's doch wohl nicht!", rief ich und erzählte Dario von Mortis Verbindung zu Jens Gran.
„Vielleicht hat Jens Gran ja von Mortsiefers Anschluss aus bei Meisenbach angerufen."
„Was bedeuten würde, dass sich Gran auf dessen Hof aufhält. Komm, wir machen uns direkt auf den Weg. Ich weiß ungefähr, wo das ist."
„Als der Theo noch unser MK/L war, hat der sich nie so dermaßen um Außeneinsätze gerissen …", stellte Dario mit einem Kopfschütteln fest, was ich jedoch geflissentlich ignorierte. Wir informierten den Rest der MK „Nutscheid" über unseren Außeneinsatz und machten uns mit dem Scorpio auf den Weg nach Harscheid.
Ich ertappe mich dabei, mir auszumalen, ob der Ort vielleicht meine neue Heimat werden könnte. Dabei war ich doch immer davon ausgegangen, dass ich Köln niemals verlassen würde …
Als wir Sonjas Haus passierten, schlug mein Herz höher.
Hinter der Kurve, an der Sandras Kneipe lag, erblickten wir den hufeisenförmig angeordneten alten Fachwerkhof der Mortsiefers, der an der Einmündung der kleinen Teerstraße nach Benroth lag. Neben dem Tor, das auf den Innenhof führte, parkten wir unseren alten Zivilwagen. Aus dem Stall am anderen Ende des Innenhofs vernahmen wir das Muhen der Kühe.
Wir öffneten das knarrende Hoftor und erblickten Willi Mortsiefer, der wieder seinen alten Blaumann trug und an einem alten Traktor schraubte. Er schien uns nicht zu bemerken.

12. Kapitel: Der Bauer und der Kauf

Bauernhof der Familie Mortsiefer,
Harscheider Str. 31, 51588 Nümbrecht-Harscheid,
Freitag, 8. Februar 2007, 10:34 Uhr

„Guten Morgen, Herr Mortsiefer", rief ich.

Der alte Bauer blickte auf und sah uns skeptisch an. „Ich kenn Sie doch?!", nuschelte er.

„Ja, wir haben uns vorletzten Samstag hier in Sandras Dorfkneipe kennengelernt. Ich bin Peter Merzenich von der Kripo Köln."

„Der Kölner. Richtig. Was gibt's?", fragte er einsilbig und schob den alten Cordhut in den Nacken.

„Wir müssten mit Ihrem Sohn sprechen. Wo ist er?"

„Hat keine Zeit. Muss Stall ausmisten."

„Ach du Scheiße", stellte Dario leicht angewidert fest.

„Städter", schnaubte der alte Mortsiefer. „Haben keine Ahnung. Ist hier anders als in Köln. Kein Stau. Kein Lärm. Dafür Kuhscheiße. Morti ist da." Er deutete mit dem Zeigefinger auf das Stallgebäude. „Haltet den nicht von der Arbeit ab. Muss jetzt auch weitermachen."

Der alte Bauer widmete seine ganze Aufmerksamkeit wieder dem Motor des alten Traktors.

Wir öffneten das quietschende Holzportal und sahen uns einem guten Dutzend Kühen gegenüber, die desinteressiert kauten und uns anblökten. Im hinteren Teil des Stalls war Morti damit beschäftigt, mit seiner Mistgabel altes Heu und Kuhfladen zusammenzukratzen. Der Gestank war unerträglich.

„'n Morgen, Morti", rief ich. Aber der junge Bauer nahm uns bei dem Lärmpegel, den die Rinder verursachten, zuerst gar nicht wahr.

Ich versuchte es nochmal, diesmal lauter. „Guten Morgen, Morti!"

Morti hielt inne und blickte auf. „Ah, Pitter aus Kölle! ’n Morgen! Was machst du denn hier?“, fragte er und wischte sich den Schweiß von der Stirn. Mit seinen Gummistiefeln stand er im Kuhmist.

„Geiler Job, Mann, muss ich schon sagen“, merkte ich an.

„Immerhin besser als irgendwelchen Leuten hinterherzuspionieren … Wat willste hier?“

„Können wir das nicht in Ruhe besprechen?“

„Na, die Kühe lauschen nicht. Und sagen auch nix weiter. Also: Worum geht’s?“, fragte er leicht ungeduldig. „Um halb zwölf kommt der Tanklaster von der MUH[7], um die Milch abzuholen. Bis dahin will ich hier fertig sein. Mach’s kurz, Mann!“

„Du hast vorletzte Woche wiederholt bei Sascha Meisenbach angerufen?“

„Da du’s ja eh weißt – warum fragst du noch? Ja, hab ich. Ist das ’n Verbrechen?“

„Ich will eigentlich nur wissen, warum du ihn angerufen hast.“

„Weil ich mich mit Jens treffen wollte, der seit Anfang vorletzter Woche spurlos verschwunden ist. Ich wollte Sascha nur fragen, ob er was von ihm gehört hat.“

„Und das direkt dreimal?“, hakte Dario skeptisch nach.

„Ja, das direkt dreimal. Hätte ja sein können, dass sich Jens zwischenzeitlich gemeldet hatte. War aber leider nicht so.“

„Was wolltest du denn so dringend von Jens Gran?“

„Ach, eigentlich ging es um unsere Reise zum FC-Spiel nach Burghausen. Da wollten wir ursprünglich zusammen hin. Aber da er sich nicht gemeldet hatte und ich meinem Paps bei der Reparatur des Scheunentors helfen musste, hatte sich die Sache erledigt.“

„Hat Meisenbach sonst noch irgendwas Besonderes gesagt?“

---

7 Milch-Union Hocheifel eG (einer der größten H-Milch-Produzenten Europas aus Pronsfeld in der Eifel)

„Nä, überhaupt nicht. Der war ganz normal drauf. Wie immer."
„Gut. Wo warst du denn vorletzten Freitag zwischen 20 und 22 Uhr?"
Morti wirkte amüsiert. „Kommt jetzt die berühmte Frage nachm Alibi? Da hab ich mit meinem Paps und meiner Mamm ferngesehen. Meine Frau Alex und die Kleine sind momentan bei ihrer Schwester in Belgien. Kümmern sich um ihre Mutter. Fragt meine Eltern ruhig."
„Das werden wir. Komm bitte so schnell wie möglich auf die Wache nach Waldbröl. Wir brauchen deine Aussage schriftlich. Zwei Uhr heute Nachmittag?!"
„Haut hin! Ich komme vorbei. Bis später!"
Wir befragten noch Mortis wortkargen Vater und seine Ehefrau, die die Angaben ihres Sohnes bestätigten, und baten auch sie, um zwei Uhr auf der Wache zu erscheinen.
Während uns die Kühe zum Abschied anmuhten, klingelte mein Handy. Es war Dammi.
„Hey, Pitter, ich hab eben diesen Marko Misković vernommen. Der hat bestätigt, dass er mit seinem Bruder zur Tatzeit PlayStation gespielt hat."
„Na, alles andere hätte mich ja auch gewundert. Okay, Dammi, dann sieh zu, dass du nach Waldbröl kommst!"
„Bin schon auf dem Weg!"
Wir fuhren zurück nach Waldbröl, wo ich im Wachlokal Sonja, Witti und Marcel erblickte, die sich bei einer Tasse Kaffee unterhielten. Während Dario nach oben ging, blieb ich absichtlich zurück.
Als mich Sonja sah, kam sie direkt auf mich zu und nahm mich in den Arm.
„Hallo, mein Schatz, endlich seh ich dich heute!", hauchte sie mir ins Ohr und küsste mich.

Ich drückte sie an mich. „Tut mir leid, dass ich es gestern nicht mehr geschafft habe."

„Ist doch nicht schlimm. Sehen wir uns denn heute Abend?"

Dieses Verständnis für meinen zeitraubenden Beruf hatte ich bislang bei den meisten meiner Freundinnen – inklusive meiner Exfrau – schmerzlich vermisst. Aber Polizeioberkommissarin Steiner wusste schließlich, wovon sie redete …

„Ich hoffe es, Süße. Aber dieser Fall ist verdammt knifflig. Irgendwie kommen wir nicht so recht zu Potte."

„Was gibt's denn Neues?", wollte Marcel wissen. Er und Witti sahen mich erwartungsvoll an.

„Nicht allzu viel. Muss ich euch mal in Ruhe erzählen. Aber momentan hab ich dafür echt keinen Nerv. Nehmt's mir nicht krumm, Leute!"

„Kein Problem! Wenn wir euch irgendwie helfen können, sagt Bescheid. Wir stehen zu eurer Verfügung!", preschte Witti übereifrig vor, was Marcel mit heftigem Kopfnicken unterstützte.

Ich grinste schwach. „Im Moment würd mir 'n Kaffee reichen …"

Kaum, dass ich meinen Satz beendet hatte, sprang Kollege Wittkamp auf und holte mir eine Tasse, die er mir reichte, während er mich mit seinem makellosen Zahnpastawerbungsgebiss anlächelte.

„Dank dir, Jung", sagte ich und klopfte ihm auf die Schulter. „Wenn die Sache hier vorbei ist, reden wir mal über 'nen neuen Job für dich. Du wolltest doch gerne zur Kölner Kripo, oder?"

„Lass das bloß nicht meine Schwester hören! Die flippt aus!", sagte Sonja, was Wittis Strahlen um ein paar Watt blasser werden ließ.

Ich unterhielt mich ein paar Minuten mit den sympathischen Waldbröler Streifenkollegen und ihrer Chefin, die keine Geringere als meine neue Freundin war, bevor ich mich wieder zu meiner Truppe ins Obergeschoss begab.

„Und, was habt ihr rausfinden können?", fragte ich.
Silke strahlte mich siegessicher an und warf den beiden „Gummersbachern" Tom und Kuni einen Blick zu. „Tja, während du dir mit Dario 'nen schönen Vormittag gemacht hast, haben hier die Drähte geglüht. Die Kollegen von der Zollfahndung haben sich nochmal gemeldet."
Silke machte eine bedeutsame kleine Pause.
„Kollegin Saskia Bäcker ist da beim Durchhören der Gespräche noch etwas Seltsames aufgefallen. Am Tattag, um 10:49 Uhr, wurde dieser Vitali Funk angerufen. Hier – Saskia hat uns das Wortprotokoll des Gesprächs durchgefaxt", sagte sie und reichte mir den Ausdruck, den ich ihr regelrecht aus der Hand riss.

umP:	*Hallo, ich bin's.*
Vitali Funk:	*Hallo, guten Morgen, grüße Sie.*
umP:	*Haben Sie alles?*
Vitali Funk:	*Noch nicht. Heute Abend. Heute Abend wird alles erledigt sein, Chef.*
umP:	*Gut. Ich verlass mich auf Sie. Sie werden es nicht bereuen! Bis später!*
Vitali Funk:	*Bis später!*

Beide Gesprächspartner legen auf, Ende des Telefonats

„Das ist ja ganz schön seltsam. Wer mag bloß der Gesprächspartner, diese unbekannte männliche Person, gewesen sein?"
„Na, du brauchst nur auf den oberen Teil des Protokolls zu gucken, da ist die Anrufnummer vermerkt", sagte Tom und deutete mit dem Zeigefinger auf den oberen Bereich des Ausdrucks. *Oberberg-Immobilien Lütz GmbH* stand dort als Anschlussinhaber.
Ich schüttelte den Kopf. „Das ist ja … Was haltet ihr davon, Leute?"

„Ehrlich gesagt, könnte das alles bedeuten", warf Tom wenig euphorisch ein.
„Aber Tom, ich bitte dich", schnaubte Dario. „Wenn wir mal davon ausgehen, dass Lütz höchstpersönlich der Gesprächspartner war: Beide hatten ein Motiv, Meisenbach aus dem Weg zu räumen."
Silke runzelte die Stirn. „Also für mich klingt's so, als ob Lütz diesen Funk mit dem Mord beauftragt hat."
Andríkos nickte. „Man könnte auch draus lesen, dass Funk da das Tatwerkzeug, die Schusswaffe, noch nicht hatte. Aber am Abend."
„… und dass Funk es nicht bereuen würde, klingt für mich so, als ob ihm Lütz einen gewaltigen Batzen Geld für die Tat in Aussicht gestellt habe", schloss Dario enthusiastisch.
„Genug der Vermutungen", sagte ich, „wir brauchen Fakten. – Dario: Du wartest hier und nimmst nachher die Aussagen von Mortsiefer und seinen Eltern auf. Wenn Dammi zurückkommt, soll er dich dabei unterstützen. – Silke, Kuni: Besorgt euch beim Staatsanwalt einen Vernehmungsauftrag und nehmt Funk nochmal im Klingelpütz in die Mangel. – Tom: Wir beide werden unseren lieben Freund Lütz nochmals aufsuchen."
„Und was soll ich machen, Alter?", fragte Andríkos.
„Na, du kannst dich ja in meiner Abwesenheit um die Aktenführung und den Papierkram kümmern. Warst doch eh so heiß drauf, mein Vertreter zu werden!"
„Blödes Arschloch!", erwiderte mein Kollege in seiner unnachahmlichen Art und stapfte mit seinen schweren Westernstiefeln frustriert in Helmut Raupachs Büro.

So machten wir uns erneut auf den Weg in die Kaiserstraße, um den unsympathischen Immobilienhai zu befragen. Leider war sein Büro verschlossen – wie laut Öffnungszeitenschild jeden Donnerstagnachmittag.

Ich seufzte. „Was meinst du, wo wir den jetzt finden?"
„Lass es uns bei ihm zuhause probieren", antwortete Tom.
So fuhren wir in den Waldbröler Stadtteil Rossenbach, wo sich das schmucke Haus des Stadtrats Lütz befand. Es war wie ein Alpenchalet gestaltet, mit Bruchsteinfassade und Seitenwänden, die Holzlatten verkleideten.
Vor der kleinen Bruchsteintreppe, die zum urigen Holzportal führte, stand sein Q7 mit geöffneter Heckklappe. Fast die gesamte Hausfront wurde von Efeuranken in Beschlag genommen.
Lütz kam gerade aus dem Haus und griff nach einigen auf der Treppe stehenden Plastiktüten. Er schien vom Einkaufen gekommen zu sein.
„Guten Tag, Herr Lütz", sprach ich ihn an.
Er zuckte kurz zusammen, bevor er sich umdrehte und ein schleimiges Grinsen auflegte. „Oh, die Kripo. Was kann ich denn noch für Sie tun?"
„Uns sagen, was Sie oder Ihre Firma mit Vitali Funk zu schaffen haben", herrschte ich ihn an.
Lütz lief rot an. „Bevor wir hier weiterreden, mäßigen Sie sich erst mal gefälligst im Ton! Ich bin immerhin Stadtrat und ein bedeutender Bürger dieser Stadt!"
„Und selbst, wenn Sie der Kaiser von China wären – interessiert mich 'nen Scheiß! Beantworten Sie uns einfach die Frage, warum Sie vorletzten Freitag mit Vitali Funk telefoniert haben. Das waren Sie doch, oder?!", herrschte ich ihn an und hielt ihm eine Kopie des Wortprotokolls unter die Nase.
„Woher – woher haben Sie das?", stammelte er.
„Was haben Sie mit Funk zu tun?"
Lütz seufzte. „Es ist normalerweise nicht meine Art, über Kunden zu sprechen. Aber – aber er wollte von mir ein Einfamilienhaus erwerben. Ganz hier in der Nähe, in Ruh."
Er deutete mit seinem Kopf Richtung Straße.

„Er wollte aber vorher nochmal mit seiner Bank reden, da die Finanzierung noch nicht stand – an jenem Freitagnachmittag hatte er einen Termin. Wir wollten uns eigentlich jetzt am Montag wieder treffen, um das Prozedere zu besprechen. Aber dabei ist es dann geblieben. Ich habe nichts mehr von ihm gehört."
Wie denn auch – schließlich sitzt der feine Herr ja im Knast, dachte ich bei mir.
„Sie können das natürlich auch alles nachweisen?"
Lütz verzog das Gesicht. „Ich habe in meinem Büro diverse Gesprächsnotizen und Angebote sowie einen Vermerk über den Besichtigungstermin. Da bin ich sehr penibel. Geben Sie mir zwei Minuten, dann fahren wir ins Büro."
Tja, was soll ich sagen, lieber Leser? Auch diese Spur schien im Sande zu verlaufen. Lütz hatte tatsächlich jedes Gespräch mit Funk zum Erwerb des Einfamilienhauses in Ruh detailverliebt notiert und auch das dementsprechende Kaufangebot fein säuberlich abgeheftet. Wir nahmen Lütz' Aussage zu Protokoll und wünschten ihm noch einen schönen Tag. Das war's.
Dass Funk bei seiner Vernehmung im Ossendorfer Knast ins gleiche Horn blies, muss ich an dieser Stelle wohl kaum erwähnen. Es war zum Verrücktwerden. Wir kamen mit diesem beschissenen Fall nicht weiter.

13. Kapitel: Eine brandheiße Spur

Der Landrat des Oberbergischen Kreises als Kreispolizeibehörde, Abteilungsleiter Polizei, Direktion Kriminalität, Regionalkommissariat Waldbröl, Brölbahnstr. 9, 51545 Waldbröl, Freitag, 9. Februar 2007, 16:31 Uhr

Gegen halb fünf bat ich alle MK-Mitglieder erneut zur Besprechung in Oettershagens Büro.
„Mortsiefer und seine Eltern haben einstimmig ausgesagt, dass sie Freitagabend zusammen ferngesehen haben", berichtete Dario.
Ich seufzte. „Leute, irgendwas läuft hier falsch. Gewaltig falsch. Wir haben zig Verdächtige, und im Endeffekt kommt keiner in Frage. Was übersehen wir, verdammt?"
Ratloses Schulterzucken.
„Was macht die Untersuchung der Hülsen?", fragte ich.
„Still ruht der See", antwortete Silke. „Das Einzige, was jetzt feststeht, ist das Ergebnis der daktyloskopischen Untersuchung der 6.000 Euro Bargeld, die ihr bei Forstdirektor Krampe sichergestellt hat. Auf den Geldbündeln sind die Fingerabdrücke des Toten und Jens Grans. Unsere Vermutung scheint sich also zu bestätigen. Gran steckte wohl hinter dem Banküberfall. Aber sonst gibt's nichts Neues."
„Herrgott nochmal!" Ich schlug mit der Hand frustriert auf den Tisch. „Es kann doch wohl nicht angehen, dass man bei 'ner Todesermittlung so lange auf brauchbare Ergebnisse warten muss!"
„Wir sind hier halt nicht bei ‚CSI: Miami'", versuchte Dario mich aufzumuntern.
„Spar dir den Scheiß!", brüllte ich meinen Bürokollegen an. Sofort tat mir mein Ausbruch leid.

„Sorry, war nicht so gemeint. Aber im Ernst: Wenn das so weitergeht, werden wir den Fall nie lösen. So langsam bin ich echt ratlos."
„Wir können in der Akte ja nochmal nach Hinweisen suchen", schlug Kuni vor.
„Gute Idee. Was anderes wird uns wohl auch nicht übrigbleiben."
So schnappte ich mir den Spurensicherungsbericht von Kriminalhauptkommissar Reiner Drawe, den ich nochmals akribisch durchforstete.

8. Sicherstellung von persönlichen Gegenständen

Im Rahmen der Spurensicherungsmaßnahmen wurden folgende Asservate sichergestellt, die der Geschädigte mit sich führte:

Ass. Nr. 1034: Schweizer Offiziersmesser (Fundort: linke Hosentasche)

Ass. Nr. 1035: angebrochene Packung Papiertaschentücher „alouette" (Fundort: wie Ass. Nr. 1034)

Ass. Nr. 1036: Einweg-Plastikfeuerzeug mit Werbeaufdruck „MM Sicherheitsdienst GmbH Köln" (Fundort: rechte Hosentasche)

Ass. Nr. 1037: Kugelschreiber mit Werbeaufdruck „Provinzial" (Fundort: Brusttasche des Dienstpullovers)

Ass. Nr. 1038: leerer Notizblock „Zunft Kölsch" (Fundort: wie Ass. Nr. 1037)

(...)

Alles nichts Besonderes.
Bis auf – Moment mal … Natürlich! Schlagartig fiel es mir wie Schuppen von den Augen.
Sofort wählte ich Andrea Grans Handynummer. Sie nahm sofort ab.
„Frau Gran, ich bräuchte mal Ihre Hilfe: In der Hosentasche Ihres Verlobten wurde ein Feuerzeug gefunden, das …“
„Ein Feuerzeug?“, unterbrach sie mich. „Das versteh ich nicht! Er hatte sich das Rauchen schon längst abgewöhnt. Warum sollte er ein Feuerzeug mit sich rumschleppen? Seltsam.“
„Das meinte ich jetzt eigentlich gar nicht. Dieses Feuerzeug stammt von einer Kölner Sicherheitsfirma, die einem guten Bekannten von mir gehört. Könnten Sie mir sagen, wie er da rangekommen ist? Hat er irgendwelche Großveranstaltungen besucht? Hat er vielleicht für diese Firma, MM Sicherheitsdienst GmbH, gearbeitet? Oder ein Bekannter von ihm – Ihr Bruder vielleicht?“
„Also, ich hab in den letzten Tagen ja vieles über meinen Sascha erfahren, was ich nicht wusste. Aber ich glaube, ich kann diese Fragen ruhigen Gewissens mit Nein beantworten. Vielleicht bis auf die, ob Jens mal für dieses Unternehmen gearbeitet hat. Möglich wär's schon. Ich weiß es aber nicht genau.“
„Haben Sie vielen Dank. Auf Wiedersehen!“, sagte ich und sah auf die Uhr. Kurz nach sechs.
Ich rief die Bürodurchwahl meines guten Bekannten Markus Mottek an, den ich vor einigen Jahren im Rahmen einer Mordermittlung kennengelernt hatte und mit dem ich mich seitdem schon oft auf ein paar Bier getroffen hatte.
Markus, ein ehemaliger Fallschirmjäger-Hauptmann, hatte die MM Sicherheitsdienst GmbH gegründet und verdiente sich dumm und dämlich – insbesondere, seitdem er die Security Suppliers GmbH seines Konkurrenten Ümit „K.-o.-Ümit“ Göcök

geschluckt hatte. Der saß wegen seiner Mittäterschaft bei dem Skandal um die Von-Hohenfels-Stiftung und den Morden an Professor Prangetti, Bartholomé Ngabane und Weihbischof Dr. Selbach für Jahre im Knast.

Markus hatte Ümits Belegschaft übernommen und war nunmehr einer der größten Sicherheitsanbieter im Rheinland.

Im Vorjahr war er mit seiner Firma in ein nüchternes rotbraunes Bürogebäude mit drei Obergeschossen in der Löwengasse, einer kleinen Seitenstraße der Severinstraße, umgezogen. Hier hatten sich bis zum Umzug ins Kalker Präsidium die aus Platzmangel ausquartierten Kommissariate der damaligen für Gewaltdelikte und gemeingefährliche Straftaten zuständigen Kriminalgruppe 1 befunden.

„Mottek, guten Tag!"

„Tach Markus, hier ist Pitter!"

„Ey, Alter, lebst du auch noch? Wir haben uns in diesem Jahr ja noch gar nicht gesehen."

„Laberkopp! Ist doch noch früh im Jahr. Und Silvester haben wir doch noch zusammen gefeiert. Hatte tagelang 'nen dicken Schädel."

„Du musst ja auch immer saufen wie so 'n Ochse. Mensch, Jung, was gibt's denn überhaupt? Sonst rufste mich ja auch nicht freiwillig an, treulose Tomate ..."

„Ja, sorry, hab tatsächlich 'n Attentat auf dich vor."

So berichtete ich ihm von dem Feuerzeug.

„Meisenbach, sagst du? Nä, sagt mir gar nix."

„Vielleicht kennst du ja einen Jens Gran?"

„Nicht, dass ich wüsste. Aber ich mach dir 'nen Vorschlag: Ich schick dir 'ne Liste mit all meinen Angestellten. Sind zwar um die achtzig Mann – inklusive Aushilfen –, aber ich hab mir von Sascha 'ne Erreichbarkeitenliste aller Mitarbeiter zusammenstellen lassen. Hat der sogar ganz gut hingekriegt."

„Sei doch nicht immer so gemein zu deinem Stiefsohn", sagte ich lachend und dachte an Sascha Weinert, den wir damals als Tatverdächtigen festgenommen hatten. Ein einfältiger Junge, der inzwischen Mitte zwanzig war und Mottek – zu dessen Leidwesen – immer „Papa" nannte, obwohl er der Sohn von Markus' toter Lebensgefährtin und deren Exmann war.

„Blödmann! Gib mir deine Faxnummer, ich schick dir die Liste eben durch. Wann wirst du denn endlich da draufstehen? Wär der ideale Nebenjob für dich – bist doch 'n alter Boxer und kannst dich super durchsetzen. Könntest dir bei mir gut was dazuverdienen."

„Dank dir, aber Türsteher sind für mich 'n rotes Tuch. Reicht schon, wenn man die freundlich grüßen muss, damit man ins *Wiener Steffie* oder die *Klapsmühle* kommt. Das ist nix für mich – und ich hab auch so genug zu tun."

„Klar – als fauler Beamter! Erzähl mir doch nix!", lachte Markus und verabschiedete sich.

Wenige Minuten später hielt ich die Erreichbarkeitenliste der MM-Mitarbeiter in meinen Händen. 82 Namen, Adressen, Geburtsdaten und Telefonnummern.

Kuni, Dammi, Silke und ich teilten uns die Arbeit, die mehrseitige Liste durchzuackern, während Andríkos, Tom und Dario die Akte nach weiteren Hinweisen durchsahen.

Eine gute Stunde glichen wir die Namen und vor allem die Handynummern mit der Akte und den Einzelverbindungsnachweisen Meisenbachs ab, die uns ja ebenfalls vorlagen.

Draußen war es bereits stockdüster. Silke holte uns neuen Kaffee, der uns half, gegen die aufkeimende Müdigkeit anzukämpfen.

Ich war mit meiner Liste fast durch, als Dammi triumphierend „Ich glaub, ich hab was!" rief.

„Raus mit der Sprache!", forderte ich ihn auf.

„Guck doch selbst", sagte er und deutete mit dem Zeigefinger auf den Namen *Marko Misković*.
„Gibt's doch wohl nicht!", rief ich und sah mich in der Runde um. „Dann hatte Meisenbach doch näheren Kontakt zu Küster, als der eingeräumt hat."
„Oder er hat sich mit Misković getroffen. Wir sollten die beiden auf jeden Fall nochmal in die Mangel nehmen. Dammi, du kommst mit mir nach Köln. Der Rest bleibt hier und wälzt weiter die Akten."
So machte ich mich mit Dammi wieder auf den Weg nach Buchforst.
„Du bist 'n ziemlich pfiffiger Ermittler", lobte ich Dammi.
Der lächelte. „Die zwei Heinis knöpfen wir uns jetzt mal richtig vor", meinte er dann in einer für ihn vollkommen unüblichen Ausdrucksweise.
Ich lachte und klopfte ihm auf die Schulter. „Langsam wirste noch so 'n richtiger Straßenbulle."
„Ich lern halt ständig dazu. Andríkos ist ein guter Lehrmeister."
„Nimm dir an dem ollen Pflegefall mal lieber kein Beispiel", sagte ich lächelnd.
Als wir vor dem hässlichen Flachdachbau an der Straßenbahnhaltestelle hielten, sahen wir wieder den weißen Ducato vor der Tür.
Wir klingelten, uns wurde die Tür geöffnet.
Petko Küster, der wieder seine Postklamotten trug, sah uns entnervt an. „Was wollt ihr denn schon wieder hier?"
„Wir müssten nochmals dringend mit Ihnen und Ihrem Halbbruder sprechen. Können Sie uns aufs Präsidium begleiten?"
„Da haben Sie aber Glück, dass der Marko heute frei hat. Und das am Freitag! Ja, Sekunde, wir kommen sofort mit. – Marko: Schwing deinen Arsch raus! Die Bullen wollen mit uns labern!"

Mišković, mit Trainingsanzug und Badeschlappen bekleidet, lugte mit einer Bierdose in der Hand zur Wohnungstür raus und rülpste uns zur Begrüßung an.
Da sie noch keinen Beschuldigtenstatus hatten, gewährte ich ihnen, uns mit ihrem Ducato-Transporter zu folgen.
Während Dammi im Nachbarbüro Mišković vernahm, kümmerte ich mich um Küster, der gelangweilt wirkte.
„Herr Küster, wir haben bei den persönlichen Gegenständen Sascha Meisenbachs unter anderem ein Feuerzeug der MM Sicherheitsdienst GmbH gefunden. Und Ihr Halbbruder Marko arbeitet nachweislich für dieses Unternehmen. Können Sie uns das erklären?"
Küster zog die Augenbrauen hoch. „Was soll ich Ihnen erklären?"
„Wie das Feuerzeug in Meisenbachs Besitz gekommen ist!"
„Keine Ahnung. Was weiß ich, wo der sich rumgetrieben hat und wie der an das Ding gekommen ist. Was fragen Sie mich?"
„Es ist doch schon ein seltsamer Zufall, oder? Sehen Sie, nach unseren Informationen führte Meisenbach ein sehr zurückgezogenes Leben – das haben Sie uns ja indirekt bestätigt."
„Ja, klar …"
„Ich denke, wir können ausschließen, dass er irgendwelche Events aufgesucht hat, wo der MM Sicherheitsdienst die Security stellte."
Küster zuckte die Schultern. „Ist anzunehmen."
„Und Herr Mottek, der Firmenbesitzer, hat mir versichert, noch nie von Sascha Meisenbach gehört zu haben. Die einzige erkennbare Verbindung, die es zwischen Meisenbach und der Firma MM gibt, ist Ihr Halbbruder – über Sie … Überlegen Sie sich gut, was Sie uns hier erzählen."
Minutenlang schwiegen wir uns an.
Schließlich warf Küster entnervt die Arme hoch. „Ja, verdammt, dann war ich halt mal bei Sascha! Ich hab ihn tatsächlich irgendwann mal besucht."

„Wann war das?“
„Boah – keine Ahnung. Ist schon länger her. Obwohl – lassen Sie mich überlegen. Das war letztes Jahr im Frühsommer – klar, als die Fußball-WM hier in Deutschland war. Wir hatten vorher telefoniert, Sascha hatte mich zum Grillen eingeladen. Wir hatten uns schon ewig nicht mehr gesehen, ja nur so ab und zu telefonischen Kontakt. Da haben wir uns ’n Vorrundenspiel unserer Nationalelf angesehen. Damals war der Sascha noch nicht so weinerlich drauf wie in letzter Zeit nach Frau Metzgers Tod. Wir haben uns sogar ganz gut unterhalten, ’n paar Bier gezischt und einfach nur Fußball geguckt. Da hab ich das Feuerzeug wohl vergessen. Marko bringt mir immer welche mit – obwohl ich davon inzwischen immer weniger brauche, hab das Rauchen ganz schön zurückgeschraubt.“
„Warum haben Sie uns das nicht gleich gesagt?“
„Weil ich mit der ganzen Scheiße nix zu tun haben will, verdammt!“, explodierte Küster. „Sie hätten mich doch direkt verdächtigt! Ich kenn euch Bullen doch! Ich hab genug Probleme mit meinen Gläubigern und meiner bescheuerten Ex, die genug Alimente abkassiert, Mann! Da kann ich mir nicht auch noch irgendwelchen Ärger mit euch erlauben. Ich hab mit Saschas Tod nix zu tun! Basta!“
Küster schaute mich durchdringend an, ich nickte nur.
„Seit wann arbeitet ihr Bruder denn für die MM Sicherheitsdienst GmbH?“
Schließlich war Küsters Aussage nur schlüssig, wenn sein Bruder in dem von ihm angegebenen Besuchszeitraum bei Meisenbach während des „Sommermärchens 2006“ bereits für Markus’ Firma gearbeitet hatte.
„Seit dem letzten Frühjahr“, sagte Küster nach einigem Nachdenken.

„Warten Sie bitte einen Augenblick", sagte ich zu Küster und ging in das leere Nachbarbüro, wo ich Markus' Nummer wählte. Gott sei Dank war er auch noch auf der Arbeit.

„Hey, Markus, ich hab nochmal 'ne Frage: Seit wann arbeitet Marko Mišković für dich?"

„Wieso? Ist er der Täter?"

„Nein, aber er ist die Verbindung unseres Toten zu deiner Firma. Vermutlich ganz harmlos."

„Moment, ich seh mal gerade nach. Gut, dass ich alle Personaldaten aufm Rechner hab." Er hämmerte hörbar auf seine PC-Tastatur. „Seit März 2006", sagte er schließlich.

„Ich dank dir, Jung", entgegnete ich und legte auf.

Damit hatte ich keinen Grund mehr, Küsters Aussage in Zweifel zu ziehen.

Ich druckte das Protokoll aus, das ich von Küster unterschreiben ließ.

Zeitgleich öffnete sich auch Dammis Bürotür, er war mit seiner Vernehmung Miškovićs ebenfalls fertig.

Ich brachte die beiden Zeugen zurück ins Foyer im Erdgeschoss.

„Und, wie war's bei dir?", wollte ich von Dammi wissen, nachdem ich wieder auf unserem Flur angekommen war.

Dammi seufzte. „Na, Mišković hat behauptet, seinem Bruder immer wieder Feuerzeuge aus der Firma mitzubringen. Nix Besonderes. Und bei dir?"

Ich erzählte ihm von meiner Vernehmung Küsters, die das Rätsel um das MM-Feuerzeug gelöst hatte.

„Aber seltsam ist es doch schon, dass er uns davon nix erzählen wollte, oder?"

„Tja, Dammi, aber aus Küsters Sicht noch nicht mal unverständlich. Der Mann hat genug Probleme. Ich kann das durchaus nachvollziehen. Viel mehr würde mich interessieren, warum

Meisenbach das Feuerzeug mit sich rumgeschleppt hat. Aber dieses Rätsel werden wir wohl so leicht nicht lösen können."
Es war bereits nach acht Uhr.
„Ich ruf jetzt die anderen an. Für heute können wir, glaube ich, Schluss machen."
Ich schrieb noch einen kurzen Vermerk über Motteks telefonische Auskunft hinsichtlich des Beginns des Beschäftigungsverhältnisses Mirkovićs. Als Nächstes wählte ich Sonjas Nummer.
„Na, meldest du dich auch nochmal?", fragte sie gespielt vorwurfsvoll.
„Ja, sorry, tut mir leid. Aber ich hatte dann doch noch einiges zu tun."
„Kein Problem! Kommst du denn noch vorbei? Ich mach dir auch 'nen leckeren Auflauf! Du hast doch bestimmt Hunger!"
„Gib mir eine Stunde! Bin gleich bei dir!"
So fuhr ich nach Hause, packte ein paar Sachen in meine Sporttasche und fuhr nach Harscheid, wo mich Sonja bereits erwartete und umarmte.
Wir verbrachten einen weiteren traumhaft schönen Abend miteinander, der in mir den Wunsch nach mehr nur noch verstärkte.

Am nächsten Morgen rief ich Dario an und teilte ihm mit, dass sie abermals ohne mich nach Waldbröl fahren müssten, da ich schon vor Ort sei.
Mit den Worten „Was machst du da eigentlich immer?" legte Dario auf.
Es fiel mir schwer, mich von Sonja zu verabschieden, die an jenem Tag frei hatte. Aber die Pflicht rief – auch, wenn ich keine Ahnung hatte, wie es in diesem bescheuerten Fall weitergehen sollte.
Ich war kaum in Oettershagens Büro, der übrigens in Helmuts Büro „Asyl" gefunden hatte, als mein Telefon klingelte. Unser Bonner Staatsanwalt Krings erkundigte sich nach dem Stand der

Ermittlungen. Nachdem ich ihn über die aktuellsten Entwicklungen in Kenntnis gesetzt hatte, legte er – wenig begeistert – auf. Ich kümmerte mich um die Aktenführung und die Aktualisierung der EXCEL-Liste mit den Arbeitsnachweisen der Kollegen.
Dann trommelte ich meine Truppe wieder mal zur Besprechung zusammen.
„In der Akte gab es keine Hinweise, die wir bislang übersehen hatten“, wusste Tom zu berichten.
„Und die Aktenkopie zu Metzgers Tod, die uns dieser Eber zur Verfügung gestellt hat, scheint auch ziemlich unergiebig“, meinte Silke.
„Tja, dann müssen wir wohl oder übel noch mal von vorne anfangen. Es hilft alles nichts.“
„Das bringt so doch alles nix“, sagte ich zu Dario. „Weißt du was? Ich glaub, ich fahr nochmal zu Meisenbachs Haus. Vielleicht find ich da ja noch ’nen Hinweis auf den Fall.“
„Soll ich nicht lieber mitkommen?“, fragte Dario.
„Ach, Quatsch, wird wohl nicht nötig sein.“ Aus heutiger Sicht eine leichtsinnige Entscheidung …
So setzte ich mich in den Scorpio und fuhr nach Niederhausen. Draußen war es bereits dunkel, als ich mich durch die enge Dorfstraße quälte.
Ich stellte den Ford ab und traute meinen Augen kaum, als ich vor Meisenbachs Haus einen älteren, dunkelblauen VW Sharan mit Gummersbacher Kennzeichen und einen ebenfalls betagten roten Hochdachkombi vom Typ Renault Rapid erblickte, der laut seitlichem Aufdruck einer Firma namens *Sanitär & Heizung Beilhartz* aus Hennef gehörte.
Als ich im Innern des Hauses auch noch das flackernde Licht einer Taschenlampe sah, gingen bei mir sofort alle Alarmglocken an. Welcher Teufel mich damals ritt, keine Verstärkung zu rufen, weiß ich heute jedoch nicht mehr …

14. Kapitel: Zurück im Todeshaus

Wohn- und Dienstsitz von Forstinspektor z. A. Sascha Meisenbach, Niederhausener Weg 6, 51545 Waldbröl-Niederhausen, Samstag, 10. Februar 2007, 18:21 Uhr

Ich betrat den kleinen Vorgarten und sah, dass die Haustür nur angelehnt war. Das graue Siegel, das die Tür mit dem Rahmen verbunden hatte und von Silke unterschrieben worden war, war zerrissen. Aus dem Hausinnern hörte ich laute Stimmen. Ich verstand jedoch nicht, was sie sagten.

Meine Hand löste den Druckknopf des Gürtelholsters und griff nach der P6. Entschlossen öffnete ich die Tür, die jedoch laut knarrte. Vorsichtig trat ich ein, wobei der alte Holzboden unter meinen Schuhen ebenfalls Laute von sich gab.

Die Stimmen im Innern verstummten. Hatte man mich etwa bemerkt?

Schnell hatten sich meine Augen an die Dunkelheit gewöhnt. Ich verharrte, hörte jetzt auf das kleinste Geräusch. Und tatsächlich. Ein Rascheln vom anderen Ende des Raums, den ich nicht einblicken konnte. Mein Puls raste. Ich betätigte den Lichtschalter und stand jetzt im hellerleuchteten Wohnzimmer. Instinktiv riss ich meine Waffe hoch. Hinter einem Vorhang hatten sich offenbar zwei Männer versteckt, deren Füße darunter hervorlugten.

„Rauskommen! Polizei! Und keine falsche Bewegung!“, schrie ich aus voller Brust. Keine Reaktion.

„Das Spiel ist aus, Leute!“, sagte ich. Der Vorhang ging auf, ich ließ die beiden Männer in die Mündung meiner SIG Sauer gucken. Beim Anblick eines der beiden Männer erschrak ich.

„Sorry, Pitter“, sagte Morti und kam mit erhobenen Armen hervor.

Sein Kompagnon schaute mich niedergeschlagen an. Der etwa Dreißigjährige mit gegelten dunklen Haaren hatte neben einem Dreitagebart leicht abstehende, große Ohren – wovon das linke von zwei Ohrringen verziert wurde.
„Sie sind doch Jens Gran, oder?!", fragte ich. „Was ist hier los? Habt ihr sie eigentlich noch alle, in einen versiegelten Tatort einzubrechen?! Herr Gran, es ist besser für Sie, wenn Sie endlich auspacken. Dass Sie die Sparkassenfiliale in Denklingen überfallen haben, wissen wir inzwischen. Warum das alles?" Ich war wirklich geladen.
Gran schluckte. „Ich – ich hab hohe Schulden. Fünfeinhalbtausend Euro. Bei Özer, so 'nem Spielhallenbesitzer in Köln-Kalk. Özer hat mir die Pistole auf die Brust gesetzt. Er wollte, dass ich ihm das Geld bis zum Jahreswechsel zurückzahle. Andernfalls wollte er mir seine Schläger auf den Hals hetzen. Als ich ihn bat, mir mehr Zeit zu geben, um das Geld zu besorgen, zeigte er sich ausnahmsweise von seiner gütigsten Seite. Da er eh bis zum 27. Januar, meinem Geburtstag, zu seinen Verwandten in die Türkei wollte, willigte er ein, dass ich ihm das Geld erst dann wiedergeben müsste."
„Aber auch nur, weil ich als Bürge eingesprungen bin und das diesem Özer auch schriftlich gegeben habe", warf Morti ein. „Jens und ich sind alte Kumpels. Ich konnte ihn doch nicht hängen lassen."
Gran ließ den Kopf hängen. „Ich wollte natürlich nicht, dass Morti wegen mir in die ganze Scheiße mit reingezogen wurde."
„Also haben Sie die Bank überfallen …"
„Ganz genau. Ich hab die tagelang ausgekundschaftet und dann am 18. zugeschlagen."
„Was haben Sie mit dem Geld gemacht?"
„Ich hab's in 'ner Sporttasche hier im Heizungskeller versteckt. Das war mein Fehler."

„Weil Meisenbach es dort gefunden hat."
„Ja. Blöderweise. Als ich letzte Woche Montag zufällig Briketts für den Ofen holen wollte, hab ich gesehen, dass das Geld weg war. Ich war fix und fertig. Als ich Sascha wütend zur Rede gestellt hat, meinte er nur, dass er es nicht dulde, dass ich hier die Beute aus einem Überfall lagere. Er hätte das Geld sichergestellt und an einen sicheren Ort gebracht. Er gab mir bis Ende letzter Woche Zeit, die Sache in Ordnung zu bringen. Das sei er meiner Schwester als ihr zukünftiger Mann schuldig. Ansonsten wäre er nämlich sofort zur Polizei gegangen. Aber so könne ich mir ja in Ruhe überlegen, wie ich die Sache aus der Welt schaffe. Er schlug mir sogar vor, dass ich mich stelle. In diesem Fall hätte er mich begleitet und der Polizei das Geld ausgehändigt. Dieses Arschloch! Der und sein übersteigerter Sinn für Recht und Ordnung!"
„Woher wusste Meisenbach überhaupt, dass das Geld aus dem Überfall auf die Sparkasse stammte?"
„Na, er hat die Zeitung gelesen. Und er hat die Banderole auf den Geldbündeln gesehen. Da hat er Eins und Eins zusammengezählt."
„Wie ging's dann weiter?"
„Ich hab wutentbrannt das Haus verlassen. Und bin zunächst bei Morti aufm Hof untergekommen. Hatte mich ihm anvertraut. Und dann hab ich mir 'nen Job bei dieser Firma Beilhartz in Hennef besorgt. Ich kenn den Besitzer, Olaf, der war früher Geselle bei der Sanitärfirma hier in Waldbröl, bei der ich auch gearbeitet hab. Nachdem Morti mir davon berichtet hatte, dass Sascha tot ist, bin ich dann bei Olaf Beilhartz ins Gästezimmer gezogen. Ich wusste, dass Sie mir über kurz oder lang auf die Schliche kommen."
„Sie wollen mir also sagen, dass Sie mit Meisenbachs Tod nichts zu tun haben?!", fragte ich perplex.

„Aber nein! Ich bin kein Mörder, verdammt!" Grans Entsetzen wirkte tatsächlich echt.
„Hm, Morti, warum hast du denn dann bei Meisenbach angerufen? Du hast ja offensichtlich gelogen, als du gesagt hast, du hättest da angerufen, weil du nicht wusstest, wo Gran steckt …"
Morti seufzte. „Ja, stimmt. Ich wollte ihn überzeugen, das Geld wieder rauszurücken. Aber keine Chance. Der Typ war stur wie 'n Panzer."
„Da du sonst die Kohle hättest berappen müssen …"
„Was ich letztendlich auch gemacht habe. An dem Samstag, als wir uns abends in Sandras Kneipe gesehen haben, war ich vorher in Köln, um Özer auszuzahlen. Scheiße! Wenn Alex zurückkommt und erfährt, dass unsere Ersparnisse weg sind, macht die mir die Hölle heiß …"
„Womit du auch ein Mordmotiv hattest …"
„Ich war aber mit meinen Eltern zusammen und hab ferngesehen. Ehrlich! Ich bin kein Mörder!"
„Und wo waren Sie zur Tatzeit, Herr Gran? Am Freitag, den 26. Januar, so zwischen 20 und 22 Uhr?"
„Ich war's nicht! Ich war in Mortis Gästezimmer, hab allein ferngesehen. Hat aber keiner mitbekommen. Morti hat mich da heimlich untergebracht."
„Sehr dürftig, Herr Gran, sehr dürftig. Das sieht nicht gut für Sie aus …"
„Ist aber die Wahrheit! Ich bin kein Killer! Außerdem hat Sascha viel für mich getan, als ich zuhause rausgeflogen bin!"
„Und warum wart ihr jetzt hier im Haus?"
„Morgen kommt meine Frau Alex aus Belgien zurück. War ja zwei Wochen da, um sich mit ihrer Schwester um ihre kranke Mutter zu kümmern. Der geht's gar nicht gut. Und wie gesagt – es wäre gut, wenn sie von der Sache mit der Bürgschaft nix erfährt. Also

wollten wir jetzt nochmal nachsehen, ob Sascha das Geld nicht doch hier versteckt hat."

„Die Mühe hättet ihr euch sparen können. Das Geld ist längst sichergestellt und in unserer Asservatenkammer!"

„Scheiße!", murmelte Morti. „Was passiert jetzt mit uns?"

„Wie's mit dir aussieht, Morti, kann ich nicht sagen. Aber für Sie, Herr Gran, wird's eng. Sie sind vorläufig festgenommen, werden sich wegen des Banküberfalls auf jeden Fall vor Gericht verantworten müssen. "

In diesem Moment hörte ich laute Stimmen im Hausflur.

Plötzlich standen Dario und Dammi mit gezogener Waffe hinter uns.

„Mensch, Pitter, warum antwortest du nicht? Hab schon zigmal auf deinem Handy angerufen", sagte Dario vorwurfsvoll.

„Wir haben uns Sorgen gemacht. Deshalb sind wir dir nachgefahren. Und als wir die beiden Karren vor der Tür gesehen haben, wussten wir, dass etwas nicht stimmt", ergänzte Dammi.

„Ich hatte mein Handy auf lautlos gestellt. Sorry, Leute. Hab alles unter Kontrolle. Ich hab auch interessante Neuigkeiten", sagte ich und berichtete von der kuriosen Geschichte, die mir Gran und Morti aufgetischt hatten.

Wir brachten sie zur Wache nach Waldbröl.

Ich bat Dammi und Silke, diesen Spielhallenbesitzer Özer zu befragen, der – erwartungsgemäß – zwar bestritt, Gran unter Druck gesetzt zu haben, zeitgleich jedoch einräumte, den säumigen Betrag von Morti erhalten zu haben.

Staatsanwalt Krings verzichtete darauf, Morti oder Gran wegen des Verdachts der Tötung Meisenbachs dem Haftrichter vorzuführen. Dafür war ihm die Beweislage zu dünn – auch, wenn sie durchaus ein überzeugendes Motiv gehabt hätten ... Wegen des Banküberfalls wurde Gran jedoch noch am nächsten Tag dem Haftrichter vorgeführt. Ihm blühte eine mehrjährige Haftstrafe.

So vergingen zwei weitere Wochen, in denen wir tagtäglich unsere Zelte in Waldbröl aufschlugen.
In dieser Zeit blieb ich jetzt dauerhaft bei Sonja. Langsam konnte ich mir ein Leben ohne sie tatsächlich nicht mehr vorstellen. Da ich auf Grund der MK-Arbeit Erich, dem Vorsitzenden meines Karnevalsvereins, für den Rest der Sessionsauftritte eh eine Absage erteilen musste, genoss ich die Abende mit ihr – auch, wenn ich es schade fand, mit Sonja den Karneval nicht in vollen Zügen genießen zu können. Wie gerne wäre ich mit ihr auf eine Karnevalsparty oder den Rosenmontagszug gegangen. Aber da ich jeden Tag erst nach 18 oder 19 Uhr „nach Hause" kam, hatte sich dieses Vorhaben von selbst erledigt.
Zwar war es nur eine kurze Zeit, in der wir zusammenlebten, aber dafür war sie so intensiv, dass es für mich keine Alternative zu einer gemeinsamen Zukunft mit ihr zu geben schien.
Zumindest dafür hatte es sich gelohnt, im Oberbergischen zu ermitteln …
Gran war zwischenzeitlich wegen des Banküberfalls erwartungsgemäß in U-Haft gewandert, Morti würde sich höchstens wegen einer Strafvereitelung verantworten müssen. Immerhin waren Kuni und Tom froh, dass ihr „Sparkassenfall" aufgeklärt war.
Ansonsten traten wir aber weiter auf der Stelle.
Die Urnenbeisetzung Meisenbachs fand im kleinsten Kreis auf dem Westfriedhof in Köln-Bickendorf statt.
Mittlerweile hatten wir die Presse eingeschaltet, wovon wir uns neue Hinweise aus der Bevölkerung versprachen. Alles umsonst.
Irgendwann hatte das KK 35 es endlich geschafft, die PC-Daten auszulesen, mit deren Auswertung ich Dario beauftragte.
„Auf Meisenbachs PC hab ich nix Interessantes gefunden. Nur 'n paar E-Mails von Waldbesitzern, die ihn gebeten haben, Angebote für Holzarbeiten einzuholen, sowie ein paar Nachrichten seiner Verlobten Andrea. Da ging's um Versammlungen des Ortsver-

bands der Grünen und des Naturschutzvereins. Aber ansonsten scheint das vollkommen uninteressant zu sein. Er hatte keine irgendwie relevant erscheinenden Dokumente oder Ähnliches auf seinem Rechner“, referierte mein Kollege und bestätigte damit nur, dass wir immer noch keine neue heiße Spur zu verfolgen hatten.

Auch die Abteilung 6 des HLKA in Wiesbaden hatte sich zwischenzeitlich gemeldet, was für diese Art der Untersuchungsaufträge erneut einen kleinen Schnelligkeitsrekord darstellte: Sie hatten die am Tatort sichergestellten Patronenhülsen auf DNA-Material untersucht. Gefunden hatten sie daran lediglich die DNA unseres Toten.

Weiterhelfen konnte uns diese Erkenntnis ebenfalls nicht. Wir traten weiter auf der Stelle. Bis – ja, bis zum 23. Februar. Dieser Tag sollte uns endlich einen entscheidenden Schritt weiterbringen.

15. Kapitel: Der Schwätzer und der Zugriff

Der Landrat des Oberbergischen Kreises als Kreispolizeibehörde, Abteilungsleiter Polizei, Direktion Kriminalität, Regionalkommissariat Waldbröl, Brölbahnstr. 9, 51545 Waldbröl, Freitag, 23. Februar 2007, 10:56 Uhr

Fast einen Monat waren wir jetzt schon mit diesem kniffligen Fall beschäftigt. Eine verdammt lange Zeit.

Draußen herrschte strahlender Sonnenschein. Silke stürmte in „mein" Büro, während sich Heinz Oettershagen und seine Kollegen, die zwischenzeitlich wieder alle im Dienst waren, um Fälle „schwerster" Kriminalität kümmerten.

„Der Bericht der Zentralen Tatmunitionssammlung des Schusswaffen-ED beim BKA ist gerade vorab per Fax gekommen. Ich hatte ja einen entsprechenden Eilantrag gestellt, als die Hülsen zur DNA-Untersuchung beim dortigen HLKA waren. Nach dem darauf hinterlassenen Spurenbild muss es sich bei der Tatwaffe um eine Pistole des Typs Zastava M57, Kaliber 7,62 mal 25 Millimeter TT, handeln. Jugoslawische Produktion, ehemalige Standarddienstwaffe der dortigen Armee und Polizei. Und jetzt kommt's: Die Tatwaffe wurde bereits für den Mord an einem albanischen Zuhälter auf der Reeperbahn im April 2001 verwendet, ist seitdem jedoch nicht wieder aktenkundig aufgetaucht."

„Na, das ist doch schon mal was. Gut, dass die Knarren ihre individuellen Spuren hinterlassen – wie 'n Fingerabdruck. Aber was fangen wir jetzt mit der Info an?", fragte ich.

In diesem Moment klingelte das Telefon.

„Ja, hallo. Stefan Kreischgauer ist mein Name. GER Essen", vernahm ich eine Stimme am anderen Ende der Leitung.

Was wollte denn die „Gemeinsame Ermittlungsgruppe Rauschgift", bestehend aus Polizisten und Zollfahndern, von mir?

„Folgendes, Kollege: Die Kölner Leitstelle hat mir gesagt, dass ich dich unter der Bürodurchwahl erreiche. Hab hier 'n kleines Problem: Wir haben vor gut drei Stunden nach monatelanger Obs und TÜ die beiden Bosse einer albanischen Drogenschmugglerbande bei 'nem Treffen am Baldeneysee hopsgenommen. Und einer der beiden hat nach Rücksprache mit seinem Anwalt gesagt, dass er Infos bezüglich eures Mordfalls an dem Förster hat. Wäre gut, wenn du vorbeikommen könntest."
„Mach mich sofort auf den Weg", antwortete ich, informierte umgehend unseren Staatsanwalt, der zusagte, sein Diensthandy eingeschaltet zu lassen, und machte mich mit Dario auf den Weg nach Essen, wo sich in einer Polizeikaserne an der Norbertstraße die Diensträume der dortigen GER befanden.

Nach gut anderthalb Stunden Fahrzeit und 120 Autobahnkilometern hatten wir unser Ziel erreicht.
Kreischgauer begrüßte uns.
„Also: Dann erzähl mal", forderte ich den GER-Kollegen auf, der in aller Seelenruhe nach dem Tabakpäckchen in seiner Brusttasche langte, ihm eine selbstgedrehte Zigarette entnahm und sie anzündete – weswegen Dario abermals angesäuert dreinschaute.
„Gut. Wir ermitteln seit letztem Sommer gegen eine albanische Tätergruppierung, die im Verdacht steht, Heroin nach Deutschland einzuschmuggeln und hier weiterzuverkaufen. Regionaler Kopf der Bande ist ein Kosovoalbaner namens Xhevat Olldashi, der hier in Essen wohnt und offiziell einen Kiosk betreibt. Ehemaliger UÇK-Kämpfer, kam vor 'n paar Jahren nach Deutschland. Über Telefonüberwachung haben wir mitbekommen, dass der ‚Big Boss', wie sie Bashkim Haxhinasto, den Chef der Organisation aus Tirana, nennen, seinen deutschen Statthalter Olldashi besuchen wollte.

Wir observierten das Treffen der beiden am Ufer des Baldeneysees. Da wir wussten, dass Haxhinasto am Abend wieder nach Albanien zurückfliegen wollte, entschied unser Staatsanwalt – zu unserem Leidwesen –, dass die beiden festzunehmen seien, auch wenn keine Drogenübergabe erfolge. Das SEK hat sie dann plattgemacht, beide werden seitdem vernommen. Haxhinasto schweigt wie ein Grab. Aber Olldashis Anwalt hat seinem Mandanten geraten, kooperativ zu sein. Und der Heini packt aus, verdammt! Unter anderem hat er uns erzählt, dass er weiß, wer den ‚Förster in Waldbröl' umgebracht habe. Keine Ahnung – vielleicht verspricht er sich dadurch noch 'ne weitere Minderung seiner Strafe."

„Können wir denn selbst mit ihm sprechen?", wollte ich wissen.

„Klar, kein Thema. Wir sind eh soweit mit ihm durch. Ich bring euch hin."

Kreischgauer führte uns in ein nüchternes Büro, in dem ein dunkelhaariger Mann mit zurückgegelten langen Haaren und Oberlippenkinnbart gefesselt auf einem Stuhl saß. Er wurde von einem rotblonden Anzugträger flankiert und von einem jungen Zivilbeamten bewacht.

„Herr Olldashi, das sind die Kollegen der zuständigen Kölner Mordkommission. Denen können Sie Ihre Geschichte von dem Förstermord nochmals erzählen."

Olldashi, ein Typ mit verschlagenem Blick, lächelte bitter. Seine Wange war geprellt und die Lippe aufgeplatzt – ja, die Jungs vom SEK waren bei ihren Zugriffen halt alles andere als zimperlich …

Während Kreischgauer und der junge Zivilbeamte aus dem Raum gingen, waren wir mit Olldashi und dem Mann im Anzug allein.

„Meine Herren, ich bin Doktor Eberhard Rosenthal, der Verteidiger Herrn Olldashis", teilte der uns jetzt mit.

„Angenehm", entgegnete ich und stellte uns vor.

„Also, Herr Olldashi. Was können Sie uns zum Tötungsdelikt an dem Förster aus Waldbröl sagen?"

„Na, alles, Mann", sagte er mit leichtem Akzent und zog verächtlich seine Nase hoch. „Ich weiß, wer den Waldhüter umgebracht hat. Ich kannte den Förster, Mann. Ist 'n alter Bekannter von mir, ich kenn den noch aus der Zeit bei UÇK – genau wie seinen Mörder."
„Und wie heißt er?", bohrte ich ungeduldig nach – wobei mir in diesem Moment tatsächlich erst bewusst wurde, dass Olldashi soeben eingeräumt hatte, unser Opfer zu kennen …
„Hat damals Soldat von Bundeswehr abgeknallt. Weil der Angst hatte, dass was mit unseren Deals rauskommt. Hab dem damals UÇK-Waffen geliefert, die der hier in Deutschland verkaufen sollte. Und der Typ, den der damals erschossen hat, war dahintergekommen."
Ich traute meinen Ohren nicht. „Meinen Sie den Mord an Björn Metzger im August 1999 bei Restelica?"
„Weiß nicht mehr Datum oder Namen vom Toten, aber Restelica stimmt – ja, genau. Bekannter hat immer Kontakt mit mir gehalten. Auch, als ich nach Deutschland kam. Liefert für mich Drogen aus. Guter Mann. Aber gefährlich. Wollte irgendwann von mir, dass ich ihm Waffe besorge. Hab ihm die von meinem Cousin aus Hamburg gegeben. Seitdem läuft er immer damit rum. Und letzte Woche haben wir uns in Disko getroffen. Nach paar Glas Wodka hat er mir ganz stolz gesagt, dass er den Förster ausgeknipst hat. ‚Den hast du doch auch gekannt', hat er mir gesagt. Und er hat gesagt, dass sein Halbbruder ihm geholfen hat, Leiche wegzubringen. Mann, der Typ ist saugefährlich!"
So langsam dämmerte mir, von wem er redete.
„Typ heißt Petko Küster, Mann."
Wir nahmen Olldashis Aussage zu Protokoll, ich unterrichtete den Staatsanwalt und Silke, die sich darum kümmern sollte, dass Küster und sein Halbbruder festgenommen wurden. Da Küster ja offensichtlich meistens bewaffnet war, überließen wir es dem SEK,

Küster und Mišković festzunehmen – was noch am gleichen Abend geschah.
Beide wurden in ihrer Wohnung in der Heidelberger Straße festgenommen und aufs Präsidium geschafft, wo wir sie bis in die Morgenstunden vernahmen.
Anfangs stritt Küster alles ab. Aber irgendwann klappte er zusammen und packte aus – in allen Einzelheiten.
Endlich konnten wir diesen Fall abschließen.

Epilog – Teil I
(Die Streifenfahrt und ihre Folgen)

Landstraße südlich von Kruševo, Dienstag, 10. August 1999, 11:56 Uhr

Die Sonne brannte und heizte den Innenraum ihres klapprigen, betagten VW T3 Syncro, eines der geländegängigen Standardfunkstreifenwagen der Feldjägertruppe mit riesiger Peitschenantenne, unerträglich auf. Ein Effekt, der durch die schweren Bristol-Splitterschutzwesten, die sie über ihren Feldanzügen tragen mussten, nur noch verstärkt wurde. Unteroffizier Sascha Meisenbach, der den PS-schwachen VW konzentriert über die holprige, staubige Piste lenkte, spürte, wie seine Hosenbeine regelrecht an den braunen Kunstledersitzen klebten. Die Zigarette, die er fast bis zum Filteransatz aufgeraucht hatte, hing ihm aus dem Mundwinkel.

Bereits den gesamten Vormittag waren sie auf Streife im Bergland von Dragash im Südkosovo. Sie hatten gerade Kruševo, ein kleines Bergdorf, passiert. Und wieder jubelten ihnen die kleinen Kinder am Straßenrand zu – seit ihrem Einmarsch vor einigen Wochen ein Dauerzustand. Die Kosovaren feierten die KFOR-Truppen als Befreier, immer wieder war es auf ihren mehrstündigen Patrouillenfahrten vorgekommen, dass man ihnen Blumen schenkte oder sie zum Tee einlud.

Ansonsten fristeten sie das triste Dasein von Ordnungshütern im Auslandseinsatz. Ja, die Feldjäger fühlten sich bei diesem Einsatz zum ersten Mal nicht wie Soldaten, sondern wie reguläre Polizisten. Nachdem die serbischen Sicherheitskräfte die Unruheprovinz Hals über Kopf verlassen hatten, war es an ihnen, Polizei zu spielen. In diesem unzugänglichen, armen Land eines Bergvolkes, das andere Moralvorstellungen und Werte hatte, alles andere als einfach.

Meisenbachs Magen verkrampfte sich zusehends. Er wusste, was Stabsunteroffizier Petko Küster, der es sich auf der Rückbank bequem gemacht hatte, für diesen Tag noch plante. Schließlich war er daran beteiligt.

Meisenbach ekelte sich inzwischen vor sich selbst. Wie konnte er bei so was nur mitmachen?

Als er mit Küster vor zwei Wochen auf Fußstreife in Prizren unterwegs gewesen war, hatte er sich anfangs noch nichts dabei gedacht, als sie von einem jungen Mann im UÇK-Kampfdress in das kleine Café eingeladen wurden. Dieser furchteinflößende Kosovare hatte sich ihm als Xhevat vorgestellt und gesagt, dass er plane, mit Küster, den er einige Zeit zuvor bei einer Kontrolle kennengelernt hatte, einen großen Waffenschmuggel nach Deutschland abzuziehen. Schließlich sollten die Freiheitskämpfer nunmehr von der KFOR entwaffnet werden, was viele von ihnen als Schmach empfanden. Warum dann also nicht noch ein Geschäft draus machen? In Deutschland gebe es genügend Abnehmer für Sturmgewehre, Pistolen und Handgranaten.

Als Meisenbach zögerte, packte Küster ihn am Kragen. „Was glaubst du eigentlich, wer du bist und wie das hier abläuft, he?! Du bist jetzt eingeweiht. Du MUSST jetzt mitmachen. Sonst machen dich die Jungs hier doch kalt, kapiert?! Da kann ich dir dann auch nicht mehr helfen. Mensch, sei doch vernünftig, Junge!"

Also hatte er zugestimmt. Das Geld könnte er noch gut brauchen, im nächsten Jahr, wenn er endlich Forstwirtschaft studieren würde. Er war froh, dass seine Dienstzeit bald endete.

Dieses chauvinistische Imponiergehabe eines Großteils seiner Kameraden war ihm von Anfang an auf den Nerv gegangen. Hätte er doch bloß nie seinem Vater den Gefallen getan, zum Bund zu gehen! Er hätte es von jeher als sinnvoller empfunden, in einem Krankenhaus oder einem Altenheim Zivildienst zu leisten. Aber

das seinem dominanten Vater ins Gesicht zu sagen – nein, das hatte er sich nicht getraut.
Seit vorgestern herrschte schlechte Stimmung. Oberfähnrich Björn Metzger, ihr Streifenführer, der jetzt neben ihm auf dem Beifahrersitz saß und die Landkarte studierte, hatte ihn und Petko bei einem Treffen mit Xhevat gesehen – und unangenehme Fragen gestellt. „Jungs, das kommt mir seltsam vor. Was habt ihr mit diesem Partisanen zu schaffen?"
Seitdem bohrte er ständig nach. „Der wird zum Sicherheitsrisiko für unsere Operation", hatte Küster gesagt – und einen folgenschweren Entschluss gefasst, der Meisenbach momentan fast an den Rand der Ohnmacht führte …
Metzger kratzte sich am kurzrasierten Schädel. Er war ein absoluter Frauenschwarm, trotz seiner leicht abstehenden Ohren. Groß, dunkler Teint, stechende Augen, muskulös und durchtrainiert. In der Heimat hatte er mehr als eine Freundin. Aber im Dienst war der 26-Jährige ein absolut vorbildlicher Vorgesetzter.
„Mann, was für 'ne Hitze. 'n Bier wär jetzt genau das Richtige", sagte Metzger und wischte sich den Schweiß von der Stirn.
„Oder 'n Mittagsfick mit so 'ner geilen Albanerin!", grunzte Küster.
„Du hast auch nix anderes im Kopf!", warf Meisenbach vorwurfsvoll ein – was er durchaus ernst meinte. Wie er jetzt noch mit Metzger rumflachsen konnte. Angesichts der „Sache", die ihnen noch bevorstand …
Küster beugte sich vor und gab Meisenbach einen Klaps auf den Hinterkopf. „Ist sie nicht niedlich, unsere kleine Jungfrau? Mensch, Alter, sieh mal zu, dass du endlich zwischen die Schenkel von 'ner Ollen kommst! Du bist ja so was von verklemmt."
Metzger drehte sich um. „Halt's Maul, Küster! Der Sascha ist 'n prima Kerl!"

„Schon gut, Herr Oberfähnrich!", maulte Küster und salutierte verächtlich. Diesem Saubermann würde er noch 'ne Lektion erteilen ...
Da Metzger ihn jetzt auch noch vor Küster verteidigt hatte, fühlte sich Meisenbach immer mieser ... Schließlich mochte ihn der Oberfähnrich ziemlich gerne – im Gegensatz zu Küster ...
Von der Serpentinenpiste, die von der Landstraße abging, kam ihnen ein „Wolf" entgegen. Der Mercedes-Geländewagen im Tarnanstrich gehörte ebenfalls zur Feldjägertruppe und hielt neben ihnen. Die beiden Kameraden grüßten freundlich. Meisenbach kurbelte das Fahrerfenster runter.
„Hallo Sepp, hallo Silvio!", rief Metzger, der sich zu Meisenbach herübergebeugt hatte.
„Tach, Kameraden", antwortete Silvio, der wie sein Streifenpartner Sepp beim Feldjägerdienstkommando München diente, mit seinem unüberhörbar sächsischen Akzent.
„Wo kommt ihr denn her?", wollte Metzger wissen.
„Nu, wir waren oben in Zli Potok, 'nem kleinen Bergdorf, auf Streife. Haben zufällig mitbekommen, dass es da bei 'ner Hochzeitsfeier 'ne kleine Schlägerei zwischen zwei verfeindeten Familienclans gab. Nix Wildes. Haben wir geschlichtet. Jetzt fahren wir nach Norden, zur Grenze vom Spaghetti-Sektor. Mal sehen, ob unser Freund Catello und seine Carabinieri-Verpisser mal wieder unsere Hilfe brauchen können."
„Jetzt übertreibst du aber! So schlechte Arbeit leisten unsere Bündnispartner in ihrem Sektor doch auch wieder nicht!"
„Willste mich verarschen? Solche Feiglinge wie die Ittaker hab ich ja noch nie gesehen. Wenn die zwei kleine Jungs beim Klauen erwischen, rufen die direkt Verstärkung, weil sie denken, es kommt direkt zu 'ner kriegerischen Auseinandersetzung mit den Einheimischen. Du kennst doch die italienische Kriegsflagge? Weißes Kreuz auf weißem Grund! Macht's gut, Männer! Viel-

leicht gibt uns Catello ja wieder ’n Glas Chianti aus, wenn wir ihm und seinen Carabinieri aus der Patsche helfen!“
„Jau! Gute Fahrt!“
„Laberkopp!“, sagte Metzger zu Meisenbach und Küster, der das Kofferradio, das er bei den Patrouillenfahrten immer mitschleppte, lauter stellte. Soeben erklangen die ersten Töne des aktuellen Sommerhits „Mambo No. 5“.
Da vor ihnen ein Eselskarren mit einem wahren „Heuberg“ auf seiner Ladefläche fast die gesamte Breite der Straße in Anspruch nahm, musste Meisenbach abbremsen. Er hupte, der Eselskarren fuhr gemächlich auf Seite, der Alte auf dem Bock lächelte sie zahnlos an und winkte freundlich.
„Stell mal diesen Scheißsong ab!“, raunzte Metzger seinen Kameraden auf der Rücksitzbank an.
„Kein Problem! Können wir dafür denn nachher mal ’nen Abstecher nach Restelica machen? Da wohnt ’ne ziemlich heiße Braut …“
„Hat dir das euer seltsamer UÇK-Kumpel gesagt, mit dem ich euch vorgestern gesehen habe?“, fragte Metzger mit süffisantem Unterton.
Nervös schaute Meisenbach durch den Rückspiegel auf Küster.
Der lachte nur. „Ich weiß gar nicht, was du willst, Mann. Wir haben den Typen nur nach dem Weg gefragt.“
„Ist klar!“, entgegnete der Oberfähnrich. Er glaubte Küster kein einziges Wort, hatte aber nichts Handfestes gegen die beiden Kameraden vorzuweisen.
„Meinetwegen können wir aber da hinfahren. Liegt eh auf unserer Route.“
Vor ihnen erblickten sie einen alten, ockerfarbenen Mercedes, der so schwer beladen war, dass er fast aufsetzte.

„Küster, schau mal bitte nach, wo der herkommt." Metzger deutete auf die alte, rostige Limousine, die ein jugoslawisches Kennzeichen mit dem Ortskürzel *ČA* trug.
„Der kommt aus Čačak in Serbien", antwortete der Stabsunteroffizier nach einem Blick auf die Liste mit jugoslawischen Kfz-Kennzeichen, die neben ihm auf dem Sitz lag.
„Na, was hat der denn hier zu suchen? Entweder ist das 'n Lebensmüder, der unbedingt von den Albanern abgeknallt werden will, oder der will irgendwelche serbischen Partisanen unterstützen. Gib mal Gas, Sascha, den halten wir an."
Während Meisenbach das Gaspedal fast bis zum Anschlag durchtrat, langte Metzger nach der Anhaltekelle, die er beim Überholen aus dem Fenster hielt. Im Rückspiegel sah er, dass der Mercedes, der mit einem älteren Ehepaar besetzt war, brav anhielt.
„Küster, du bist doch selbst so 'n halber serbischer Bohneneintopf, frag du die mal, was die hier verloren haben. – Sascha, du begleitest ihn!"
Während Metzger das Kennzeichen über Funk durchgab, setzten die beiden anderen ihre Gefechtshelme auf und griffen nach ihren G36-Sturmgewehren, bevor sie ausstiegen. Küster sprach den Fahrer an, der weit jenseits der sechzig war und ihn eingeschüchtert anschaute.
„Dobar dan! Nemačke vojne policije – kontrole vozila!"[8], sagte er in tadellosem Serbisch und deutete auf seine schwarze Armbinde mit den weißen Buchstaben *MP*.
Der alte Mann nickte, seine korpulente Frau kaute auf ihren Fingernägeln und lächelte freundlich.
„Guten Tag, junger Mann! Sie können sehr gut Serbisch. Aber wir können auch Deutsch miteinander reden. Ich war fast dreißig Jahre bei BASF in Ludwigshafen, hab geholfen, Ihrem Land zu

8 „Guten Tag! Deutsche Militärpolizei – Fahrzeugkontrolle!"

Wohlstand und Ansehen zu verhelfen! Und was ist der Dank? Ihr bombardiert unsere Städte und macht gemeinsame Sache mit diesen albanischen Hundesöhnen, diesen Verbrechern!"
„Warum sind Sie hier in dieser Gegend unterwegs?", fragte Küster, ohne auf den Vorwurf des Alten einzugehen. „In der momentanen Lage als Serbe nicht sonderlich ratsam …"
„Siehst du, meine Liebe, so weit ist es gekommen! Wir dürfen uns in unserem eigenen Land nicht mehr frei bewegen, müssen Ausländern Rede und Antwort stehen. Und sollen uns vor den Albanern noch verstecken", ereiferte sich der Alte.
Aber seine Frau legte ihm besänftigend die Hand auf die Schulter. Der Mann seufzte. „Also gut: Wir sind auf dem Weg zu meiner Schwester nach Krakornica in Mazedonien. Diese ganzen Kriege hier in den letzten Jahren haben unsere Familie auseinandergerissen."
„Was haben Sie denn alles dabei? Sie sind ziemlich schwer beladen."
„Wir wollen den Winter über da bleiben. Und meine Schwester hat sich eine Waschmaschine gewünscht. So was bekommt man da unten so gut wie nicht."
„Dürften wir uns Ihr Auto mal genauer ansehen?", fragte Küster und sah sich im Innenraum um. Er hätte nie gedacht, dass dieser ganze Kram in einen alten W124er-Benz hineinpassen würde. Matratzen, Bettwäsche, Kochtöpfe – und die Waschmaschine auf dem Dachgepäckträger.
Metzger kam auf die beiden Kameraden zu. „Die Karre ist sauber!", sagte der Oberfähnrich.
„Jau, die sind auf dem Weg nach Mazedonien. Haben ihren halben Hausrat dabei."
„Gut. Dann lass sie passieren."
Küster ging zurück zu dem Benz. „Das war's schon! Sie können weiterfahren! Gute Fahrt! Und passen Sie bloß auf sich auf! Als

Serben sind Sie hier momentan eine beliebte Zielscheibe für Heckenschützen! Auf Wiedersehen!"
Der Alte nickte wortlos und startete den betagten Diesel, der sich mit dem typischen Nageln in Bewegung setzte.
Küster zog Meisenbach zur Seite und sagte leise: „Bist du bereit, Junge? Nicht mehr lange und es ist vorbei. Glaub mir, wir können uns nicht erlauben, dass uns Metzger dazwischenfunkt. Also: Reiß dich am Riemen!"
Meisenbach traute sich kaum, Küster in die Augen zu schauen. Dafür hatte er viel zu viel Angst vor diesem Kerl. Wie gerne würde er sich jetzt in den Wald flüchten und dem Gesang der Lerchen und Amseln zuhören. Nein, in was war er da reingeraten? Diese Welt mit all ihrer Gier und ihrer Niedertracht war nicht die seine.
So setzten sie ihren Weg fort. Sie passierten das Hinweisschild nach Restelica. In einem Waldabschnitt klopfte Küster dem Unteroffizier Meisenbach auf die Schulter.
„Halt an! Ich muss mal pissen!"
Meisenbachs Herz schlug schneller. Schließlich hatten sie sich in den vergangenen Tagen hier öfters mit Xhevat getroffen, um Sturmgewehre entgegenzunehmen.
„Ich vertret mir auch mal eben die Beine", sagte Metzger, setzte sein rotes Barett auf und stieg aus.
Warum zieht der nicht seinen Helm auf? Dann hätte Küster gar keine Chance, dachte Meisenbach und fühlte, wie seine Hände zitterten.
Während sich Metzger eine Zigarette anzündete, griff Küster nach dem Seesack, den Xhevat auf seine Bitte hin am Morgen hier an einem Baumstamm hinterlegt hatte. Er öffnete ihn. Darin war eine Zastava M70, ein jugoslawischer Lizenzbau der legendären Kalaschnikow.
Blitzschnell hatte er das Sturmgewehr rausgeholt, durchgeladen und war herumgewirbelt.
Metzger sah ihn entsetzt an. Doch es war für ihn zu spät.

Die erste Salve traf ihn in die Stirn. Er ging zu Boden.
Meisenbach, dem die Schüsse durch Mark und Bein gingen, saß verkrampft hinter dem Lenker und hatte seine Augen geschlossen. Er fühlte warmen Urin seine Beinen herunterlaufen. Seine Unterlippe zitterte.
„Los, du Memme, raus aus der Karre!“, befahl Küster. Er beugte sich über Metzgers leblosen Körper. In dessen Stirn klaffte ein blutendes Loch.
Bei diesem Anblick sackten Meisenbach die Beine weg.
Das hatte er doch alles nicht gewollt!
Aber bevor er reagieren konnte, hatte Küster ihn am Kragen gepackt und aus der M70 den Feuerstoß auf den VW-Bulli eröffnet. Der Wagen wurde durchlöchert wie ein Schweizer Käse.
Danach griff Küster in aller Seelenruhe nach dem Funkmikro. „Stehen unter Beschuss! Brauchen sofort Unterstützung! Ein Kamerad getroffen! Meldet euch endlich!“.
Das alles war zu viel für Meisenbach. Er bekam gerade noch mit, wie Küster das jugoslawische Sturmgewehr ins Unterholz schmiss, wo Xhevat bereits wartete, dann wurde ihm schwarz vor Augen.
Erst, als die Kameraden Silvio und Sepp anrückten, erwachte er aus seiner Ohnmacht. Diesen Tag würde er sein Leben lang nicht mehr vergessen …

B 477 bei Kerpen-Manheim,
Freitag, 26. Januar 2007, 17:13 Uhr

Nur noch eben den Briefkasten in Berrendorf leeren, dann ab zum Briefzentrum nach Frechen – und Schluss für heute. Bereits den ganzen Tag war Petko Küster hier im flachen Ackerland des westlichen Rhein-Erft-Kreises unterwegs, um Briefe und Päckchen zuzustellen und Briefkästen zu leeren.

Er wollte einfach nur noch nach Hause, um sich auszuruhen. Der morgige Tag würde wieder stressig genug, wenn er zu Xhevat nach Essen fuhr und die kleinen mit Klebeband verpackten Päckchen entgegennehmen würde, die er an die „Kundschaft" auslieferte. Ja, er verdiente sich eine goldene Nase als Drogenlieferant. Es war ein netter „Nebenerwerb" zu seinem trostlosen Job als Briefträger auf eigene Rechnung.

Und es war eine geniale Tarnung. *Welcher Bulle kommt schon auf die Idee, dass ein Servicepartner der Deutschen Post in seinem ollen Ducato nicht nur Briefe, sondern auch Heroin und Kokain transportiert?*, dachte er bei sich.

Petko griff nach der halbvollen Red-Bull-Dose in der Türablage und nahm einen kräftigen Schluck. Das half gegen die Müdigkeit. Da die Heizung in dem alten Wagen ausgefallen war, war es schweinekalt.

Ich frier mir hier drin noch den Arsch ab. Verfluchte Dreckskarre!

Aber für einen neuen Transporter hätte das Geld nun auch wieder nicht gereicht, dafür ging zu viel für die Alimente drauf.

Schneeflocken wirbelten gegen die Windschutzscheibe, die Scheibenwischer versuchten mit kratzenden Gummigeräuschen, für klare Sicht zu sorgen.

Während Küster die berühmte Kartbahn von Kerpen-Manheim passierte, auf der Schumi „groß geworden" war, klingelte sein Handy.

Sascha M. ruft an, zeigte das leuchtende Display.

Was will denn die Nervensäge schon wieder? Na komm, heute bin ich mal gnädig und drück dich nicht weg, so wie sonst immer, sagte er sich und nahm das Gespräch entgegen.

„Mensch, Meisenbach, was gibt's denn?", fragte er.

Am anderen Ende hörte er eine verzweifelte Stimme. „Petko! Ich kann nicht mehr! Ich hab jede Nacht Albträume! Ich werd die Bilder von damals nicht mehr los! Hilf mir, Mann!"

„Mensch, bleib mal locker! Lad deine Olle zu dir ein und nimm sie mal so richtig ran! Du wirst sehen – das wirkt Wunder!"
„Aber Marga ist tot! Und sie ist in dem Glauben gestorben, dass ihr Sohn von Heckenschützen umgebracht wurde! Damit komm ich nicht mehr zurecht!"
„Mach dir doch keinen Kopp, Alter! Du kannst es nicht mehr ändern! Hättste der armen Frau etwa die Wahrheit sagen wollen?!"
„Dann hätte ich sie zumindest nicht länger belogen! Ich schaff das nicht mehr, Petko! Ehrlich! Ich glaub, ich geh zur Polizei und stell mich! Dann hat das endlich ein Ende!"
Küsters Miene verdüsterte sich. Vor Schreck hätte er den Hochdachtransporter fast in den Straßengraben gelenkt.
„Das machst du nicht, Junge, kapiert?! Pass auf, wenn du reden willst, komm ich halt heute Abend vorbei. Wir quatschen 'n bisschen, trinken 'n paar Bier und dann ist der alte Kamerad Meisenbach wieder auf der Höhe! Okay?!"
„Okay! Aber du kommst wirklich, ja?"
„Klar! Mach dir keine Sorgen!", sagte Küster gespielt freundlich. Er durfte nicht zulassen, dass Meisenbach die Nerven verlor und alles auffliegen ließ.
Er fuhr rechts ran und griff in das Handschuhfach, wo seine geladene Pistole, eine alte Zastava M57, lag, die er sich vor einiger Zeit bei Xhevat besorgt hatte. Schließlich hatte er mit den Drogenpaketen immer teure Ware an Bord – und die Konkurrenz schlief nicht. Gerade in diesem Geschäft. Und insbesondere im Rheinland war es gefährlich, diesem ominösen Drogenbaron aus Belgien, von der Presse als „Koks-Phantom von Köln" bezeichnet, in die Quere zu kommen.
Dieser Großdealer, der bislang nicht identifiziert worden war, hatte vor einigen Jahren die Macht an sich gerissen und seitdem den Kokain- und Heroinhandel in Köln und Umgebung fest in seiner Hand. Sein Netzwerk aus Zwischenhändlern und Hand-

langern war äußerst wachsam, was etwaige neue Konkurrenz betraf – und auch alles andere als zimperlich …
Nachdem Küster seine Tour erledigt hatte, fuhr er zurück nach Buchforst, wo er den Fiat auf dem Bürgersteig vor seiner Haustür parkte.
Sein Halbbruder Marko saß wieder vor der Glotze und schaute sich die Simpsons an, während er sich mit Dosenbier volllaufen ließ.
„Ey, du Arsch, versau mir nicht den ganzen Teppich!", pflaumte Küster Marko an, als er sah, dass der schon zwei zerdrückte Dosen auf den Teppich geschmissen hatte.
„Ach, verpiss dich doch, Petko!", rülpste der zurück.
„Du kannst dich heute Abend mal nützlich machen. Haste Bock auf 'nen Ausflug ins Bergische?"
„Willste mich verarschen? Haste mal zum Fenster rausgeguckt, du Heini? Ich werd ja wohl kaum bei dem Dreckswetter 'nen Fuß vor die Tür setzen!"
„Ey, Alter, kriegst auch 'nen Hunni von mir, klar?!"
Mišković, der ständig Geldsorgen hatte, horchte auf. „Okay, wann geht's los?", beeilte er sich nun zu fragen.
Eine halbe Stunde später kämpften sie sich über die A 4 Richtung Osten. Obwohl Marko schon einiges intus hatte, lenkte er seinen alten Chevrolet in Tarnlackierung, die Army-Version des Chevy Blazer, konzentriert über die mit einem leichten Schneefilm versehene Fahrbahn. Irgendwann waren sie auf der B 478. An der Abzweigung nach Niederhausen, dessen Häuser hell erleuchtet waren, bat Küster seinen Bruder, den Wagen anzuhalten.
„Du stellst dich hier vorne auf den Parkplatz der Polsterei Laskowski ab. Lass dein Handy an. Wenn ich dich anrufe, kommst du zum Niederhausener Weg 6, kapiert? Gib das schon mal ins Navi ein."

„Geht klar!“ Das Gute an Marko war, dass er keine Fragen stellte. Ihn schien es gar nicht zu interessieren, was sein Halbbruder vorhatte.

Mit dem blubbernden Geräusch eines hubraumstarken amerikanischen Motors setzte sich der alte Armeegeländewagen wieder in Gang. An der Schreinerei am Bladersbacher Weg, die direkt am Ortseingang lag, parkte Marko den Wagen.

Küster griff nach der Zastava, die noch an ihrem Platz in seinem Hosenbund war. Dann lief er los.

Nach gut fünf Minuten Fußmarsch stand er vor dem alten Häuschen, das sein alter Kamerad und unfreiwilliger Komplize bewohnte.

Als er an der Tür klingelte, hörte er aus dem Gebäudeinnern Hundegebell.

Meisenbach öffnete ihm die Haustür und sah ihn verzweifelt an.

„Kannste auch mal was anderes als nur Uniform tragen?“, fragte Küster nach einem Blick auf den Dienstpullover, den Meisenbach anhatte.

Aber Meisenbach lächelte nur gequält, während der kleine Rauhaardackel mit wedelndem Schwanz auf Küster zulief und zur Begrüßung an seinem Bein hochsprang.

Küster kraulte das Tier hinter den Ohren.

„Na, komm rein“, sagte Meisenbach und wies Küster den Weg in die gut beheizte, gemütliche Wohnstube. „Willst du was zu trinken haben? ’n Kölsch vielleicht?“

„Nee, erst mal nicht.“

„Ich kann dir auch ’nen Tee machen.“

„Nee, auch nicht, aber mach du dir ruhig einen“, sagte Küster. „Haste ’nen Aschenbecher hier? Ich will eine rauchen.“

„Ja, klar. Setz dich doch schon mal.“

„Und du willst wirklich zur Polizei gehen?“, fragte Küster, während Meisenbach einen Aschenbecher vor ihn auf den Couchtisch stellte. „Willste auch eine? Beruhigt die Nerven“, ergänzte er noch und hielt Meisenbach eine Schachtel und ein MM-Feuerzeug unter die Nase.

Meisenbach wirkte etwas fahrig. Er zuckte mit den Schultern. „Eigentlich rauche ich ja nicht mehr. Aber vielleicht hast du recht.“ Er zündete sich eine Zigarette an. Das Feuerzeug mit dem Aufdruck der Sicherheitsfirma steckte er dabei reflexartig in seine Hosentasche. Dann ließ er sich neben Küster auf das Sofa fallen.

Eine Weile herrschte allgemeines Schweigen.

Dann seufzte Meisenbach. „Petko, ich muss irgendwas machen. Ich halte das nicht mehr aus. Die Bilder von damals, die quälende Wahrheit. Das hab ich doch alles nicht gewollt!“

Küster musterte ihn. „Aber das Geld hast du dir damals schon eingesteckt!“

„Doch nur, weil du mich so unter Druck gesetzt hast. Ich schaff das nicht mehr!“

„Na, komm, Junge, bleib mal ruhig. Ich kümmere mich um den Tee“, sagte Küster und stand auf.

Im nächsten Moment zog er die Waffe aus dem Hosenbund und richtete sie auf Meisenbachs Kopf.

Der starrte ihn entgeistert an. „Was … Nein … Bitte … Nicht!!!“

Ein lauter Knall zerriss die Luft.

Sein kleiner Rauhaardackel bellte und bellte, wollte Küster anspringen.

Ohne mit der Wimper zu zucken drückte Küster ein zweites Mal ab, traf das Tier, das jaulend zu Boden ging und verstummte.

Küster stellte den Herd ab, schüttete das Wasser weg und rief seinen Halbbruder an.

„Ach, du Scheiße!“, entfuhr es diesem, als er den toten Förster auf der Couch und den toten Hund zu dessen Füßen sah.

„Quatsch nicht und pack an! Wir müssen den Kerl wegschaffen!“, befahl Küster.

Gemeinsam setzten sie Meisenbach auf den Beifahrersitz seines Wagens. Den Hund warfen sie – in einen Müllbeutel verpackt – in den Kofferraum.
Küster verschwand nochmal kurz im Haus und packte den Aschenbecher mit den beiden aufgerauchten Kippen in einen Müllbeutel, den er mitnahm.
An das Feuerzeug in Meisenbachs Hosentasche dachte er in der Hektik nicht.
„Du fährst mir nach! Wir stellen die Karre oben im Wald ab. Bei dem Schnee wird den so schnell keiner finden! Danach sehen wir zu, dass wir wegkommen! Los!", befahl Küster.
So fuhren sie im Schritttempo bergauf Richtung Nutscheid. An der Einmündung der Waldstraße in die B 256 stellte Küster Meisenbachs Geländewagen ab und machte sich mit seinem Halbbruder auf den Rückweg nach Köln – wobei sie PK Förster und POM Wittkamp, die auf dem Rückweg von ihrem „Mardereinsatz" in Schönenbach an dieser Stelle vorbeikamen, nur um Minuten verpassten …
Am Rastplatz Erlenhof auf der A 4 schmiss Küster den Müllbeutel mit dem Aschenbecher und den beiden Zigarettenkippen weg.

Epilog – Teil II (Feiern)

Historisches Rathaus der Stadt Köln,
Turmkeller, Rathausplatz 2, 50667 Köln-Altstadt/Nord,
Freitag, 3. August 2007, 11:30 Uhr

Die Standesbeamtin sah uns vier durch ihre schwarze Brille der Reihe nach streng an. „Da Sie beide die Frage mit Ja beantwortet haben, erkläre ich Sie hiermit kraft meines Amtes zu Mann und Frau. Sie dürfen die Braut jetzt küssen."

Obwohl es in dem feierlichen mittelalterlichen Kellergewölbe kalt war, schwitzte ich vor Aufregung, als ich Sonja, die in ihrem cremefarbenen, langen Kleid einfach nur hinreißend aussah, küsste. Es hatte nach unserem Fall in Waldbröl nicht mehr lange gedauert, bis wir endgültig zusammengezogen waren. Und bald danach hatte ich es gewagt und Sonja bei einem Abendessen im Kreise unserer Freunde im Meson el Toro einen Antrag gemacht.

„Herzlichen Glückwunsch, Jung", sagte mein bester Freund Marcel Koslowski, den ich als Trauzeugen rekrutiert hatte. Danach gratulierte mir Sonjas Schwester Sandra, unsere zweite Trauzeugin. Nachdem die Formalitäten erledigt waren, schritten wir durch das feierliche Portal in den strahlenden Sonnenschein. Joyce ebnete als Blumenmädchen unseren Weg mit Rosen. Die uniformierte Abordnung der Waldbröler Polizei warf Reiskörner. An Stehtischen am anderen Ende des Vorplatzes hatten sich meine Kollegen des Kölner KK 11 versammelt.

Dario trat nach vorne und langte nach seinen Handschellen. „So, ihr kommt erst wieder voneinander los, wenn ihr das Laken durchschnitten habt", sagte er und deutete auf das große Bettlaken vor uns, in dessen Mitte ein überdimensioniertes Herz aufgezeichnet war. Es dauerte eine ganze Weile, bis wir dieses verdammte Ding ausgeschnitten hatten.

Mit einem alten „Pink Cadillac“ und einer mit eingeschaltetem Blaulicht vorwegfahrenden Abordnung der Kalker Kradgruppe an der Spitze, die Dario organisiert hatte, setzte sich der Hochzeitskonvoi Richtung Meson el Toro nach Waldbröl in Bewegung. Das Hupkonzert der anderen bekamen wir gar nicht mit – genauso wenig wie das ständige Grinsen und In-den-Rückspiegel-Gucken meines Freundes Gaetano, der den alten Caddy lenkte.
„Bist du glücklich?“, fragte ich Polizeioberkommissarin Sonja Merzenich, die neben mir saß.
„Mehr, als du dir vorstellen kannst“, entgegnete sie und küsste mich leidenschaftlich.

– ENDE –

+++ *Peter Merzenich kommt zurück in „Hürther Klüngel“* +++

Danksagung

Besonderer Dank gilt meiner geliebten Frau Sonja, die mich von jeher nach Kräften unterstützt und mir immer der kritischste aller Lektoren war. Ich liebe dich!!!

Weiterhin wäre diese Buchreihe in dieser Form wohl auch nicht zustande gekommen, wenn mich mein alter Freund Mark Liebrecht (geb. Klobukowski) nicht tatkräftig mit seinen inhaltlichen Korrekturen auf den „rechten Weg" geführt hätte. Weiterhin alles Gute für euch vier!

Des Weiteren möchte ich mich recht herzlich bei Kriminalhauptkommissarin Dorothee „Doro" Christmann, Mordkommissionsleiterin beim KK 11 des PP Köln, für ihr fundiertes fachspezifisches Lektorat bedanken.
Doro Christmann hat es sich trotz ihres zeitintensiven Berufs nicht nehmen lassen, dafür zu sorgen, dass die Arbeitsabläufe einer Mordkommission durch mich so realitätsnah wie möglich geschildert werden konnten – und das in allen zwölf Romanen der Peter-Merzenich-Reihe (und trotz gefühlter 1000 nerviger Anrufe mit allerlei Detailfragen, die sie jedoch mit regelrechter Engelsgeduld beantwortet hat). Tausend Dank, Frau Kollegin!

Darüber hinaus möchte ich mich bei meinem Kollegen Harald Ratzka bedanken, mit dem ich – inzwischen vor gefühlten Ewigkeiten – einige Monate beim BAMF gearbeitet habe und der mit seinem Lektorat die letzten Unstimmigkeiten im Plot ausbügeln konnte.

Zu guter Letzt gebührt mein aufrichtiger Dank Herrn Forstoberinspektor Johannes Thomm, dem „Revierförster“ des Forstbetriebsbezirks Waldbröl des Regionalforstamts Bergisches Land beim Landesbetrieb Wald und Holz NRW, für sein detailliertes forstrechtliches Fachlektorat, wodurch sich mir die bis zum Zeitpunkt der Fertigung des Manuskripts nahezu unbekannte Welt der heimischen Revierförster zumindest ein Stück weit erschloss.

Die Peter-Merzenich-Reihe

Nachts in Kalk
Softcover
Format: 12,5 x 19 cm
224 Seiten
ISBN: 978-3-939284-57-4
9,99 €

Alaaf für eine Leiche
Softcover
Format: 12,5 x 19 cm
200 Seiten
ISBN: 978-3-943-883-70-1
9,99 €

Buchforst-Connection
Softcover
Format: 12,5 x 19 cm
184 Seiten
ISBN: 978-3-945152-59-1
9,99 €

Alle Krimis auch als E-Books!

Die Peter-Merzenich-Reihe

Der Glücksbringer von Porz

Softcover
Format: 12,5 x 19 cm
200 Seiten
ISBN: 978-3-945152-34-8
9,99 €

Endstation Brühler Landstraße

Softcover
Format: 12,5 x 19 cm
184 Seiten
ISBN: 978-3-96058-986-0
9,99 €

Südstadt-Komplott

Softcover
Format: 12,5 x 19 cm
256 Seiten
ISBN: 978-3-96058-203-8
9,99 €

Alle Krimis auch als E-Books!

Weitere Krimis in der Edition Lempertz

Inge Lempke

Kalte Rache in Ippendorf

Softcover

Format: 12,5 x 19 cm

216 Seiten

ISBN: 978-3-96058-202-1

9,99 €

Alexa Thiesmeyer

Hardtberg-Killer

Softcover

Format: 12,5 x 19 cm

ca. 264 Seiten

ISBN: 978-3-96058-353-0

12,99 €

Erscheint ca. Juli 2020

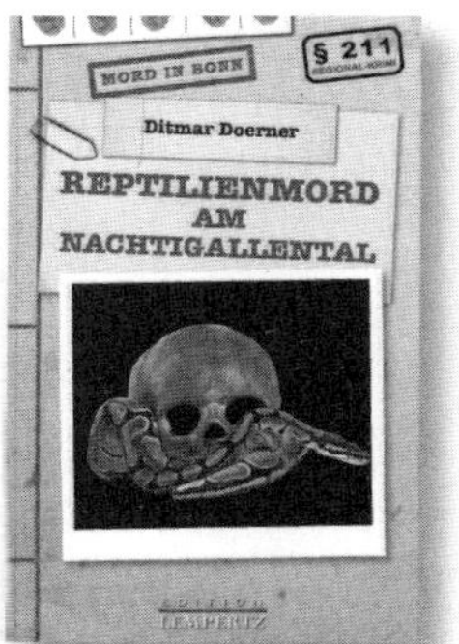

Ditmar Doerner

Reptilienmord am Nachtigallental

Softcover

Format: 12,5 x 19 cm

ca. 264 Seiten

ISBN: 978-3-96058-354-7

12,99 €

Erscheint ca. September 2020